魅丽文化 花火工作室

你像星空落怀 2

南书百城 著

江苏凤凰文艺出版社
JIANGSU PHOENIX LITERATURE AND ART PUBLISHING

图书在版编目（CIP）数据

你像星空落怀.2 / 南书百城著. —南京 : 江苏凤凰文艺出
版社, 2020.10
ISBN 978-7-5594-5002-9

Ⅰ. ①你… Ⅱ. ①南… Ⅲ. ①长篇小说－中国－当代
Ⅳ. ①I247.5

中国版本图书馆CIP数据核字(2020)第110526号

你像星空落怀. 2

南书百城 著

责任编辑　张　倩
特约编辑　黄　欢　胡　蓉
装帧设计　46设计 QQ:1067244694
出版发行　江苏凤凰文艺出版社
　　　　　南京市中央路165号，邮编：210009
网　　址　http://www.jswenyi.com
印　　刷　湖南天闻新华印务有限公司
开　　本　880mm × 1230mm 1/32
印　　张　9.5
字　　数　200千字
版　　次　2020年10月第1版
印　　次　2020年10月第1次印刷
书　　号　ISBN 978-7-5594-5002-9
定　　价　39.80元

目录 Contents

目录 Contents

第一章

亲我一下

段白焰受到了莫大的鼓舞，觉得是时候了，她都主动牵自己的手了，该见家长准备结婚了。

关于这个冬天，他有很多构想与打算。

他的奶奶去世得早，爷爷没有续弦，每年冬天都会一个人跑到雪村度假，据说爷爷是在那里与奶奶定情的。

在过年这件事情上，段爷爷表现得非常“佛”，如果段白焰去看望他，他就跟孙子一起过年；如果段白焰不去看望他，他一个人也十分自在。

自从段爸爸为了忘记情伤，抛弃儿子，段妈妈头也不回地离婚改嫁，段爷爷仿佛彻底没有了“家人”的概念。

段白焰决定提前订回家的票，让爷爷也见一见姜竹沥。

段白焰正想得出神，助理推门走进来，开门见山地说：“我查到一些东西。”

“夏蔚的？”

段白焰最近在查的，也只有这一个人。

“嗯。”助理微顿后道，“我查到的东西里，夏蔚一直在一个不太正规的地下俱乐部，确实服用过某些不太正规的药物。”

段白焰冷笑，难怪怕他查她。

“我想您可能会需要。”说完，助理将一份文件放到段白焰桌前，“这是全员名单。”

段白焰接过来，漫不经心地挨个看，竟然见到不少熟悉的名字。

他默默在心里将这些人拉黑，然而他翻到最后一页，瞳孔猛地收缩。

——明含。

“这个俱乐部成立很久了。”助理见他皱眉，继续道，“很多圈子里的达官显贵聚在一起，活动时，偶尔也带一部分小明星过去。年费很高，平时作风低调，几乎不对外招收会员。”

段白焰微聚眉峰，沉默不语。

他一直知道，自己周围有很多这样的俱乐部，声色犬马，用钱来挑战某些下限。并不只是这个圈子，每个圈子都一样，越靠近金字塔上方、越接近钱与权力集中的地方，越乱。

长久以来，他喜欢征服姜竹沥，但不屑于别的欲望，对这些近在眼前的东西，他选择视而不见。

可是当它与姜竹沥有关，他突然犹豫起来。

助理见他神色不定，多问了一句：“还需要我继续查下去吗？”

“不太正规的药物，是指什么？”段白焰沉吟一阵，突然想起，夏蔚那时被怀疑吸毒，配合警方反复做了很多次尿检，可结果都合格，“毒品吗？”

“这个我还没有查到。”助理没想到他会问这个，有些局促地道，“现在暂时只查到了药物路径，可以确定，是非法运输。”

“那就继续下去。”段白焰眼神微沉，“低调一点。”

助理应下。

段白焰坐在原地，少年时代，他所有的注意力都在姜竹沥身上，关注她身边的苍蝇，却没有关注过她身边的女性。

这导致他对明含的印象不深，除了“她们关系不错”和“会跳舞”，他几乎想不到别的标签。

他不知道姜竹沥清不清楚这些事，他不是一个擅长套话的人，假如她不知道，他直接跑去问，一定会露馅。

段白焰有些郁闷。他突然怀念起少女时的姜竹沥，那时她青涩大胆，像个没有烦恼的小话痨，什么事都跟他分享，也不管他有没有回应。

他为自己过去的沉默感到自责，也许她曾经跟他说过妹妹，可是被他遗忘或是过滤掉了。

他想起江连阙走之前，除了鹿血，还给了他几个剧本，一些上不了台面，但剧情非常刺激的片子。

江连阙趴在门上，挤眉弄眼："新年快乐，你们需要一点点情趣。"

江连阙像周进一样，肚子里总装着很多神奇的主意，他们自己却情路坎坷。

段白焰把这归功于他们都没有自己好命，要有对比，他才能体会到年轻时遇到了多可贵的人。

姜竹沥多可爱啊，又乖又听话，除了看得太紧容易逃跑，简直是为他量身定制的完美情人。

段白焰心里有些酸，不知不觉，又摸出手机。

明明昨天晚上很晚才分开，可他又想见她了。

电话响了三声，姜竹沥很快接起电话："你好。"

她喜欢用这两个字来代替"喂"。

"竹沥。"他低声叫她。

"嗯？"

他仍然别扭："你，忙吗？"

"超级忙。"姜竹沥没有多想，实话实说，"倪歌的伤好了，我正准备收拾东西回去录节目，下午还要回一趟餐厅。刚刚程西西还给我打电话，求我过去陪她一下，所以我不跟你说了，我先挂了喔，晚一点再联系。"

然后，她挂了电话。

迟钝的段白焰甚至来不及开口。他咬牙切齿，真的出息了，敢挂他的电话了。

他烦躁地站起来，在办公室里来回踱步，然后叫熊恪进来。

熊恪精神不太好："嗯？"

"你……"段白焰舔了舔唇，语气僵硬，"能不能跟程西西说一声？"

"什么？"

"把姜竹沥赶出她的家门。"

"……"

熊恪沉默两秒，打起精神，温柔又直白地问："我们现在仍然是雇佣关系，你和段老先生都是我的雇主，我是不是应该照顾雇主的心情，不要说心里话？"

段白焰："请放下你的虚伪。"

“那么，”熊恪字正腔圆道，“请不要再作了。”

段白焰：“……”

姜竹沥挤出午饭的时间来听她脆弱的小闺密吐槽。

“我昨天把自己的微信号写在一张卡片上，夹在那个礼物盒里，然后一回家就看到熊恪加了我的微信。”

姜竹沥眨了眨眼：“那不是挺好？”

“是啊，我当时也特别开心，心想他加我了，那这怎么也是有点意思的意思吧？”程西西微顿了下才道，“可是还不等我自我介绍，他先转过来一笔钱，数目还不小。”

说到这里，她停顿了一下，环顾四周，煞有介事地压低声音：“我一开始还以为，他想包养我。”

姜竹沥：“……”

“可是冷静了一下才想起来，他给我的那笔钱，就是表的钱。”程西西叉起一块花椰菜，纠结道，“我就问他是什么意思，他说没有什么意思。我又问，这不就是有意思的意思吗，他说我以为你只是字面意思的意思。”

姜竹沥：“……”

她仿佛在做一道语文的阅读理解题。

“熊恪嫌这表太贵重，不肯收。他给的理由是，平时不太容易见到我，怕我急着用钱，就先把钱折现转过来。”程西西有点无语，“你说，他怎么就在这种事情上瞎贴心？”

正常男生看到漂亮女孩，不应该想多制造见面的机会吗？

她送个礼物，他再来还个礼物，还来还去，什么故事都有可能发生啊！

姜竹沥强忍着笑意：“后来呢？”

“后来我直接摊牌，跟他说，你不会不知道我是什么意思吧？”程西西一脸无辜，“你知道他怎么说的吗？”

“嗯？”

“他就不说话了，过了会儿，直接把他的身份证拍下来传给我。”

“哈？”

“奇怪吧？我也是这个反应。我心想，结婚用的也该是户口本，不是身份证啊，结果他跟我说，”程西西微笑，“虽然我长得年轻，但我没有谎报年龄，我真的已经三十一岁了。”

姜竹沥乐不可支。

“他嫌他自己老！”程西西难以置信，捶胸顿足，“他才比我大几岁啊，就敢嫌自己老？！那他怎么不把微信名称改成‘断情绝爱老男人’？”

姜竹沥笑得直不起腰。

“你别笑啊，严肃点！”程西西一本正经，苦恼不已，“所以我觉得，他就是随便找了个原因搪塞我。你说，他到底是什么意思啊？”

“我没有其他想法，”姜竹沥咯咯地笑，“但你们的文字游戏玩得不错。”

程西西气得想打她。

要姜竹沥真的去思考，她其实很难评价现在的熊恪，因为她对他的印象停留在少年时代。

那时他们都年轻，段白焰十七八岁、青春洋溢，熊恪二十岁出头、风华正茂，唯一的共同点是两个人都不爱说话。

没想到星霜荏苒，到头来，剥离掉的竟然是他们身上本就稀少的孤勇。

姜竹沥给不出答案，程西西吃掉一整盘鸡肉沙拉，决定化悲愤为动力：“你明天能来给我送午饭吗？”

“能。”姜竹沥后天才回周进那儿，“想吃什么？”

程西西列了一大串食物，姜竹沥默默地在心里搭配出一份营养餐。

《青果》之后，程西西逐渐打开了网剧的大门。这次她接了一部高人气古装剧，在剧中演女三，是一个仰慕仙君多年，却不敢言明，最终在魔界进攻时，为了保护他而魂飞魄散的小仙童。

这种痴心一片的灵气小丫头，演好了很容易爆，姜竹沥心痒痒，趁她吃午饭，翻剧本看。

事实是，剧本写得非常扯淡。

虽然主线是神仙恋爱，可剧情线竟然是一群神仙明里暗里争权夺利，从天上斗到地上，再从地上斗回天上。如果去掉男女主纠葛万年的感情线，她觉得完全可以改叫《天庭风云》或《六界操盘手》。

姜竹沥不太懂："一群神仙争来争去，位高权重之后，是能炼丹成仙，还是能长生不老？"

程西西抠着指甲："争炼丹炉咯。"

她还没从被熊恪拒绝的郁闷中走出来，将生菜嚼得响亮，然而下午要吊威亚，她不敢吃太多。

吃到五分饱，冷酷无情的程西西就想打发姜竹沥走："去周围逛一逛吧，晚饭时再来接我。"

姜竹沥欣然同意。

走之前，程西西摸着肚子感慨："竹沥，连古装剧里的老神仙都懂得为自己谋出路，何况是你这样的仙女，"她轻声说，"要为自己的未来做打算呀。"

最后这句话说得姜竹沥怅然若失，程西西看透了她的迷茫。

姜竹沥现在正站在一个奇怪的交界点上，不知道自己以后能成为什么样的人。网红"甜药"、十八线的小主播、西餐厅的西点师，还是一位曾经被老师看好的心理咨询师？

她登上城墙，天气很好，十里晴空，风轻云淡，能看到远处的楼阁。

姜竹沥撑住脸："唉……"

背后传来一声轻哼，她微怔，转过身，见到了面无表情的段白焰。

她十分惊奇："你怎么也在这儿？"

段白焰本想说"关你什么事"，他的拧巴劲又上来了，故作冷漠："你不是很忙？"

姜竹沥茫然地眨了眨眼："西西她胃不好，我来给她送……"

"我的胃也不好。"他打断她，下一秒，毫无征兆地抓住她的手，按上自己的胃。

姜竹沥愣了愣，红脸了。

"不光胃，"他一点一点压下来，灼热的气息打在她的脸上，声音低沉，"一入夜，身上哪儿都疼。

"尤其是……"

"流氓！"他的手越来越靠下，姜竹沥陡然反应过来，脸颊发烫，挣扎不脱，想给他一耳光，“放开我！”

他没有放开她，也没有下一步动作，只是面无表情地俯下身，然后把脸凑到她眼前。

一秒、两秒……半天不见动静。

姜竹沥不懂：“你干什么？”

段白焰一动不动，面色陡然变得很难看。

他难以置信：“你不明白吗？”

这谁能明白？

她委屈死了，正想指责他无理取闹，就听他高高地起了个调：“就是，想让你……”尾音在空中停顿了很久，他的声音突然转低，别扭地说，“亲我一下。”

姜竹沥愣了愣。

段白焰侧脸对着她，表情沉郁，写满了不爽。他忘了自己还握着她的手，他掌心出汗的时候，她也能感觉到。

她抬起眼，视线越过他宽阔的肩膀。他的脸庞轮廓英俊，切割出身后无边无际、轻松而自由的蓝天。

姜竹沥的心都要化了。

段白焰保持一个姿势站着不动，半晌不见她动作，有些尴尬，又有些不甘心。

这会儿城墙上没有其他人，他不怕被认出来或者被人嘲笑，忍不住开始想，他要不要再主动点？不如干脆将脸凑到她的嘴唇上，那样四舍五入，也算是她主动亲他。

但是那样，会不会惹得她不高兴？

段白焰还在瞎想，下一秒，一股温热的气息凑上来，柔软的触感落在他的脸庞上，一触即离。

他的身体瞬间绷直，全身仿佛在一瞬间过了电，跟着漏电的电闸，一起噼里啪啦地闪火花。

“这是奖励。”姜竹沥笑吟吟的，眼睛里像盛着星星，“以后多说一点心里话吧，口是心非的话说得太多，鼻子会变长。”

段白焰愣愣的，还在回味刚刚那个吻。

阔别四年，这是重逢之后，她第一次主动吻他，他这周都不想洗脸了。

然而，表面上他仍然装得冷静自持，若无其事地将脸转回来："什么叹气，刚刚？"

话一出口，察觉不对，他立即又面无表情地纠正："气叹什么，刚刚？"

姜竹沥："……"

她看着他的眼神像是在关怀一个机器人，或是一个不正常的人。

他这是怎么了，脑子烧坏了吗？

段白焰面色难看地卡了一会儿，强迫自己冷静一点，别那么没出息，才撸直舌头："刚刚，叹什么气？"

姜竹沥没想瞒他，低头踢踢石子，照实回答："《今天我也很甜呀》第一期播出之后，有别的导演联系我，想拍平面和小短片。"

她对自己的脸没什么信心，长得好看的人多如牛毛，所以她猜，那些人看中的大概是她的热度。

段白焰沉默了一会儿，低声道："你可以试一试。"

过去，他没有跟姜竹沥谈过职业规划，因为在他眼中，她的事业状态只分两种：有工作，没工作。

就私心来说，他喜欢第二种，他一直梦想饲养她。

姜竹沥眨了眨眼："你不会觉得我是在吸你的热度吗？"

她避开了"利用"，可段白焰觉得，语气变暧昧了。

他的声音变得低沉："吸啊，怎么不把我榨干？"

姜竹沥："……"

"其实一开始，我没想往这个圈子走。"两个人并肩走下城墙，姜竹沥主动解释，"我一直觉得，混娱乐圈的人要么有实力，要么有背景，除此还要有超强的抗压能力。"

不巧的是，这些她都没有。

"可是这种天上掉下来的机会，真的出现在我面前的时候，我……"又开始犹豫。

这对她来说并不是纯粹的诱惑，更像某种新鲜的尝试，与心理咨询或西点师不太一样，是她完全没有接触过的工作。

段白焰不在意："想去就去。"

"你觉得我能成为什么样的人呢？"姜竹沥很想这么问，然而她犹豫了一下，没有开口。

段白焰是为工作来影视城的，他要重拍几个镜头，工作到一半，看见姜竹沥一个人远远地站在城墙上，愚蠢又显眼，他忍不住假装偶遇，跑到她面前，冷哼给她听。

为了报她昨天挂他电话的仇，可她竟然，竟然亲了他。

段白焰走在前面，有种被轻薄的错觉，半晌才敢偷偷地抬起手摸摸脸。

那还是原谅她吧。

段白焰去找姜竹沥的时候，他的工作已经差不多结束了。

他迁就她的时间，两个人一起走回程西西的剧组。

隔着几十米，两人就看到一团黑影从威亚上掉下来，发出一声闷响，一群工作人员迅速围上去。

姜竹沥瞳孔猛地收缩："西西！"

她赶忙跑过去，离得近了，才发现威亚吊得特别低，也铺了很厚的保护垫。程西西掉下来，简直是落在一团棉絮里，根本没有受伤。

可姜竹沥过去的时候，看到小闺密穿着一身仙女的白纱，虚弱地倒在熊恪怀里，小声啜泣："真的……真的太可怕了，你刚刚眼睁睁地看着我掉下来，为什么没有足尖一点，飞将过来将我抱住？"

姜竹沥："……"

老实人熊恪手足无措，企图跟她讲道理："我不会飞。"

程西西不管不顾，泪眼盈盈，大声地说："就算你不喜欢我，我也是一条鲜活的生命啊！你就眼睁睁看着这样一条生命在你面前逝去却无动于衷，良心不会痛吗？"

熊恪一脸茫然。

而段白焰和姜竹沥……都不忍心打断。

反正程西西这场戏已经演完了，今日工作结束，导演不再管她，她一直是组里的活宝，其他人也乐得看她犯病。

“我当时，追你的时候，”姜竹沥欲言又止，“也是这么蠢吗？”

段白焰飞快地皱了一下眉，脱口而出：“你追过我？”

“怎么没有？连告白都是我来告白的！”姜竹沥睁圆眼，“当时追你的人那么多，我、我……”

她一个人，从中杀出一条血路。

段白焰沉吟一阵，立刻反应过来，摸了摸鼻梁，轻咳一声：“不是那样。”

姜竹沥眨眨眼，满脸满眼都写着：说实话。

他有些难为情：“就……谢师宴那天，我原本也想告白的。”

姜竹沥顿时睁大眼。

段白焰心虚地捏着后颈，踌躇一阵，把他眼中的当年讲给她听。

在他的印象里，高中三年，两个人靠得近，她像只花栗鼠似的天天黏着他，一开始是因为班主任的嘱托，后来慢慢地，连看他的眼神都变了味。

段白焰察觉到了，可他在心里哼哼唧唧的，这算什么？他变味变得可比她早多了，他见她的第一面，就在心里感慨“真可爱”啊。

两个人都没有开口，就这么拖到高三毕业，拖得程西西看不下去，几次怂恿姜竹沥去跟段白焰义结金兰，两人也没有捅破窗户纸。

直到出成绩、查分，一切尘埃落定。报志愿之前，段白焰终于按捺不住了。他想跟姜竹沥去同一座城市，可他不知道她要去哪，也不想假他人之口。

熊恪给了一个温柔的提议：“说出来。”

段白焰自动理解成：要找个正式场合，当着所有人的面告白。

那个时候，唯一能聚集所有人的场合，就是近在眼前的谢师宴。

告白这回事，他没有经验，熊恪也没有。

两个钢铁男人聚在一起纠结了三天，熊恪实在没有办法：“到时候那个宴会厅里，不是会分好几张小桌子吗，你就坐在那儿。”

段白焰严肃地点头：“嗯。”

“等姜小姐站起来取食物，从你身边路过时，你就拽住她，然后……”

段白焰紧张地等着他的下文。

“大声地跟她说，”熊恪陡然提高音量，中气十足，“妹妹！跟我好吧！”

段白焰：“……”他默默地将保镖请出了自己的房间。

回顾前十八年的人生，段白焰是匹孤狼，连一个能商量事情的朋友都没有，所以直到谢师宴开始，他也没想好告白的方法。

谢师宴当日，同学们三五成群地坐在一起，时不时地起身向老师敬酒，姜竹沥就坐在他隔壁，跟程西西、何筱筱她们坐在一起。

他紧张极了，悄悄竖着耳朵，听见何筱筱八卦："你们知道吗？我最近听说，其他班毕业聚会啊，谢师宴啊，好多人扎堆告白。"

姜竹沥笑眯眯的，根本没往心里去："是吗？"

她盛了一枚爱心形的煎鸡蛋，正在乐呵呵地拍照发朋友圈。

像个傻瓜，段白焰嫌弃地想。

"啊，那些人都是之前暗恋吧？"程西西第一时间帮姜竹沥的朋友圈点赞，"找个由头公布一下，把地下恋情转正？"

"我猜也是。"何筱筱说完这句话，眼神在姜竹沥身上意味不明地逗留了一阵，感慨道，"不知道我们班会不会有哦……"

沉寂三秒，没人搭腔。

竖着长长的耳朵，拼命偷听的段白焰："……"

他低头看着自己摇不起来的尾巴，又开始犹豫，到底要不要说？

酒过三巡，陆陆续续开始有男生喝酒喝上头。

段白焰想起身向老师敬酒，刚一站起来，就看着一个小姑娘飞奔过来，一头栽进他怀里。

她手中拿着的半杯酒，尽数洒在了他的身上。

段白焰："……"

小姑娘瞬间憋红了一张脸，赶紧抽了几张纸，低头就要帮他擦裤子："对不起对不起，要不我把你的裤子带回去，洗干净再……"

段白焰皱眉，握住她的手腕："放开。"

他十八岁时就深谙霸道总裁的套路，认得眼前这姑娘是同班同学，可每个集体里都有被边缘化的人，他想不起她叫什么。

那女生捏着纸巾，红着脸："段白焰。"

他面无表情。

"我、我喜欢你，很久了。"女生忸怩道，"很久之前，就一直注意着你，你、你、你能不能考虑一下，跟我……”

她话还没说完，身后的人开始起哄，“哇！”

然后惊呼声一道高过一道——

“在一起！在一起！”

“答应她！答应她！”

段白焰的火气上来，他想也不想道：“不能。”

女生的眼圈瞬间红了：“你连想都不想一下……”

“你不如去找个真‘霸总’泼杯咖啡，看他是会邪魅一笑，还是会觉得你好清纯好不做作好让人心动。”段白焰气得发笑，“还有，你无不无聊？觉得人多了我就会答应？以为我会照顾你的面子？”

女生：“……”

他问：“你是不是想得有点多？”

周围起哄的声音逐渐小下去。

姑娘红着眼，捏扁手里的塑料杯，说：“你很过分。”

周围的同学沉默不语，目光都聚集在两个人身上。

“我就是这样的人。”段白焰语气平静，“不知道你对我存在什么误解？”

女生微怔，把他话里的意思理解为嘲讽，眼睛一眨就落下泪来：“你这种人，不会有人喜欢你的。”

段白焰反而平静下来。

如果他没有看错，刚刚这个姑娘跟她的小姐妹们面红耳赤地坐在另一边商量了很久，她才倒了半杯酒，然后一头栽过来。

他原以为她们在商量什么不得了的大事，结果就商量出这个。

他冷笑。

女生越哭越厉害，眼泪不要钱似的，到最后，抽抽噎噎地骂起人来。

“那个，”终于有人忍不住站出来打圆场，“今天毕竟是谢师宴，都不要搞得大家下不来台吧。”

段白焰没觉得他做错什么事，可其他人不这么想。

不知是谁开的头，人群窸窸窣窣，好像达成了某种共识，一个声音突然提议：“道个歉吧。”

其他人纷纷应和：“是啊，道个歉吧。”

“本来也不是什么大事，都各自退一步。”

段白焰没打算道歉，但他突然明白了一件事。

程西西是对的，告白成功的一定都早有预谋、互相属意。因为在谢师宴上告白，是个糟糕的决定，一旦被拒绝，就不会有后路。哪怕嘴上放下，心里仍然介怀，当着所有老同学的面，简直此后二十年的同学聚会都不敢来。

可他不想为这么一个莫名其妙的人妥协。

那女生还抹着眼泪嘟囔：“你这样的人以后肯定不会有人喜欢。”

段白焰想，如果他真的那么冷酷无情，早打她了。

有男生走过来，小声劝他：“就稍微安慰她一下吧，也不是多大的事。”

“凭什么？”段白焰反问，语气颇不耐烦。

“唉。”那男生愣了愣，像是没想到他丝毫不留情面，“大家毕竟都是同学……”

“今天起，就不是了。”段白焰拿起外套，冷笑道，“我的学校，她考不进来。”

说完，他头也不回地走出宴会厅，背后响起哭声。

外面天色正晴，阳光垂落，他原本的计划全部被打乱了，心里堵得厉害。

走出去一段路，理智回来，他才意识到，一直有条尾巴悄悄跟着他。

段白焰心里一跳，回过头，果不其然，是姜竹沥。

他有些紧张，想解释刚刚那个女生的事，可打了半天腹稿，只憋出一句不冷不热的话：“为什么跟着我？”

“怕你出事呀。”姜竹沥无辜地眨了眨眼。

段白焰的喉结滚动。

“还有就是，那个，”姜竹沥低着头，声音很小，犹豫了一下才说，“你不要觉得没有人喜欢你。”

她轻声说：“我就很喜欢你。”

浓荫蔽日，夏日的蝉鸣一声一声落在耳畔，段白焰脑中一片空白。

“段白焰那个人吧，”姜竹沥低头踢石子，“虽然他冷漠无情脾气坏。”

段白焰：“……”

“刻薄嘴毒爱逃课。”

段白焰：“……”

段白焰滚烫的心迅速冷了下来。

她没注意到他的表情，还在低着头小声嘟囔：“待人苛刻，心眼小，还老是凶我。”

段白焰忍不住说：“差不多行了啊。”

“但是……”姜竹沥停住。

“但是他长得好看。”

段白焰：“……”

姜竹沥微顿，又轻声说：“而且，我喜欢他，想跟他恋爱。”

段白焰愣愣地看着她，怔了半天，等他回过神，心早在她开口的那一瞬间就已经软得一塌糊涂。

“段白焰，”她转过来，眼底流露出藏不住的紧张，表情却很认真，“跟我在一起好不好？”

段白焰无法回答。

她开口的时候，他觉得有五百只小天使撒着花在他脑袋旁狂吹萨克斯，他震耳欲聋，差点喜极而泣。

他连一秒也不想矜持：“好。”

姜竹沥低下头，难过地踢了踢地面：“好吧，我就知……”

她猛地抬起头，难以置信：“你再说一遍？”

段白焰叹息，看样子，她在来之前就做好了被拒绝的准备。

所以她不是装的，是真的傻。

段白焰哭笑不得，握住她的手：“我说，”他难得耐心，低声重复，“好。”

烈日炎炎，热气从脚底向上蔓延。峰回路转，柳暗花明，水到渠成。他没见过比这更顺利的收尾了，简直不亚于电影的欢喜大结局。

段白焰低头看她的眼睛，她也望着他，眼底亮晶晶的。他忍不住想，如果他拒绝她，她可能会找个角落躲起来哭，但她不会骂他。

“不不不。”听他讲到这儿，姜竹沥连忙严肃地打断，“我会骂的，会的，我会骂得超大声。我还会哭，哭得撕心裂肺的那种。”

段白焰："……"

"因为你以前一直对我爱搭不理，所以你答应了，我当然意外。"她控诉得有理有据，"直到现在，也还是一直忽冷忽热。"

段白焰突然急了。他什么时候对她爱搭不理了？拍电影还允许人物有画外音呢，她就不能自己脑补一下吗？

段白焰有些挫败地垂下眼，低声问："你知道，当时我为什么答应得那么爽快，没想着让你再追我一下吗？"

姜竹沥眉峰微聚，她想提醒他，这种吊着别人使劲作的行为，一般高发于风评不太好的女性身上。

但她不敢直说，只能配合着乖乖摇头："不知道。"

他低声道："因为舍不得。"

他希望她依附，希望她依赖，这二者都是在为别人提供安全感，而不是让对方变得更加忐忑不安、患得患失。虽然他嘴上不承认，可心里从来不想看她吃苦头。

姜竹沥点点头，不为所动："喔。"

"当年，我没有让你追我。"段白焰的朋友们虽然都不怎么靠谱，可江连阙的确教会了他循循善诱。他微顿，抬眼看她："可是现在，我来追你了。"

"你舍得再让我等吗？

微风轻拂，她也望向他。

四目相对的瞬间，他头上迎风招展的长耳朵、凳子下毛茸茸的大尾巴，和那一对尖尖的邪恶牙齿，一起露了出来。

第二章

哪有你凶

姜竹沥心里瞬间浮现出四个大字：原形毕露。

她咽了咽口水，小心翼翼地说："你可以不等的。"

段白焰猛地抬起头，死死地盯住她，眼底闪过一道幽暗的光："什么意思？"

她希望他放弃她？还是不要纠缠她？

"没有没有。"姜竹沥赶紧解释，"你误会我了。"

他的目光落在她身上，一动不动。

"我只是觉得，我有很多事情还没有处理好。"她小声地说着，一件一件地掰着手指头数，"像是，没有买好房子，没有弄完工作，没有确定方向，现在甚至连职业规划也被我搞得乱七八糟。"

"等你做好所有的准备，将我当作新生活来迎接，"段白焰面无表情，毫不留情地打断她，"我半截身体都进土里了。"

姜竹沥："……"

其实段白焰也明白，这全是借口，他知道她在怕什么。她的戒备由他而起，不是一朝一夕就能消弭的。

他叹息："姜竹沥。"

他的语气很严肃，连带着她也不自觉地挺直腰板，神情紧张得像逃课被班主任抓包的小学生："嗯。"

"你想做什么，就放手去做。"段白焰的声音很轻，他前二十五年从没想过，他能对她做出这样的让步，"想尝试什么，就去尝试。"

她还没反应过来，他又继续说："我不会拦你。"

也不会再像过去一样，拼命地想把她捆绑在他身边，他会给她安全范围内的自由。

姜竹沥愣了半天，眼里的惊讶像潮水一样涌上来，完全不知道该给他什么样的回复。

他的变化太快也太正向，即使偶尔还是会露出“敢不喜欢我，老子就弄死你”的神情，可确实是比过去好了太多。

姜竹沥不知道他遭遇了什么不得了的事，整个人好像被重塑了一遍。

“当然了。”段白焰若无其事地补充，“我也由衷地希望，你不会有一放出去就再也不肯回来的那一天。”

姜竹沥一脸无语。

“不然到时候，”他云淡风轻，“啪”的一声，掰断手里把玩的小竹竿，“谁知道会发生什么事呢？”

姜竹沥：“呃……”

呵呵，她就说，段白焰还是段白焰，铁打不变的段白焰。

夜幕降临，浮云飘散。

吃完晚饭，段白焰送姜竹沥回程西西家。自从他们两个开始回归这种若有似无的恋爱状态，他连车都不开了。

隔了四年，他才体会到当初那些他无法理解的交通工具究竟有何存在意义。比如，如果要他现在选，他哪怕选轮滑鞋，都不会选宝马。

谁学旱冰真的是为了溜冰？但如果她开始学溜冰，时不时摔一跤，他就可以每天都抱着她了，想想就美滋滋的。

“小白……”月光洒落大地，街角霓虹闪烁，整座城市灯火阑珊，姜竹沥向他确认，“你是后天的机票去墨尔本吗？”

“嗯。”段白焰的思维还停留在溜冰上，他们刚刚在讨论大学时为什么她想学轮滑，他却没有陪她去，“我穿旱冰鞋去。”

姜竹沥：“你清醒一点。”

近年底，段白焰像过去的一样，开始陆陆续续地收到大大小小的电影节和年度盛典邀约。《止战》的首映礼也在这几天，他全世界乱窜，像一只四处迁徙的小候鸟。

“我有一个多星期不在国内。”一提起这个，段白焰就想把姜竹沥打包带走，他摸着自己脸上的吻痕，声音很低地叹息，“你乖一点，不要总是去找陈塘。你师兄的腿能不能保住，就看你的了。”

姜竹沥：“好，好的。”

夜幕降临，星辉零落，街道上车来车往，霓虹和探照灯拉开一道道暖黄的光带。

两个人顺着大路，不知怎么，走着走着，竟然走到少年宫门口。少年宫不是二十四小时对外开放，可晚上依然有很多老师和学生在上课、练习。

姜竹沥忍不住去摸镂空的铁门，表情十分怀念，却又有些复杂。

半晌，她轻声说：“最开始，我也在这里学舞。”

压缩她周末与课余的休息时间，她的母亲片刻不离，将她照顾得仔细妥帖，管控到每一个细节，在她跳舞时，眼睛一眨不眨地看着她。

“那时候其他人都担心做不好老师教的动作，会被老师评价太蠢或者被同行的小伙伴嘲笑……我只担心妈妈。”

她想讨好母亲，想让母亲开心，可是过去二十多年了，仍然做不到。

段白焰心下一动：“明含也是？”

“嗯。”明含是姜妈妈培养姜竹沥失败之后，转向的小树苗。

夜色弥漫，少年宫的舞蹈教室在黑暗中亮出孤独的白光。

姜竹沥突然有些难过：“明含比我乖多了，从来不会偷懒，也不会假装学不会。”她沉默半晌，说，“如果她真的不会，会一遍又一遍地学。”

磨平脚尖，一直到学会为止，可妈妈一样不会夸明含。

妈妈有一万个理由在明含身上寻找瑕疵，然后作为抨击明含的点，把明含攻击得一无是处。

段白焰抿唇，沉默地伸出手，拍拍她另一侧的肩膀。

四舍五入，他这样也算是用拥抱安慰她。

不过，他心里藏着谜团：“你确定明含就是你平时看到的那个样子吗？”

这已经是他能想到的，最委婉的问法。

姜竹沥敏感地抬起头，眼底浮现出戒备神色：“你觉得我在撒谎，还是觉得明含在撒谎？”

晚风拂动林梢，枝头的叶子沙沙作响。

段白焰垂眼看着她，四目相对，她的目光里飘荡着类似受伤的脆弱情绪，他看着看着，心情突然变得很差。

他心里不是滋味，陡然涌出一股狠劲，想攥着她的下巴，咬牙切齿地问她，更在意明含，还是在意他？

他也真的这么做了。

姜竹沥还没反应过来，他突然按住她，他的气息铺天盖地地压下来，热气打在她的脸上，暧昧不已。

他的呼吸急促，眼睛深不见底，无声地酝酿着风暴：“在你眼里，你那个妹妹永远比其他人重要。”

她正要反驳，却听到段白焰的语调陡然低下来。他剧烈地喘息着，许久，有些颓然地道：“只有你妹妹的心是人心，其他人的都不是。”

姜竹沥接下了那个平面广告的拍摄。

除此之外，她发信息给谢勉，表示愿意尝试着参与心理咨询平台的构建，然后向红十字会和省志愿服务中心发送了个人简历，才回周进的剧组。

倪歌休息一段时间后，气色好了很多。然而，让姜竹沥惊奇的是她和周进的关系，过了这么多天，进度条竟然还是零。

她小声地问周进：“你怎么回事啊？”

周进苦笑，倪歌不喜欢他，他再奋斗十年，进度条依然不会有变化。

姜竹沥懂了，同情地拍了拍他的肩膀。

周进哼唧：“比不上你们，春风得意，顺顺利利。”

姜竹沥的手微微一顿，提到段白焰，她心里像是有根针似的，被刺了一下。

那天之后，段白焰闹别扭似的跟她冷战了几个小时，真正临近出国，又面无表情地打电话通知她：“上飞机了。”

她正要开口，那边一下挂了电话。

她：“……”

几个小时之后，他下飞机，又打来一个电话，仍然只有四个字：“下飞机了。”

姜竹沥正要开口，那边又：“嘟嘟嘟……”

她好想拉黑这个人。

可是她和段白焰纠葛这么多年，她不可能摸不到他别扭的脾气。于是她好不容易等到他空闲，主动问：“你在介意什么？”

他隔了很久，才沉声说：“我和明含，谁比较重要？”

“小白。”她试图辩解，“明含已经去世了。”不要跟一个死去的人比地位。

活着的人，永远比不过怀念的想象。

“啊，这样。”段白焰挂了电话，这两天都没再打来。

姜竹沥也不知道他又在犯什么病，没想到他会这么在意亲疏关系。这些问题都是老问题，是早就已经存在的，只不过过去他从来不肯开口说。

姜竹沥拍完白天的综艺，想等晚上再给他打个电话。

可她想想，又觉得茫然。段白焰不是说，他在追她吗？

明明就是个小屁孩，天天等着她哄。

发愁。

入夜之后，山上暑热退尽，雾海云天，星夜璀璨。

回归之后，姜竹沥的室友又换回了倪歌。她不知道其中是不是有段白焰或周进的缘故在，白天的活动，夏蔚也明显安分了很多。

虽然她没有虚伪地跟夏蔚化敌为友，可夏蔚实在是比过去听话太多了，偶尔出现两个人的互动环节，也很乖巧。

少了夏蔚搞事，姜竹沥全身上下轻松无比，像跑马拉松，跑到半路扔掉了十公斤的沙袋。

姜竹沥仰面躺在床上，穿着浴袍滚来滚去。已经是第七个电话了，段白焰仍然没有接。

她突然有些担心，不知道小屁孩是不是出了什么事。

倪歌洗完澡，看她还在打滚，有些意外：“小段哥哥还是没有接电话吗？”

“嗯。”姜竹沥把脸埋在枕头里，发出气息不明的声音。

“你在骂他吗？”

“对！”姜竹沥回答得格外清晰。

倪歌眨了眨眼：“你们又在闹别扭？”

“为什么要用‘又’？”

“你们前两期，”倪歌笑吟吟的，两眼弯成月牙状，“不是也一直在闹别扭？”

姜竹沥在床上躺尸三秒，一个鲤鱼打挺，幽幽地看她：“你觉得，是我别扭，还是他别扭？”

开什么玩笑？

倪歌不假思索地说：“他。”

姜竹沥心满意足，安详地躺回去：“对吧，我怎么可能比他作。”

“不过，”说起这个，姜竹沥又忧心忡忡起来，“他那个性格，一个人在外面很容易招惹是非。”

“你说，”想着想着，她一颗心都揪了起来，“他会不会是因为嘴毒人又皮，在国外惹了不能惹的人，就被人拖进小巷子，暗无天日地毒打了一顿，所以直到现在，他都没有回我电话？”

倪歌：“……”

“然后，他明明都被揍得起不来了，还死鸭子嘴硬，又不肯服软。”姜竹沥揪住被角，“一旦颤巍巍地站起来，就立刻又被人打倒，过会儿再颤巍巍地站起来，再被按倒……直到他彻底倒在血泊里，他们将他的尊严踩在地上，打得他再也爬不起来。”

“差不多可以了，竹沥姐。”

倪歌笑得用手去扶被笑皱了的面膜：“小段哥哥肯定只是太忙啦，他一有空，一定会立刻给你回电话的。”

登上微博，倪歌挑几条官微的图点了赞，刷着微博向下看，一眼扫到排行榜，面膜又被笑掉了一次。

姜竹沥正窝在床上纠结，听到倪歌爆发出一阵更大的笑声。

倪歌笑得乐不可支：“竹沥姐，你快去微博看看。”

“怎么了？”

“小段哥哥在电影节上，被人拖进小巷子打了一顿。”

姜竹沥："……"

微博热搜里，"段白焰墨尔本电影节"的话题排名节节攀升。

姜竹沥反复看了几遍视频，好气又好笑。

倒也没有被毒打一顿那么夸张，不过确实是起了冲突。

电影节上，段白焰跟一位影评人吵了起来，当着全世界摄像机的面，他直言不讳，怼对方是杠精："我给你一根杵，你把地球杠起来给我看看？"

那位影评人也没有示弱，回了他一大串语速飞快的英文，然后段白焰把麦克风扔了出去。

姜竹沥看了七遍，每遍都笑出鹅叫。

倪歌小声说："你不安慰他一下吗？"

姜竹沥乐不可支："等我笑够再说。"

下一刻，段白焰的电话打了过来。

姜竹沥眼睛一亮，拿着手机蹿向阳台："我去外面打。"

推开阳台的玻璃门，漫山遍野的星光，天边一方明月似流水，在阳台光洁的地板上洒下霜白的糖粉。

凉风灌入领口，她打了个小小的寒战，小声道："你好，段导？"

段导："……"

他微顿，轻咳一声："你想通了吗？"

"什么？"

"明含。"

姜竹沥沉默了一会儿，哭笑不得地安抚："小白，对我来说，家人和恋人是不一样的，你们一样重要。"

段白焰犹豫了一下，小声地说："可你为了她凶我。"

姜竹沥微笑，他什么时候凶过他？

"我哪有你凶？"

段白焰不说话。

不知道是他事后冷静下来发觉自己做得有问题，还是因为跟人起冲突，他泻了火，现在哼哼唧唧，想道歉。

"我这两天一直没有空闲。"他灵光一闪，想到一个切入点，突然觉得两地之间，这一点点时差也变得可爱起来，“怕打扰你。”

他不是因为赌气，才不打电话。

姜竹沥微怔，有些紧张地摸了摸耳朵。

她刚想问：“那你有没有想我？”

一股清淡的烟味，从不远处飘过来。

姜竹沥愣了愣，抬眼看过去，无尽延伸的夜色之下，金属围栏上靠着一个细瘦的人影，凉风带起她身上轻盈的飘带，仿佛下一刻就要羽化。

她穿着睡衣，在阳台上抽烟。

姜竹沥的手顿了顿，也是这时候她才知道，原来夏蔚是会抽烟的，一种她没见过、细细的女士烟，夹在葱白的两指之间，透出一股朦胧的美感。

夏蔚靠在那儿，抱着手，半张脸隐没在黑暗里，面无表情，一动不动地看着她。

“喂？”段白焰没听见她说话，“你的信号断了吗？”

“没……没有。”姜竹沥有些局促地收回目光，不知怎么，突然有些不自在，声音也不自觉地跟着小下来，“你的嗓子怎么哑了？”

段白焰沉默了一下，有些不好意思：“就，你看到的那个影评人，不只被我甩脸子……”

“嗯？”姜竹沥的眼皮狂跳。

“他还被我推下了喷泉池。”

姜竹沥：“呃……”

她头疼地抱住脑袋。

“他为了报复我，把我也拽了下去。”

姜竹沥一脸无语。

好歹两人也是要被计入搜索引擎百科的人！

“你们可以不要这么幼稚吗？”

电话那头的人沉默了很久。

“那你，”半晌，他舔舔唇，示好似的低声说，“你安慰安慰我？”

姜竹沥刚想开口，背后传出轻微的声响。

她敏感地回过头，围栏上的人影已经消失了，隔壁房间的窗前也没有人，凉风中，窗帘一起一落，地上留着半截未燃尽的烟，猩红色的小点在黑暗中闪了几下，倏地灭了。

姜竹沥愣了一会儿，不知怎么的，心里隐隐浮起一股不安的感觉。

“竹沥？”段白焰叫道。

“哦……啊？”姜竹沥灵魂归体，赶紧局促地解释，“对……对不起，我刚刚走了一下神。

段白焰：“……”

他咬牙切齿：“姜——竹——沥。”

他的手又开始痒了，如果他现在在她的身边，有一千种方法让她集中注意力看着他。

“对不起。”姜竹沥小心翼翼地转移话题，“可是，那个影评人怎么骂你的啊？”

段白焰默了默，语气冷冰冰的：“说我冷酷无情，毫无人文关怀。”

这已经是他压缩过的内容，事实上，那位影评人的原话是——

“这些年来，在新一代的编剧和导演中，我们能看到很多年轻面孔，这都是新鲜血液，我为他们感到高兴。这些人中，也不乏将镜头对准现实、对准社会问题的创作者，他们描写一些‘阴暗面’，又不仅仅是无病呻吟，不是单纯的痛或单纯的暖，他们表达挣扎与真实。

“而你和他们中那些拙劣、失败的叙述者一样，写痛是痛，说暖是暖，二者割裂开，虚假又浮夸。我在你的作品里丝毫看不到思考和救赎，如果这就是你所理解的‘人’，那你一定过得很不好，也很单一。”

姜竹沥沉默几秒，心想，完了。她竟然觉得那位影评人说得很有道理。

段白焰这些年火是火，可争议性同样很大。

他的几部代表作全部是悲剧收场，并非简单的“恋人没有在一起”或“天灾人祸不可抗力”，段白焰式的悲剧源于人设，像《被嫌弃的松子的一生》或《未麻的部屋》，从一开始就走向既定结局，透出无法更改的宿命感。

可他的手段远不如今敏高超，段白焰能红，是因为他无意间踩到了一部分网友的高潮点。

陈塘经营情感账号，曾无意间向姜竹沥提起：“激烈的观点永远比平和的吸引人，就像武断地叫嚣‘所有男人都是大猪蹄子’，传播度会比严谨小心地说明‘通过正反两方面分析网络上的大猪蹄子现象’要大得多。”

因此，很多营销号会刻意寻找阵营、为对立事件中的某一方发声，而不会“虽然……但是……正确的一方面是……错误的一方面是……”。

段白焰踩到的就是这个点。

正常情况下，世事不会非黑即白、非此即彼。可段白焰眼中的世界就是这样的，他甚至不需要刻意去迎合谁的喜好。他天生如此，对待任何事物，看到其中一面就看不到另外一面，看到乌云就看不到它周围镶嵌的金边。

爱他的粉丝都夸他清醒，夸他聪明，夸他懂得人性。

然而姜竹沥觉得不是这样的，他并不是清醒，他是过于极端。对相信的东西就大肆追捧，对不信的事物就大肆抨击，又因为表达出了普通人表达不出的情绪，能够言人所不能言，所以得到追捧。

他极度敏感，又被赋予了不可思议的天赋，可他其实并不能通达地理解人性，一直以来，他只是在塑造它们。

姜竹沥沉默了很久，段白焰磨着牙，心碎欲死：“你又在走神？”

“没有没有。”她一个激灵，赶紧解释，“我刚刚只是在想，如果你觉得他说得不对，那你不听就好了，当他胡扯就好了呀。”

段白焰危险地眯起眼，她没有站队，没有说想他，也没有替他骂那位影评人，他不是来听她讲道理的。

段白焰：“没别的了吗？”

姜竹沥乖乖摇了摇头，顿了顿，意识到他看不见，赶紧又回应：“嗯。”

段白焰想恶狠狠地凶她一下。

可是熊恪说，女孩子是要温柔对待的，否则她们就会逃跑。

于是他想来想去，委曲求全地问：“竹沥，我们就不能坦诚一点吗？”

姜竹沥一开始没懂：“怎么坦诚？”

“告诉对方，我们真正的心里话。”

姜竹沥的耳朵有些热，她知道他想听什么。

“那好吧。”她纠结一阵，半张脸都在发烫，摸摸耳垂，轻声道，“我特别想你，你要小心一些，不要被人拖进小黑巷子里殴打，然后，早一点回来。”

虽然这话听着有点怪，但段白焰还是再一次体会到了“表达”的魅力。

短短几句话，听得他心花怒放，几乎站立不稳，想要立即订机票飞回去，把她按在怀里亲。

“我也是，超级想你。”半晌，他拿出他一辈子的柔情，声音轻轻地道，“洗澡时想，泡温泉时想，游泳时想，浴室里最想。你知道吗，现在读你的名字，也想……”

姜竹沥“啪”的一声挂了电话。

综艺的后半程拍摄得非常顺利。

《今天我也很甜呀》边拍边播，等拍完最后一期，姜竹沥的人气已经翻了好几倍。

其中不乏段白焰的粉，喜欢她的都加入了“白竹鼠荧幕情侣站”，不喜欢她的都关注着她，等着她宣布分手。

但姜竹沥现在没空去看微博评论，谢勉发来了时间地点，她要去参与第一期的心理咨询。

平台是谢勉的母亲搭桥建的，谢妈妈主动打通了明里市志愿服务中心和医院之间的桥梁。

谢妈妈让姜竹沥感到茫然，她总觉得谢妈妈的教育方式有问题，可谢勉的眼界又确确实实比同龄人要高得多。

“院方建了一个咨询师的群，竹沥姐也可以加进去。”路上，谢勉拿出二维码给她扫，“我想有一个阵地，你们可以交流经验。”

姜竹沥连忙道谢。她的确很久没有接触过心理咨询，无论咨询师群体还是来访者群体，都让她感到遥远而紧张。

她如临大敌，可等她真正接触到来访者，反而一点一点地放松下来。随迁子女大多是十五六岁的少男少女，更小一些也没有超出青春期，与她最早研究的课题相符。

她心里生出一点期待和得心应手的开心感。

午饭时分，段白焰的电话又打了过来。

团队里有一个咨询师小姐姐会看手相，这会儿正趁着休息时间，抓着姜竹沥的手夸得天花乱坠。姜竹沥乐不可支，声音在电话里也显得喜悦：“你吃饭了吗？”

段白焰发出意味不明的鼻音：“哼。”

他知道她今天去找小学生做志愿服务了，他吃醋不分年纪，谢勉也让他心烦不已。现在她这么开心，他不自觉地感到不爽：“你挺开心啊？”

“那当然。”他现在在另一个半球，姜竹沥有恃无恐，“昨天挂掉你的电话，我开心得在床上打了个滚。”

段白焰突然温柔：“其实，我给你准备了一个惊喜。”

“真的？”姜竹沥眼睛一亮，“是什么？”

“呵。”下一秒，他三百六十度大变脸，报复地冷哼，“我骗你的。”

姜竹沥：“你幼不幼稚？”

最近这段时间，她和他的恋爱关系像回到了更早的时候，又比那时的状态更好一些，他们彼此放下戒备，肆无忌惮地互怼。

她开心地想，所有事情都在变好。

下午离开志愿服务中心前，谢妈妈后知后觉地注意到她就是先前那位西点师，礼貌地递来一张名片。

除去这个针对随迁子女的心理咨询团队，她还在筹备另一个小项目，和红十字会心理救援队一起，进行大龄自闭症和脑瘫孩子的社会援助。

姜竹沥接过名片，心里那点残存的热血都被勾了起来。

自闭症终身无法痊愈，即使儿童时期能够通过康复训练改善一部分病情，进入成年期之后仍然无法完全独立，大多患者无法自给自足，后来都成为家庭的负担。

“我们现在用得最多的方案是‘半援助式救助’，跟一些酒店、西餐厅类的单位合作，由我们出导师，教患者们采茶、烘焙、做肥皂，或是一些别的活计。一对一或是一对几地帮扶，直到他们能够独立完成工作。”谢妈妈这样向她解释。

即使是之前在伦敦，姜竹沥也很少接触这类人，现在她开心极了，热血澎湃，搓着手给段白焰发消息：“我觉得我……我是一个有用的人。”

她语无伦次，“也许，我不是没有意义的存在。”

过了很长时间，段白焰都没有回。

不回就不回吧，姜竹沥哼哼唧唧地想，反正她下午还有别的工作，她这么忙，也没空搭理他。

收收东西，她往拍摄地赶。

下午的平面拍摄地在湿地公园，她赶到时是下午四点，夕阳渐颓，云朵被染成玫瑰色，湖面上推开粼粼的波光。

其他人都已经准备就绪，这是个小清新的美食杂志，要拍一组周年广告，除她之外，还有另外几个平面模特。

化妆师是个小姑娘，拿着工具帮姜竹沥化妆，一边化一边夸：“你这皮肤底子真好，我都不需要遮瑕。”

姜竹沥十分感激：“谢谢你。”

“就是眼眶有点青。”小姑娘惋惜，“好好休息呀，漂亮姐姐。”

姜竹沥被逗笑了。

旁边一个男生听见她的声音，身形微顿，探头过来：“你是甜药？”

姜竹沥抬眼，见到个年轻的男生，高高大大，棕栗色的头发蓬松地朝后梳，扎出一个很小的发鬏，穿着宽松随意，像故事里吟游的诗人。

她点了点头：“是我。”

男生随意地“喔”了一声，没再说什么。

这次拍外景，主题带点田园风，造型师给了姜竹沥一条格子背带裙，长发梳成两条宽松的麻花辫，露出白皙的额头。

等姜竹沥在湖边铺好的场景里坐下，才知道刚刚那位吟游诗人，也是这天的平面模特之一。

他坐在她的对面，膝盖上放着一个藤条编织的食盒，他把里面精致的食物一样一样地拿出来，动作温柔得像是在与恋人野餐。

摄影让他们随意交谈，姜竹沥不知道该说什么，于是吟游诗人先开口了。

他身后半江粼粼，碧水青天，他满眼笑意，亲切地靠过来，低声问：“你一晚上，多少钱啊？”

姜竹沥低着头，愣了一下。这感觉像是踩毛毛虫一脚却被它的尸体黏满了鞋子，她甩也甩不掉，全身都难受起来。

镜头下，她没办法给他一耳光，只能发出虚弱的抗议："我不是……"

吟游诗人没有说话，发出意味不明的低笑。

姜竹沥更难受了，还想说什么，人群外传来一阵小小的骚动。

摄影师回过头，有些意外："段导？"

年轻高大的段白焰，漫不经心地捧着一束绿油油的芹菜，迈着长腿走过来。

他不是在墨尔本参加电影节吗，怎么现在就回来了？

姜竹沥也感到意外，但更多的是惊喜。

她想问的问题，由摄影师问出了口："您怎么在这儿？"

段白焰抿着唇，没说话。

"不用管我，你们拍你们的。"他大大方方地拖着椅子坐下来，目光转了一圈，意味不明地停在那位吟游诗人身上，"我看我的。"

他把玩着怀里的芹菜，掐断了两根，指尖留下青白色的汁液。

半晌，他不咸不淡地说："来等未婚妻，回去包饺子。"

他的话一落，人群中响起小小的议论声。

大多数人知道段白焰和姜竹沥的恋人关系，却不知道具体到哪种程度。从另一方面来说，圈子里的大佬们哪怕天天换女友也没人敢说什么，所以一部分人觉得，等他腻了，他跟姜竹沥的感情也会很快结束。

可段白焰竟然是冲着结婚去的？

如果是这样，那事件性质就变得完全不一样了。

在其他人五花八门的眼神里，姜竹沥被吓了一跳，等她反应过来，又有些局促。

吟游诗人像是有话要说，可他每一次企图靠近姜竹沥，无论是想碰碰她的手还是想摸摸她的衣服，段白焰的眼神都会像烙铁一样落到他的手上。

他："……"

算了。

一直到这组照片拍完，姜竹沥换掉衣服，连头发都没拆就跑了。在场的小姑娘太多，她现在有点理解他以前的心情了，因为她也想把他藏起来。

"久等啦。"夕阳西斜，冷风从湖面上吹来，姜竹沥指尖泛冷，手里拿着外套，心里像是藏着一只唱歌的云雀，“我们走吧？”

段白焰一掀眼皮：“你很开心啊？”

姜竹沥一脸茫然地把手收回来。

他指着那位站在不远处的吟游诗人：“你那么会怼我，为什么不怼他？”

段白焰有千里耳，一来就听见这么让人不愉悦的谈话，他不可避免地开始想，这些年来，他不在身边，她是不是在其他场合也遇到过这种人？借着各种场合，明晃晃地对她进行骚扰。

想想他就不爽，想想就摆不出好脸。

“也不是。”姜竹沥挠挠脸，“我没怎么接触你们这个圈子，所以我不知道正常情况下，遇见这种人应该怎么对付他。”

她刚刚被那句话砸蒙了，现在才后知后觉地回过味来。可问题是，从她学生时代的经验来看，这种事越说对方越来劲，还不如不理。

“我刚刚原本想怼他来着。”她想指着他的鼻子，傲慢地告诉他“比你贵”，“但再一想，好像说什么都会有歧义。”

“而且我不想跟他说话。”姜竹沥揉揉鼻子，“哪怕只是听见声音，也觉得很讨厌。”

“但如果是你，”她摸摸耳垂，轻声道，“偶尔吵一下也很可爱。”

远处层林尽染，黄昏的天空蓝得过分，白色的鸟在水面上盘旋，扑棱棱地归林，在空中划出长长的痕迹。

风里带着凉意，湿地公园水草丰盛，锦簇的花团里，段白焰晃了一下神，逆着光，看到她两条麻花辫上毛茸茸的剪影。

周遭人迹稀少，只有水鸟的叫声。

他好像回到奥斯汀的时代，跟戴着宽檐帽子的长裙少女在乡林小道上散步，想牵手又怕逾矩，踌躇着不敢靠近，于是不敢高声，却在开口时，看到少女微红的耳垂。

他突然觉得她说得对，其他人没有意义。

段白焰的心软得一塌糊涂，他伸手来牵她的手：“走。”

姜竹沥向后一步，别扭地避开。

“你手上有芹菜汁。”她小声地说，“还凶我。”

手落空的段白焰："……"

重逢之后，孽力反馈都变快了，上一秒装不在乎，下一秒就着急起来了。

"这个。"段白焰哑着嗓子，干巴巴地把手上那捧绿油油的芹菜递出去，"给你的。"

姜竹沥学他："谁要给你包饺子？"

段白焰舔了舔唇。

来之前，司机开车途经花店，熊恪好心地问："要不要买一束花给姜小姐？"

段白焰冷哼："买什么买？要买也该是她给我买，不买。"

车行驶出去三百米，他又臭着脸让司机停车，然后臭着脸步行回去，臭着脸进了花店。

店里花团锦簇，种类繁多。店主迎上来，一脸笑意地问他想要买束什么花，过敏体质的段导一脸嫌弃地捂着鼻子，问："有什么没有花粉的花？"

店主温柔地请他出门左转八百米，直走下去，是一家菜市场。

段白焰："……"

好的吧，仔细想想，也不错。芹菜不仅能看，还能拿来吃。

即使他在努力学着江连阙和周进那样变骚，可一旦姜竹沥不接茬，他还是手足无措。

"但我们迟早不是都得，"段白焰大言不惭，"吃饺子吗？"

放在这种语境里，"吃饺子"拥有一种古老的特殊含义，姜竹沥愣了好一会儿才反应过来，整张脸都烫起来："这就是你说的惊喜？"

他声音很低："不是。"

"那你的惊喜是什么？"

段白焰垂眼看她，指指自己的胸膛。

风从两人之间轻盈卷过，姜竹沥微怔，不敢看他的眼睛。

她得承认，这件礼物非常诱人，如果给它一个时限，也许可以将时间轴拉到他们初遇时，四目相对的第一眼。

"你的感冒好了吗？"良久，她软下声音。

"没。"段白焰哑着嗓子，撒娇似的，低头去拉她的外套袖子，觉得自己好可怜好可怜，不仅出门在外被人欺负，千里迢迢赶回来还要被她冷漠对待，“但我觉得，可能做点别的运动，就会好。”

姜竹沥瞬间就听懂了，无情地将袖子从他手中拽出来：“那你病着吧。”

外拍之前，吟游诗人的眼皮跳了很久，眼皮跳得他心情不好，很想找个可爱的小模特发泄一下。

其实说白了，这个圈子里出现频率高的，来来回回也就那么几个人。可等他到了拍摄地，才发现今天跟他搭伙的，是这段时间人气飙升的那个小网红“甜药”。

于是他直言不讳地发出了邀请，却遭到了矜持的姑娘的嫌弃。

“跟谁睡不是睡？”结束拍摄，他还在嘟囔着这件事，“有什么好端着的。”

起身出门，化妆师小姑娘迎面走过来，立刻朝他立正站好。

他正想调侃两句，就听到对方字正腔圆、声音洪亮地问候：“你一晚上多少钱？”

他想捏脸的手悬在半空，继而不爽地皱起眉：“你什么意思？”

小姑娘吼完那嗓子，埋下头一路小跑，溜了。

他一头雾水：“什么毛病？”

外面还站着杂志社的其他人，正在收拾拍摄完的器材，他刚想上前打招呼，听见其中一人惊喜地呼叫：“杨老师！”

他脚步一顿，一股不祥的预感油然而生。

他风骚得圈内出名，大家平时都直接叫他的大名，从没这么笑嘻嘻地叫过他杨老师。

他刚想撤退。

“杨老师。”那几个人已经围了上来，一脸激动地搓着手问，“你一夜多少钱啊？”

他：“……”

他如鲠在喉：“我，不是……”

“就不要装了吧，段导都跟我们说了。”那几个人眼神恳切，“你既然有当街卖自己的勇气，就不该在这种时候难为情啊。”

杨姓吟游诗人：“……”

他觉得，现在全世界环绕七百二十度立体声，都在问他：“睡你一夜多少钱？”

他咬牙切齿道：“你们什么毛病？一个个的，脑子进水了？”

其他人还在笑嘻嘻的，他难受极了。

半晌。

“那个，是段导告诉我们，你对自己公开定价，欢迎询价。”一个好心人内涵够了，一脸纠结地告诉他，“他雇了我们，让我们每个人来问你一遍，一夜多少钱。”

吟游诗人：“……”

这事后来成了圈子里的一个笑话，但姜竹沥没机会知道了。

她跟着段白焰上了车，才哭笑不得地想起他刚刚的称呼：“未婚妻？”

段白焰的手顿了顿：“嗯。”

姜竹沥见他信誓旦旦，突然间有些不确定是不是自己失忆了。

她有些犹豫：“我们两个，这个发展过程中，是不是漏掉了什么关键点？”

“没有，你没记错，事实如此。”他看着前方，脸庞被夕阳的光影切割成两部分，淡淡地道，“我们分手了很多年，一直没有正式复合，你也没有答应做我女朋友。”

姜竹沥眨了眨眼。

“所以我想，”他波澜不惊地大喘气，“那就先把婚结了，再慢慢培养感情吧。”

姜竹沥：“……”

世界上哪有这种好事？

其实这些时日以来，她已经想得很清楚了。

某种程度上，段白焰对她而言是一艘贼船，可她仍然像一个心理病患，病态地依附于这段结果未知的关系，拖泥带水，拿不起放不下。

所以她小心斟酌：“我只是觉得，我现在的生活状态，实在是……”

还有太多事情没有做好。

“说实话，”段白焰坦言，“我根本不觉得，会有你解决了所有问题的那一天。”

现在站在他的角度，他能看得很透彻。

姜竹沥被压抑太久了，像一个没有好好度过青春期的小孩子，因为没有机会像他一样张扬地来一场盛大的叛逆，所以也没能完全建立起独立人格。

所以在她畸形地成年之后，她仍然停留在那个叛逆的阶段，对“我要独立解决问题”这件事念念不忘、耿耿于怀。

然而要命的是，同龄的人到了这个年纪，都已经开始学着向外界寻求帮助、进行资源互换。她身处其中，茫然无措，一路被推着跑，一路逃避问题。

所以段白焰根本不觉得，她有独自解决问题的能力。

他总是被人说幼稚，可姜竹沥同样不成熟。过去他乐于利用她这种软弱的性格，但是现在，他愿意把他所看到的事实告诉她。

姜竹沥非常纠结，她没有道理一直让段白焰等等等，可她确实有很多事亟待解决。她迫切地希望，她能把自己整理好，再去见他。

“我们，”她小心翼翼地问，“能不能从恋爱开始，重新谈？”

段白焰特别想问她，他们现在除了名义上没有正式确认，做的难道不都是谈恋爱的事吗？

下一秒，她的手机突然振动起来。

姜竹沥手忙脚乱，指指屏幕上跳出的“程西西”。

“我能接吗？”

段白焰别开眼，默认。

“西西？”

程西西在电话另一头鬼哭狼嚎。

姜竹沥说话的声音很低，但车内太安静，程西西的每一个字都被段白焰听见了。

他什么也没说，默默地转动方向盘，送她去程西西家。

结束通话，姜竹沥摸了摸他的手：“对不起。”

他没有看她，唇抿成一条线。

“我不会让你等太久的。”抱着那捆扎着白色蝴蝶结缎带的芹菜，她认真地说。

程西西又失恋了一次，缘由是她向熊恪告白，他又拒绝了。

“我原本想约你去酒吧的。”程西西哼哼唧唧，“我总觉得我跑偏了，需要一个推动剧情才能解锁正确剧情，比如我在酒吧买醉，被身上有盘龙文身的大哥挡住去路，他就从天而降英雄救美；再比如我受尽情伤出门找其他男人，他怒气冲冲地追、我梨花带雨地逃，出门就被大卡车轰的一声撞上天，我像仙女一样七百二十度在空中旋转，熊恪在底下发出撕心裂肺的叫喊。”

姜竹沥：“……”

她不知道这是什么电视剧的桥段，但她严肃地迷信：“别胡说。”

小闺密哼哼唧唧，姜竹沥给她热了牛奶，哄她去睡觉。

等程西西安安稳稳地睡下，姜竹沥回到书房打开电脑，一点一点地重新研读大学时的文献。

综艺录制结束后，她恢复了在西餐厅的工作，最初是因为逃避现实才来做甜食，可现在这份工作，让她感到安全。

不过另一方面，她也的确想在自己的专业领域再试一试。

在伦敦时，老师很看好她。心理学领域似乎不存在所谓的“医者不自医”，知痛的人更懂得暖，可她害怕被期待。

时钟的分针一格一格地跳。

过了凌晨，姜竹沥开始有了困意。她飞快地洗漱完，然后收拾东西爬上床，缩在暖洋洋的被子里，翻出手机，给段白焰雷打不动的“晚安”回消息。

姜竹沥开开心心地回复：“你也是，晚安。”

然后姜竹沥点开谢妈妈的消息框，向她确认周末心理咨询的时间。

等了五分钟，谢妈妈没有回。

姜竹沥以为谢妈妈是睡了，刚打算放下手机，手机一振，她的消息回了过来。

隔着屏幕，是虽然礼貌、但感受不到语气的一句话：“周末暂时不用来了。”

姜竹沥不明白：“可心理咨询要长期做才有用，是团队的问题吗？发生什么事了？”

她退出去，点进群里检查了一下，确认里面一片太平，没有人说要散伙。

“跟团队无关。”谢妈妈说得非常委婉，“虽然只是志愿活动，但咨询师本人争议太大，会给我们的活动带来额外的困扰。”

“我不懂。”姜竹沥艰难地问，“什么意思？”

“意思就是，家长们认为，家庭环境会塑造人的三观，有你母亲和妹妹的事情在前，没有人能为你的三观导向做担保，他们不希望你再接触他们的孩子。”顿了顿，谢妈妈含蓄地道，“不过姜小姐，我的个人意见是，如果你不打算出面为你的妹妹辩护，那么不要频繁地出现在公众视野里也是好的。一旦你被人记住了，那些做过的事就很难不被发现。”

姜竹沥还没反应过来，她就被移出了咨询师的群。

第三章

斯文败类

姜竹沥不知道谢妈妈听说了什么，茫然地愣了几秒，觉得必须立刻辩解：“虽然不知道发生了什么，但如果我的家人做错了事，那与我无关。我现在的工作也与我的家庭没有关系，您不应该就这么定义我。”

谢妈妈很快回复：“晚安，姜小姐。”

她跳过了这个问题，也意味着，没有商量的余地。

姜竹沥更加茫然了，下意识地点进微博热搜，可热搜一片祥和，连一条与她沾边的内容都没有。

要不要打个电话问问段白焰？可她想到，发完晚安之后，他没有再回消息，那他应该是睡了吧？

姜竹沥忐忑不安，躺在床上也没有困意。

她睁着眼看天花板，不知过了多久，电话突然振动起来。黑暗里白色的灯光刺得人眼睛疼，倪歌急得不行：“竹沥姐，竹沥姐，你看到明里附中论坛里的帖子了吗？”

“什么？”

姜竹沥愣了一下，弹起来开灯开电脑，然后登录学校论坛。

高中的论坛已经被屠了版，首页一片飘红，有人一边发新帖一边顶旧贴，回复量大得惊人，每一个标题末尾都飘着小小的红色“火”，每一篇都直指明含。

姜竹沥攥着鼠标的手慢慢收紧。

姜竹沥最近人气飙升很快，有人顺着她扒到了她同母异父的妹妹，扒到当时闹得轰轰烈烈的自杀事件，也“顺理成章”地扒她二婚的母亲。

她的心跳得飞快，快速向下滚动滑轮。

她难以置信，竟然会有人去顶那些旧帖。明含从小学舞，之前得过很多奖，曾经被学校用于招生宣传，可与之相对的，她后来在舞台上自杀，事情闹得那么大，也对学校产生了负面影响。

因此那段时间，即使论坛时不时就要跳出几个“明含为什么自杀”的帖子，也都被学校压下去了，凡是有关“明含”“自杀”关键词的帖子，一律置后。

可是如今，这些帖子竟然全被顶了起来。

新的旧的混在一起，最近的发布时间就在这几天，最远的追溯到四年前，

最火的一个帖子，叫“扒一扒我们学校那对跳舞的小姐妹”。帖子以姜竹沥为切入点，添加了许多关于明含的爆料，说她是因为吸毒，才在演出时出现幻觉。

那些照片，真的里面混着假的，看起来竟然很像回事。

十几页的回复浩浩荡荡，姜竹沥脑子发热，看到后面已经无法分辨，那些究竟都是水军还是货真价实的高中生——

“我的天哪，那时候她才几岁？这些照片是认真的？”

“难怪当初学校把所有的帖子都压下去了，这也太难看了。”

“等一下，所以姐姐现在还在混圈？总觉得她也……”

姜竹沥强迫自己冷静。

出了学校，没几个人知道明含是她的妹妹，两个人连姓都不一样，她也从没在公开场合提过，竟然在这个时间被人挖出来。

她妈妈是在父亲去世后才改嫁的，退一万步说，哪怕离婚之后带着女儿改嫁，也是再正常不过的事，没有道理要被他们放在这里口诛笔伐。

姜竹沥的心狂跳，她的第一反应是找高中的教务处电话。

这种情况十分异常，高中时教导主任对论坛内容管得很严，毕竟多多少少关系到学校的脸面。

可她打了几个电话，都没有人接。

姜竹沥在电话的忙音里愣了半晌才想起，现在是深夜。

周遭一片寂静，她将目光重新投向电脑屏幕，只能听见自己加快的心跳声。

姜竹沥不知道，那些帖子为什么会再一次被挖出来，更重要的是，她看着帖子里那些不堪入目的照片，仔细辨认场景里模糊的人影。

那绝对不是明含，绝对不是。

姜竹沥离开以后，段白焰开始发烧。

他的感冒来势汹汹，这场病从南半球病到北半球，到后半夜，他难受得厉害，爬起来吃药，昏昏沉沉的，看到手机屏幕亮了一下。

他点开看，是姜竹沥发来的，简简单单的几个字："你也是，晚安。"后面缀了一个傻不拉几但特别特别乖的颜文字。

段白焰嘴角微勾，有种冲动，想打个电话回去。

高中时，他就很想坏兮兮地在半夜给她打电话。他知道她家教很严，所以总是在想象，她藏在房间里，想要高声说话，又小心翼翼地跟他说话的样子。

以此为铺垫，他做了一个春梦。

是江连阙剧本里的内容，他戴着禽兽标配的细金边眼镜，斜斜地扯着嘴角，一边扯领带，一边把她按在办公室门上，声音低沉，热气落在她的脖颈间："还跑？还想跑哪去？嗯？"

她的背死死地抵着门，两只手臂挡在脸前，气喘吁吁，两颊通红，被欺负得眼泪汪汪。

"你不准，不准再亲我了。"她小声嗫嚅。

他置若罔闻，舔了舔唇，低下头，正要继续，就被床头的手机吵醒。

段白焰在心里恶狠狠地骂人，皱着眉头，被陈塘魔音穿脑："段白焰！"

他哑着嗓子，按捺住火气："干什么？"

陈塘像一只豌豆射手："你现在能联系上姜竹沥吗？倪歌有没有给你打电话？她告诉我，她昨晚通知完姜竹沥，竹沥就消失了！"

段白焰被他吵得头疼，眉头皱得更深："你在说什么？"

"段白焰。"陈塘深吸一口气，"明含的旧帖子被人翻出来，姜竹沥失踪了。你快点，快点来见我。"

姜竹沥站在一中的教务处门口，深吸一口气，抬手敲门。

清晨时，她打电话给教务处，得到的回复是："论坛被黑了，这几天都在抢修服务器。"

没有理由，没有理由这么巧，刚刚好就撞在这个枪口上。所有的帖子都被翻出来，有人刻意通过明含和姜妈妈来黑她，还一并攻击学校的服务器，就为让这些帖子留存的时间更久。

跟微博热搜不同，学校论坛的服务器大多没有专人抢修，一旦崩塌，厉害时能垮半个多月。而且这些东西，根本无法像热搜一样，人工取消置顶。

“请进。”办公室内响起一道清冷的女音。

姜竹沥推开门，眼睛被光线晃了一下，和她遥远的记忆一样，教务处内部的格局没有变，办公桌置于窗前，窗外种着一棵高大的忍冬树，枝叶繁茂，阳光透过其间，光柱在窗下游移。

“您好。”姜竹沥上前一步打招呼。

教导主任换了人，是个胡琴一样细瘦的女人，姜竹沥简明地说清了事情经过，希望学校删帖。

“现在不行。”“胡琴小姐”不假思索道，“你今天早上给我打过电话，对不对？学校的服务器被黑了，我们还在修复。”

“可是那些帖子，对我造成的影响很恶劣。”

“恕我直言，那是你的事。”“胡琴小姐”波澜不惊，“学校没有义务，去帮一个名声败坏的校友做公关。”

姜竹沥简直要被气笑。

“名声败坏？我毕业时，拿过校长亲授的校友旗。”那是一道徽章，只有综合排名在前三的学生才有资格被授予，“那些帖子留在学校论坛里，败坏的也是学校的名声。帖子已经发出来三天了，就算高中的学校论坛流量远不如微博和其他平台，可是连一个修复服务器的人都没有吗？需不需要我找一个程序员，来帮你们修复服务器？”

“胡琴小姐”语速飞快：“不需要。”

“明里一中再怎么说，也是排名前三的省重点。教务处敷衍了事，对这种明显的恶意诽谤无动于衷。”姜竹沥语气加重，“你们是不是觉得，校友一定不会给学校发律师函？”

“理论上来说，学校教务处只管本校学生的事。”“胡琴小姐”推推眼镜，淡淡地道，“帮一位人设崩坏的校友做公关，不在我们的职责范围内。”

在来之前，姜竹沥打了很长的腹稿，想跟学校的人讲道理。以前教务处主任很照顾她，他的抽屉里总是有很多五彩斑斓、花花绿绿的糖果，准备给那些去找他帮忙的学生。

可如今的教务处主任固若金汤，油盐不进，她的拳头打在棉花里。

姜竹沥犹豫一阵，决定再试试，如果仍然不行，她出门一定立刻报警。

然而不等她开口，一个高大的人影快步走进来，用力拽住她的手腕，低沉的声音里隐含怒意："不要讲道理了。"

姜竹沥被他拽着往外走，稍稍愣了一秒，很快反应过来。

"校园暴力、名誉侵害。"段白焰拉着她走到门口，脚步微顿，冷声道，"最迟今晚，律师函就会发到教务处邮箱，你们记得查收。"

接到电话之后，段白焰根本没有去见陈塘。

压根不用商量，他也知道姜竹沥会去哪里。

这个姑娘读书读傻了，遇到什么事情都想先讲一讲道理，但成人世界里很多事情是没有道理可言的。

段白焰开车驶出学校，后视镜里，保安远远地关上了校门。

他收回目光，姜竹沥乖乖地坐在副驾驶座上，一动不动地望着窗外。光影透过玻璃，从她的眼睛上方掠过，她却一点反应也没有。

"你吃东西了吗？"段白焰觉得她的情绪不太对，将车开得很慢，"我们先去吃早饭？"

他突然有些不安。

上一次上热搜，她也没有出现这么茫然又难过的表情，可这次事关明含，她整个人都绷成了一条弦，游走在折断的边缘。

果然还是明含比较重要……

他酸溜溜地想。

"我不饿。"半晌，姜竹沥慢吞吞地说。

她的声音发哑，像是在沙漠里行走了很久，说话都显得艰难。

"那就回家吃。"他掉转车头，不容置喙。

"你可不可以，"姜竹沥有些抗拒，"送我回程西西家？"

他想也不想说："不可以。"

她现在这样子，段白焰实在是不放心："先回我家，好不好？"

姜竹沥微微抿唇，没说话。

段白焰只当她是理智还未完全回笼，现在的思考能力不在线。

这次的事好像比上一次棘手一点点，陈塘告诉他出事的第一时间，他就让助理去处理帖子了，然而帖子没法直接删，教务处主任不作为，校长这段时间又出差不在省内。

所以他让助理去联系事务所，直接给亲爱的母校发了律师函。

等红灯的间隙里，段白焰突然想起什么，从她的外套口袋里抽出手机，轻而易举地解锁，然后卸载了微博。

姜竹沥看见了，微微一怔，负气地用毯子将自己的脑袋裹起来，连眼睛都不往外露，像一只鸵鸟。

"你是不是熬通宵了？回去睡一觉好不好？"他有些好笑，又有些哭笑不得，将声音放低，"剩下的事情交给我来处理，嗯？"

姜竹沥困难地呼吸着，缩在毯子里，纠结了半天，艰难地解释："那些照片不是真的。"

"我知道。"他不了解明含，但也没觉得那些照片全是真的，因为最香艳的几张拍得非常模糊，真的里面混着假的，很难被辨别出来。

"明含什么都没有做错。"姜竹沥像个受了委屈的小孩子，低声重复，"那些照片里的人不是她。"

段白焰握着方向盘的手一顿，他突然想起夏蔚和她那个地下俱乐部。

"如果，"他微顿，"我是说，如果呢？"

姜竹沥拼命摇头："没有那种可能。"

红灯过去，绿灯亮起。

段白焰没有说话，目视前方，把油门一脚踩到底。

"谢谢你今天特地跑来帮忙，如果不是你过来了的话，我都打算报警了。"姜竹沥语气诚恳，"可是我很了解明含，她不会做那样的事。如果有机会，我一定会为她辩解。"

段白焰现在肯定了，她不想，或者是根本不能面对那种可能性。

他甚至怀疑，在她心里，明含是完美的，没有人比得上明含，明含永远不会犯错。

他心里涌起一阵烦躁："别说话了，你休息一下。"

"真的。"像是怕他不信，姜竹沥拼命地解释，"明含她……"

"平心而论，"段白焰打断她，声音平静，耐心即将消失，"我不了解明含，也不太关心她的过往。"

他所做的一切仅仅是因为她。

姜竹沥手足无措地愣住，半晌，她慢吞吞地把一双眼睛也缩进毯子，闷闷地道："这样啊……"

"谢谢你。"她的声音细如蚊蚋。

于是手足无措的人换成了段白焰。

他觉得她现在整个人的状态都很奇怪，执拗、油盐不进，他没办法跟她讲道理，所以只能叹息："你听话，去睡一觉。"

姜竹沥熬了一个通宵，眼底发青，眼睛却在这时睁得很圆。

她隔着毯子那条细细的缝看他，他停稳车，打开副驾驶座的车门，将她抱下来，然后开门上楼，把她连人带毯子地塞进被窝。

动作如行云流水，一气呵成。

姜竹沥一动不动地看着他。

"我回一趟公司，很快就回来。"他把她的外套挂起来，帮她掖好被角，"这里很安全，你好好休息，等我回来，嗯？"

姜竹沥缓慢地眨眼。

良久，她细声说："谢谢你，小白。"

她看到段白焰的身形微微顿了顿，然后她轻声说："再见。"

半晌，她听见房门轻轻阖上的声音。

段白焰的助理效率很高。

律师团队飞快地扒出了发帖人的信息。夏蔚的老套路，她知道段白焰在查俱乐部，被逼急了，打算反咬最后一口。

段白焰头疼极了："所以，那个俱乐部到底有没有问题？"

他现在想好了，哪怕俱乐部确实清清白白，他也要想办法往上泼点脏水，等他把最近的事处理完，他要好好收拾夏蔚。

“我正打算跟您说。”助理微顿，然后说，“来之前，我把药物检测报告发到了您的邮箱。”

段白焰皱着眉头打开邮件。

助理继续解释：“夏蔚服用的的确是一种新式毒品，但比起传统毒品，这种药物的成瘾性相对低一些，这种药物会极大地破坏人的消化和免疫系统，严重时，甚至会让人产生幻觉。”

“所以，它出现在黑市上时，大多数时候是以减肥药的形势蒙混过关的。”

段白焰愣住。

“你再说一遍？”

“新式毒品？”

段白焰心跳突然快起来：“不是这个，后面那句。”

“减……减肥药？”

减肥药。

段白焰的脑子里有火光炸开，有一堆线索模糊地碰撞到一起，却又不太清晰。

他转到联系人页面，努力让自己冷静地拨通电话：“陈塘。”

陈塘很快接起电话，但他还在为段白焰上午不去见他的事闹别扭，语气非常冷漠：“干什么？”

“你和竹沥，是不是还有别的事……”段白焰的呼吸有些艰难，“一直瞒着我？”

等段白焰告别陈塘，从他家出来，已经入夜了。

华灯初上，背后万家灯火。

段白焰的车像一道影子，飞快地从红灯面前闪过。

狭小的空间里，他的心跳得扑通扑通的，他将油门踩到底，一路闯着红灯。

他死死握着方向盘，迫切地想见姜竹沥，脑子里像走马灯一样，不断地循环陈塘刚刚说过的话——

“姜竹沥在伦敦的时候，精神状态就很糟糕。说实话，我完全没想过她会回来，我直到现在都认为，国外的环境更适合她。对她来说，相对陌生的环境反而更加安全，不容易让她想起过去的事。

“我从来没有告诉过你，我那个学期的心理学论文，研究对象就是她。

“我对她做精神分析，听完了她所有的故事，你听过应激性心理障碍吗？她的情况跟那个有点像，但又没那么严重，她心里那个不能碰的点，就是她的妹妹。”

陈塘微顿，然后继续说：“那年夏天，明含有一场很盛大的公演，她的压力很大，总是神经质地担心自己的体重不够轻，姜竹沥怎么安慰她都没有用，她背着姜竹沥，大量地服用那种来路不明却格外管用的减肥药。

“一直到公演前一个月，姜竹沥才发现，她对药物上瘾了。她没收了明含所有的药，安抚她、告诉她，自己只去山上住一小段时间，一定会在她公演之前赶回去给她加油。

“姜竹沥希望明含有自信，而不是依靠药物或别人的评价……”

陈塘沉默一会儿：“可是姜竹沥没有回去。”

段白焰一言不发，心头猛跳。

“过了她们约定的时间，一直到明含公演，姜竹沥仍然没有回家。”

“明含联系不上姜竹沥，又开始使用药物。”陈塘垂下眼，沉吟片刻，“再后来的事，你应该都知道了。”

明含的生命定格在舞台上，以一种完美、献祭的姿态。

“可是，那与姜竹沥无关。”段白焰忍不住嗓子发涩地打断他，“就算我当时……我当时没有囚禁她，她真的回去了，也未必能劝阻明含。”

陈塘嘲讽道：“你以为姜竹沥不知道吗？”

“她妹妹的死，何止是跟她没有关系？”陈塘讽刺地看着段白焰，“在姜竹沥眼中，明含的死跟她妈妈给的压力没有关系，跟那位让明含‘再瘦一点’的老师没有关系，跟用手铐把她囚禁在山上，让她没来得及回去见妹妹的段白焰也没有关系。”

段白焰觉得他在说反话，皱起眉头：“你什么意思？”

“她知道那件事跟她没有关系，可是按照这个逻辑，那件事就跟任何一个人都没有关系了。”他说，“她在心里原谅了每一个人，除了她自己，因为没办法抱怨其他人，所以她只能抱怨自己。”

所有的事集中在一起，姜竹沥得到了心仪很久的国外大学的录取通知书，却也在一天之内，几乎失去了所有的社会属性。

“她认为，从那时起她不再是‘老师的好学生’，不再是‘别人家的孩子’，不再是‘明含喜欢的姐姐’，甚至不再是‘段白焰的女朋友’。”

过去那么久了，陈塘一直忘不了，当初姜竹沥在那位老教授面前哭得上气不接下气，不断重复的句子，就是“没有人需要我”“我不属于任何人”。

“段白焰。”陈塘抬眼，语气平静，“姜竹沥出国之前见过的最后一个人，就是你。

“你还记不记得，你当时对她做了什么？”

段白焰开始颤抖。他知道他当时做了什么，他一根一根地掰开了她的手指。

段白焰急刹车，车子停在家门口，他飞快地拔下钥匙，“砰”的一声踢上车门，大跨步地往别墅里走去。

陈塘讲完了所有因果，他现在终于明白，为什么陈塘那么讨厌他了。

如果他是姜竹沥的朋友，一定也恨“段白焰”入骨。

他的感冒还没有好，呼吸急促，嗓子发疼，胸膛剧烈地起伏，两步并成一步上楼，走到卧室门前。

他推开门，大口大口地呼吸着，想要叫她的名字：“竹……”

屋内一片安静，霜白的月光在窗下游移，窗帘一起一落，床上空无一人。

段白焰的脑子空白了一下，然后他的眼睛开始发涩，一只手握在门框上，他的指甲几乎陷进去。

他艰难地呼吸，强迫自己冷静下来，不停地打电话，通知身边所有能通知的人，问他们有没有见到姜竹沥。

陈塘气急败坏：“你又做了什么？！”

“我什么都没做。”段白焰从没像现在这样手足无措，毫无头绪，不知道该怎么办，“万一，我是说万一，竹沥现在这种精神状态，放她一个人在外面，会不会出事？”

陈塘陷入沉默，半晌回了一句：“总之，我也问一问她其他的朋友，我们尽量快一点把她找回来吧。”

他说话从未像现在这样指向不明。

段白焰听完，心跟着凉了一半。他发动了身边所有能动用的力量，可一整夜过去了，仍然没有半点找到人的迹象。

第二天天刚亮，前夜被段白焰发动过的人，一个接一个地聚集到了他家。

“她经常去的地方都找过了吗？西餐厅、学校、我家……哦，她肯定没有回我家。”程西西清晨才结束工作，换完衣服就马不停蹄地从片场跑了过来。她推开段白焰家的门，发现客厅里大家都已经到齐了，被这阵仗吓一跳，“我才一天没见她，怎么就……明明昨天还好好的啊？”

“没有，我都问过了，那些地方她都没有去。”段白焰坐在沙发上，面前一群好友盯着他，他显得格外颓然，“我还调了几个人流量大的商场的监控，可是……可是都没有。”

他家门口的摄像头最远只能拍到路口，他甚至去小区里调了别的监控，她竟然是全程走出去的，连公交车都没有上，也没有出租车的牌号可以查，他查不到一丁点线索。

客厅陷入一片沉寂。

程西西左顾右盼，见熊恪像堵墙一样站在旁边，有些手痒，忍不住轻轻戳戳他：“大熊，到底发生了什么事呀？”

她这几天也很忙，根本没空刷微博，更何况是高中的学校论坛。

“就是……”熊恪短暂地犹豫了一下，低声回应，“我等一下再给你解释。”

“好。”程西西认真地点头，“你咬耳朵跟我讲。”

咬耳朵就算了吧。

陈塘眼睛一亮，突然抬起头：“你去她家找过吗？”

段白焰一愣：“没有。”

他没有深入了解过，但在他稀薄的印象里，姜竹沥和父母的关系并不算好，她的母亲过于强势，她又始终对继父和继妹心怀愧疚，无法与家庭亲近，所以他首先排除了这个地方。

陈塘毫不留情地说：“蠢货。”

段白焰：“……”

“我们坐在一起也没用，还是分开比较好。”陈塘起身，拿起外套，“我再去一趟西餐厅，检查一下附近人流量大的地方。段白焰去竹沥的妈妈家，看看她有没有回家。程西西回自己家等着，万一竹沥去了，不要错过她。另外打个电话，让倪歌盯着学校，别再出其他幺蛾子。”

这个方案听起来很有可行性，段白焰没有拒绝，略一思索，补充了一句：“熊恪，再找几个人，去看着夏蔚和何筱筱。”

熊恪以为他是怕夏蔚再有动作，点头应下：“好。”

“我担心竹沥会去找夏蔚。”段白焰十分担忧，“我现在就怕……她背着我，去泼人硫酸。”

熊恪的手顿了顿：“……”

“问题是，泼硫酸这种事，”段白焰一脸纠结，“让我来做，显然比较合适吧。”

熊恪：“她不会的。”

——你以为人人都是你。

段白焰垂眼，无意识地收紧攥着外套的手，声音低沉：“都是，都是我的错。”

陈塘气急败坏道：“对，本来就都是你的错。”

段白焰嘴角苍白，难得没有反驳。

新的一天已经开始了，天边掀开一角，落地窗外幽竹轻晃，他甚至听见鸟儿在枝头跳动。

姜竹沥到底在哪儿啊？

段白焰顺着姜竹沥高中时留在教务在线的地址，轻而易举地找到了她的家。

她家一直没有换房子，住的仍然是四年前那个中档小区，漂亮精致的小复式，和每个中产家庭一样的内部构造。

站到门口，段白焰略略平复了一下呼吸，才按下门铃。

“叮咚。”

响了几声，没有人应。

他暗暗皱眉，隔了几秒，才去按第二次。

这次很快他就听见趿着拖鞋走路的声音。

门由内打开，一张中年男人的脸露出来，他戴眼镜，穿着普通的家居服，长着一张宽厚温和的脸，只是腿脚似乎不太方便，走得有些不灵活。

四目相对，中年男人有些发愣。

“叔……叔叔好。”段白焰舔了舔唇，手心不自觉地出了一层汗。

除了高中时的家长会，他几乎没在其他场合见过姜竹沥的父母，现在急匆匆地跑到人家面前，他才想起，四舍五入，这也算是来见家长了吧？

“我是竹沥的朋友，”开口的瞬间，段白焰突然想起自己彻夜未眠，现在的皮肤状况一定很糟糕，也许整个人都很没有精神，所以他放缓声音，尽量显得礼貌，想拉点好感值，“很抱歉这么早来打扰您，之……之前我向竹沥借了一笔钱，我急着还给她，可我一直联系不上她，就……就想看看，她是不是回家来了？”

明叔叔有些惊讶：“这么早来还钱？”

段白焰也知道这个理由很蠢。

明叔叔哈哈大笑：“进来吧。”

段白焰感到难为情，换鞋进屋，明叔叔低声道：“我去给你倒杯水，你自己到处看看，竹沥的妈妈还在休息，你小声一些。”

段白焰点头，走进屋子，发现小复式内部的空间也很大，整个房子的内部装潢都是温暖的色调，客厅里零零散散地放着几个大小不一的行李箱。

墙上挂着一张油画，一束光从上面打下来，驱散舞台上的黑暗，白裙舞者踮起脚，两条细瘦的手臂环在胸前，露出天鹅般白皙美丽的脖颈。

他仰着头看画，在心里猜测，这个舞者的原型，是姜竹沥还是明含？

“那是竹沥的妈妈。”明叔叔走过来，打断他的思绪。

明叔叔站到段白焰身旁，像段白焰一样抬起头，以一种仰望的姿态，崇拜画中的女人：“她年轻时，像天鹅一样漂亮。”

段白焰接过明叔叔手中放着水杯的托盘，低声道谢：“谢谢您。”

明叔叔仰头看了一会儿，恋恋不舍地收回目光，上下打量他：“你是竹沥的那个小男朋友？”

“很……很明显吗？”段白焰突然有点不好意思，觉得这是在委婉地夸他跟姜竹沥有夫妻相。

明叔叔笑了：“我在竹沥的相框里见过你。”

段白焰一愣：“相框？”

明叔叔带他上楼。

姜竹沥和明含的房间都在二楼，但她们不住在一起。现在的房间隔着一堵墙，也隔着阴阳。

段白焰站到姜竹沥的木书桌前，拾起桌上的相框，相框似乎有点年代了，接缝的地方有些松散，裂缝仿佛是被岁月撑开，又被人一点一点地用胶水粘起来的。

拿起相框，段白焰就笑了，可是笑着笑着，又心疼得厉害。

背景板上，用胶水粘着两个贴在一起的人头，两个人的头都很小，只能露出校服的领子，也许是摄影师隔得太远，图片上的噪点格外清晰。她勾唇微笑，而他十年如一日地臭着一张脸。

“这哪是合照……”

这是她从集体照上剪下来的两个人头。

姜竹沥走的时候，带走了她和明含的合照，却没有带她和他的。

因为他和她根本就没有合照。

段白焰难过极了，问得颇为艰难：“竹沥，她回来过吗？”

明叔叔不知道事情的始末，只当两个人是吵架了。

他点头：“早上回来过，很快就走了。”

“她去了哪里？”

“我不知道。”

明叔叔又道：“正好你过来了，既然竹沥不要，你就把这个木相框带走吧。我和她妈妈也打算走了，最近在搬家，你不带走，我们也没有地方处理。”

段白焰一愣：“去哪里？”

“回老家。”

他想起之前姜竹沥也对他提起过这件事：“是回去过年吗？”

“不，不只回去过年，这次走了，我们就不回来了。”明叔叔闭眼摇头，低声道，“这次的事情，她妈妈没有看见，可我看到了。”

段白焰的脸色白了白：“那都是谣言和诽谤，我们……”

“我知道。”明叔叔的语调很温柔，“可她这一生也过得不好，我不希望她再受到伤害了。”

窗外的云层慢慢聚集，凉风带起白色窗帘。

段白焰愣住了，听见明叔叔的叹息：“我常常遗憾，没有参与她的第一段婚姻。”

没有在竹沥的妈妈第一次敞开心怀、跟人建立亲密关系的时候，就成为那个正确的人。

很遗憾，没能在最好的时候遇见竹沥的妈妈。

段白焰难过得快要窒息了，艰难地问：“你们要带竹沥走吗？”

明叔叔笑了笑，摇头：“不。”

明叔叔说：“她应该有自己的人生。”

段白焰的两手握成拳，指甲深深地刺入掌心。

没有一个父亲，悄悄地收拾东西就打算搬家，等女儿惊慌失措地问起，他只用一句“你应该有自己的人生”，就轻而易举、云淡风轻地将问题推回去。

父母总是习惯为儿女打算，天热天凉，一日三餐，生活里细细碎碎的事，一层一层地叠起他们的感情。这些细碎又微小的细节，段白焰从来没有体会过，但他现在才真正发现，原来她真的跟他一样。

自卑、脆弱、敏感、不受宠爱。

段白焰虽然没有找到姜竹沥，但明叔叔让他受到了启发。

他抱着木相框走出小区，二话不说，直接拦车驶向公墓。他现在有八成的把握，姜竹沥会去看明含。

公墓在城郊，与姜竹沥家距离十万八千里，等他到了地方，天空中淅淅沥沥地落起了雨。

他问过守墓人，很快就找到明含的墓碑。

这个地方太拥挤，黑白照片里的少女又太明亮，段白焰的心里实在不是滋味，他俯身想擦一擦台前的灰，手指无意拂过碑前百合花的花束，一滴露水掉了下来。

段白焰一愣。

“竹沥……”他环顾四周，心跳得很快，仍然不敢高声惊扰，“竹沥，你还没走吗？”

雨簌簌地下，周遭茂林修竹，一片寂静，没有人回应他。

“竹沥？”他试探着，想看看她有没有藏在什么地方。

他是记得的，姜竹沥很喜欢新鲜的花朵，比起漂亮的花篮，她更喜欢自己买鲜花，自己扎缎带。她说过，那些露珠晶莹剔透，像漂亮的水晶。所以她确实来过这个地方，而且就在不久前。

段白焰的脑子有些混乱，他似乎处处晚她一步，她上午回过家，然后来了公墓，放下了这束花。

可是之后呢？之后她去了哪儿？

“竹沥……”段白焰的嗓子发哑，“竹沥！姜竹沥！”

清晨的公墓里没什么人，他现在像一个脆弱的风箱，每一声呼喊都好像耗尽了全力。

守墓人怒气冲冲地跑过来：“你瞎叫唤什么？想叫醒谁啊？”

“那个……”段白焰语无伦次，像个委屈的孩子，“那个在这儿放花的姑娘呢？她去哪儿了？她什么时候走的？”

守墓人还没反应过来。

“你能不能告诉我，她……她……”

守墓人被他的神情吓到：“她走了没多久啊，今天上午就坐在那儿，又哭又笑的。”

段白焰眼前一黑，差点跪下。

姜竹沥对他说过谢谢，然后告别了他，等到天亮，她去找父母，得知父母要搬家离开，于是她收走了自己所有的东西，带着那些东西，在花店里选了最喜欢的花，然后细心地扎好，来扫墓。

段白焰痛苦地闭上眼，她现在的样子，简直像是在向世界告别。

“去，去找所有——”段白焰一一给好友打电话，嗓子哑得不像话，“有可能自杀的地方。”

“小少爷。”熊恪有些担忧，“你要不要休息一下？”

他前一晚熬了个通宵，感冒和发烧越发严重，熊恪猜他扁桃体也发炎了，说话的声音越来越哑。

“我……”段白焰从没有像现在这样焦急过。

他没有拍过公益电影，现在却无端想起短片里那些丢了孩子的母亲，在车站里一遍又一遍地找啊找，发了疯似的，穿透人群，只会说一句话——你在哪里？

“我想再找找她。”

他的话说得格外艰难，像是被人扼住了喉咙，一字一顿地往外挤。

熊恪微聚眉峰，转过头，意料之中地看到段白焰的嘴唇开始泛紫。

他迅速将段白焰放倒到四十五度，然后从口袋里掏出药，按到他的鼻端。

段白焰困难地呼吸着，一只手扣在熊恪的手腕上：“熊……”

“我知道。”熊恪抿唇，“我让他们再快一点，你不要担心，姜小姐不会有事的。”

段白焰慢慢平复呼吸，然后挣扎着想要站起来。

熊恪紧皱眉头，眼中写满了不赞成，但他也知道，他拦不住段白焰。

姜竹沥在国外的那几年，他也常常犯病。

那时他跟江连阙一起住院，没几天，擅长套话的江连阙就把他所有的过往套了个底朝天。他告诉江连阙，姜竹沥是他的空气，江连阙还笑他夸张。

不是的，可能没有人真正像他一样，真切地体会过不能呼吸的感觉。

他犯病的时候，每吸一口气都要耗尽全身的力气，吸到浑身颤抖，世界都变得遥远，他的小宇宙里只剩下自己和快要炸掉的肺。

可姜竹沥走进了他的小宇宙，又被他弄丢了。

段白焰发着烧，心里比身上还要难受。

半晌，他艰难地站起身，想要出门。

入冬之后，天黑得越来越早，下午那场雨还没有停，天空灰暗，冷风夹杂着雨水扑面而来。

刚刚拉开门，段白焰的视线漫不经心地一扫，看到门旁边的花圃边上，蜷着一个人影。

段白焰愣了愣，心头一紧。

人影缩在光线照不到的角落里，小小的一团，乍一看，像一窝不起眼的花影。他如果换个角度，就真的完全看不到了。

可他还是看到了，这就是天意。

段白焰的心跳得飞快，他咽了咽口水，缓步走过去。

段白焰有些忐忑，想要靠近，又担心一旦走近，她就会消失，像过去这些年里，他那些没着没落的梦境一样，手指一碰，他就看不到她了。

段白焰慢慢地接近她，她一动不动，好像没有逃跑的打算。

段白焰心里一喜，像是在森林里捕捉到某种珍稀的小动物，他小小心翼翼地蹲下身，试探地叫道："竹沥？"

隔着两三米的距离，半晌，他看到那团黑影缓慢地动了动。

第四章

非常爱你

“竹沥？”

段白焰拨开草丛，微微俯着身，小心翼翼、一点一点地靠近。

天黑好像只是一瞬间，他的眼睛逐渐适应昏暗的光线。

他低声呼唤着，看到那个抱着膝盖蜷成团的人影慢慢抬起头，向他望过来。

她与他对视，目光穿破空气，平静得没有波澜。

段白焰微怔，被巨大的狂喜击中，脚步不稳，几乎是扑过去的。他努力按捺情绪，半跪到她面前，扶住她的肩膀：“你昨晚、昨晚去哪儿了？”

姜竹沥看着他，没有说话。

“你、你是来找我的吗？”段白焰的嗓子发干，他努力放缓声音，怕自己会吓到她，“你有没有吃饭？你在这里坐了多久？为什么不进门？”

他没有问她为什么要走，甚至在找她的过程里，无数次地想过，等他见到她，一定要把所有的事问清楚，为什么什么都不告诉他？为什么连与他的联系也想斩断？

可是等他真的见到她，他什么都不想做了。

世界上最重要的事都没有眼下的事重要，他想她也许会饿，担心她会冷。

可姜竹沥仍然没有开口，她很安静，段白焰慢慢感觉不对。

他叫了她那么多声，她一点反应都没有。

“你、你……”段白焰的心里一紧，他的声音颤抖着，说出的话都开始不受控制，“你现在能认出我是谁吗？”

这一句，姜竹沥好像听懂了，若有所觉，缓慢地眨了眨眼。

“我就是……就是，”他喉结滚动，紧张地说，“你高中时摆在书桌上的那个木相框里那个、那个浑蛋。”

天边最后的余光也收敛殆尽，天彻底黑下来，银针般的雨飘在空气中，两个人的衣服都被浸湿了。

姜竹沥没有说话，段白焰还想再问，头顶一片阴影笼罩下来，将雨雾隔绝在外。

他抬起头，看见熊恪站在家门口的台阶上，居高临下，撑着一把大黑伞，面无表情地看着他。

段白焰：“……”

他看懂了熊恪谴责的眼神，熊恪一定不懂，明明离家门只有两步路，为什么他们非得在雨里谈人生。

“你……”段白焰收回目光，心疼地擦掉姜竹沥下巴上的雨水，两只手放在她的肩膀上，试探着问，“你愿意跟我回家吗？”

“就是、就是旁边这个建筑。”像是怕她理解不了，他紧张地指了指房门，“我们进去，然后里头，就是，有那种很大的棉花填充物……它能让你很暖和。”

据陈塘的说法，她应该是再一次被动地陷进了四年前那个“被伤害”的机制。

姜竹沥感性，可她被压抑太久，表现出来的反而是克制与冷静。她不断地向自我强调“我应该忘记那些不开心的事，我应该向前看”，可是她的伤口从来没有愈合过，她靠逃避暂时忘记了那些伤害，但身体一直记得。

他后知后觉地意识到，也许这才是她的身体永远下意地识拒绝他的缘由。

她的身体里有一个触发开关，像潘多拉那个罪恶的盒子，一旦打开，就会毫无抵抗能力地被负面情绪淹没。

段白焰摸不准这个开关的具体位置，或许明含、她的父母，还有他，都是催化剂。

姜竹沥仍然没有开口，她的身上一点热气都没有，他半跪在她面前，语气近乎乞求：“跟我回去吧，好不好？”

“或者，”下一秒，他脑海中灵光一闪，突然想到其他选项，“我送你回程西西家？”

姜竹沥垂下眼，抖落睫毛上的水汽，她的下巴还放在膝盖上，冻得瑟瑟发抖，像一只委屈的、湿漉漉的小动物。

段白焰几乎要绝望了。

下一秒，他听见她小声地说："会给西西添麻烦。"

段白焰想，如果程西西现在在这里，一定会尖叫，说姜竹沥冤枉她。

"不会的。"他安抚她，"大家都很喜欢你，大家都在找你。"

她挣扎："大家一定觉得我很麻烦。"

姜竹沥的脑袋昏昏沉沉的，她坐在这里，脑子里一片空白。

昨天她出门之后去了哪儿，在哪儿过了夜，上午回家收拾东西时明叔叔对她说了什么，下午去买花时她给了花店多少钱，她都想不起来。

但她对这种感觉非常熟悉，这是她初到伦敦时的状态，那时她能正常地跟人交流、吃饭、上课，一个人顺利地找到房子，解决水电费，可她无法思考。

她不敢回忆任何一件事，怕一不小心，就被恶龙拖进深渊。

唯一确切的念头是，现在的自己一定很不讨人喜欢，她要找个地方躲起来。

可她为什么会无意识地走回来，她也不知道。她似乎记得这是段白焰的家，但是她不太确定，自己有没有跟他说过再见。

她抬起头，肯定地道："我想起来了，我是来向你告别的。"

"为什么？"他用拇指拨开贴在她脸上的湿头发，温声问，"为什么要向我道别？"

姜竹沥没有答案，神情一下子茫然起来："如果、如果不打招呼就走了，也许会被担心。"

她认真地想了想，说："被人担心，就会被人讨厌。"

段白焰失笑："这是什么道理？"

姜竹沥不知道该怎么解释，但一直记得一个场景。

初中时，班上有个女生不小心摔断了腿，她听班主任的要求，每隔几天就组织一些不同的同学去医院看望女生。

姑娘们带着花束和零食，表面上言笑晏晏，出了门就把那个断腿女生回馈的小零食扔在垃圾桶里，懊恼又嫌弃地抱怨："唉，烦死了，她的腿断不断关我什么事，我作业都没做完，还要来看她。"

——烦死了，我其实不想关心她的，她怎么样，跟我又有什么关系啊？

姜竹沥愣愣地站在走廊上，那时候她就在心里暗暗发誓，如果她受伤了，一定不要被人知道，一定不要给人造成负担。

“不是这样。”段白焰见她久久不说话，安抚地抱住她的肩膀，低声劝慰，“他们是因为喜欢你，才担心你的。”

姜竹沥微微抬起头，睁大眼睛，一副似懂非懂的样子。

“我也是。”他微顿，叹息，“但……也许不止。”

别墅区里很安静，雨还在下，路灯一盏接一盏地亮起。

昏黄的灯光下，她看到他线条流畅的下巴、口中呼出热气，眼神是前所未有的温柔。

“应该说，”他看着她，认真地说，“我非常爱你。”

段白焰成功地将意识不清的姜竹沥抱回了家，他按捺着雀跃的心情一一给朋友们回电话，告诉他们，他找到姜竹沥了，让他们不要再担心。

陈塘在电话那头咆哮：“谁告诉你第一个找到她的人就可以养她了？你那么多前科！屡教不改！这次的锅有一半能让你来背！你凭什么把她带回你家？你跟我们商量过吗？你这个……”

段白焰冷漠无情地挂断了电话，放下手机，有些忐忑地搓搓手，推开卧室的门：“竹沥，你换好衣服了吗？”

他给了她很长的时间，担心她没办法自己换衣服，几次想进去检查，都忍住了。

姜竹沥埋在被褥里，小口小口地抽气，半晌才发出微弱的鼻音：“嗯。”

段白焰皱起眉头，感到不对，走过去想将她从被子里挖出来：“你是不是受伤了？”

他本来只是想让她先把湿衣服换下来，没想到她直接跑到床上藏了起来。

姜竹沥拼命地摇头。

她越是这样，段白焰心里越没底。

她刚刚坐在外面，穿着普通得不能再普通的白色长袖和牛仔长裤，可那场雨下得太不是时候，她又坐在花坛边，从头湿到脚。

进门时，他只顾着帮她清理身上的泥土，却忘了问她是不是有外伤。

“你，”段白焰舔了舔唇，“你是不是，不想跟我说话？”

姜竹沥缩在被窝里，半晌，闷声道：“我没有。”

“那你先起来。”他俯身，摸摸她仍然潮湿的头发，“去洗个澡，然后吃一点东西再睡，好不好？”

姜竹沥没有说话。

段白焰手足无措，按照他往常的行为模式，他应该不管不顾地把她捞出来，剥掉她的睡衣，把她抱进浴室，可他现在不敢再作了。

姜竹沥半天没有动弹，过了很久，才小声说：“会弄脏你的浴室。”

段白焰意识到，其实他现在根本就劝不动她，所以他温柔地说：“我的浴室本来就不干净。”

姜竹沥：“……”

说完，他躬下身，长臂穿过她的肩膀。

他给她的是冬季睡衣，毛茸茸、黄澄澄的，还带着一条细细的长颈鹿尾巴。

她死死攥着被子不撒手，可也没有再抗拒他，于是他将她连人带被子抱了起来。

段白焰心满意足，像抱着一只暖洋洋的松鼠。他抱着她，坏心眼地想要抖一抖：“你轻了很多。”

姜竹沥闷声道：“胡说。”

段白焰乐坏了，竟然还会怼他，那她也没有完全失去意识嘛。

浴室里热气升腾，段白焰把姜竹沥放在凳子上，放好了水，用手试过温度，才小心翼翼地将她剥开。

这么一剥，他才发现，她真的受了伤。

她的皮肤很白，腿上、胳膊上，到处是剐蹭的痕迹，有几处皮被蹭掉了，另有几处已经结了痂。

段白焰心疼坏了：“你是不是在哪儿摔了一跤？”

“是。”姜竹沥有印象，她在某个地方滑倒了。

他一边帮她找紫药水，一边低声问：“在哪里啊？”

姜竹沥乖巧地坐着，认真地想啊想。

“想不起来了。”

她裹着浴袍坐在那儿，两腿并拢，像一个乖巧的小学生。

段白焰有点难受，问她："你想先洗澡，还是先上药？"

问完，他又意识到这问题蠢得不像话，如果先上药再碰水，很可能会洗掉药水。

他刚想开口，就听她说："想先上药。"

"嗯，先洗澡好不好？"段白焰舔舔唇，耐心地跟她商量，"洗完澡再上药，你上完药就可以去睡觉了。但如果先上药，等会儿再碰水，可能会把药洗掉。"

她好像没太明白，重新陷入思考。

他将声音放缓："如果上两次药，你会疼两次。"

这次她听懂了，乖乖地点头："好。"

段白焰心里一喜，他们是能讲道理的，她也能听懂他在说什么，只要他愿意跟她交流、向她解释。

好不容易折腾着洗完澡，他帮她吹干头发，开始做另一件更加艰难的事。

段白焰蹲在姜竹沥面前，捧着她的腿，一脸凝重。他从来没有给人上过药。

熊恪或家里的阿姨会比较熟练，可他实在不想假手他人。

所以他观察了很久很久，久到姜竹沥觉得自己的伤口可能都已经自己愈合了，才听到他沉重地问："我、我开始了？"

姜竹沥疲惫地想，快点吧，她都快睡着了，要不是怕伤他自尊心，她早就自己来了。

段白焰用药水浸湿棉签，如临大敌，小心翼翼地抹了一点点药到她的膝盖上。

药水太凉，可浴室内的温度很高，姜竹沥的脚趾微顿，忍不住朝后缩了缩。

段白焰惊慌失措："疼、疼吗？"

姜竹沥："不、不疼。"

"可能有点刺痛。"段白焰深深皱眉，"我轻一点。"

姜竹沥点点头，然而在接下来的两个小时里，她再一次见识到了段白焰的矛盾。

他恨不得涂一点点药水，就用嘴吹一吹，说是在对待珍宝都还不够，她觉得，他在照顾一个玻璃人。

等他上完药，姜竹沥已经开始恍惚，怀疑外面早已日上三竿。

段白焰将她抱回床上。

姜竹沥昏昏欲睡，他趁机轻轻捏了捏她的肚子，在心里迅速过了一遍早餐食谱，思考明天应该叫厨房给她做什么粥。

可他又想到，她自己明明很会做饭，现在却在这里可怜巴巴地饿着肚子，这一切都是因为他。

段白焰心里又开始冒酸水，他调好床头灯，俯身帮她掖好被子，轻轻拍拍她的额头：“晚安。”

姜竹沥闭着眼，像是已经睡着了，睫毛被床头灯温柔的光线衬得长而卷，下巴细瘦白皙。

段白焰心里生出一股暖意，他轻手轻脚地转过身，刚想出门。

她突然抬起手，无意识地钩住他的一根手指。

段白焰愣了愣，脑子里轰的一声，炸了。

他转过去，见她睁着眼睛，一眨不眨地看着他，两颗眼珠黑白分明，暖橙色的灯光照进去，在她眼底漾开一片水光。

“你……”他舔舔唇，看见自己投射在墙上的人影，悄无声息地长出一对长长的尖牙，大尾巴在床边扫来扫去，“想让我留下来吗？”

姜竹沥不假思索地摇了摇头。

段白焰：“……”

她窝在被子里，小小的、软软的一团。

他居高临下地望着她，心里邪恶的小人又开始蠢蠢欲动。反正这是在他家，什么事都可以他说了算，哪怕他有什么不太妥当的举动，她又反抗不了。

“你吃药了吗？”下一秒，她小声问。

段白焰微怔，旖旎的心思一瞬间全部散尽。

“很烫。”她的声音小小的，指尖有意无意地在他的掌心上碰了碰。

段白焰突然感到恍惚，大概是他刚刚给她涂玫瑰发油，也或许是他刚刚抱她起身……总之，热气落到她身上，被她察觉到了。

她都这样了，还在分神想他发烧的事。

“我没事。”他为自己刚刚一闪而过的禽兽想法感到愧疚，“你如果不放心，我就不走了。”

姜竹沥慢吞吞地抽回手，转过身，整个人都缩回被窝，背对着他，一点一点地向珊瑚绒棉被里缩，直到连头顶都不露出来。

段白焰：“……”

心塞，算了，来日方长，现在就算真的那个什么了，他也总有一种乘人之危的感觉。

连他都想不起来，他什么时候变成了一个这么善良、这么有良知的人。

走之前，段白焰俯身，把柜子里那只愚蠢的大白拖出来，放到她身边。

姜竹沥埋在被子里，突然落下一只巨大的玩偶，她微怔，然后伸出一只手，软绵绵地揽住它。

段白焰站起身，她屏住呼吸，许久后，听见房门合上的声音。

她蜷成团，等了很久很久，都没有听见落锁的声音。

姜竹沥一愣，他没有锁门？

她难以置信，将被子掀开一个角，赤着脚走下床。

段白焰嫌其他房间采光不够好，将自己的卧室让给了她，平时他喜欢光着脚到处走，卧室里铺着厚厚的毛毯，暖暖的，不穿袜子也不会冷。

她走到门前，试探着拧了拧门锁，门轻轻一推，推开一条缝。

姜竹沥不明白，他不怕自己再逃跑吗？想了想，她慢吞吞地走到窗前，动了动窗户。

推不动。

她有点纳闷，抬起头，看到窗玻璃与窗棂接缝的地方，有一层细密、半透明的白色胶状物，是一层厚厚的胶水。

段白焰这晚睡得不太好。他的神经稍微放松，就立即发起高烧，即使退烧药和感冒药都有安眠的效用，可他仍然浑浑噩噩，脑子里有个声音在拼命地叫他去看看她。

他恨不得每隔几分钟就挣扎着站起来，偷偷去隔壁房间检查一下她还在不在。

可她睡得很安稳，段白焰离开之后，她把那只大白也捞进了被窝里，两只手抱在玩偶的腰上。四舍五入，他理解成，她今晚是抱着他睡的。

他开心极了。

然而第二天一大早，陈塘就臭着脸敲开了他家的门。

段白焰不想放他进来，冷着脸赶他："你来干什么？"

陈塘翻白眼："三堂会审。"

段白焰："……"

他不得不坐下来，跟姜竹沥的这位师兄谈人生。

陈塘对姜竹沥的过去了如指掌，先入为主地对段白焰没有好感。何况她回国之后，段白焰做的都是些减分的事，陈塘对他毫无信心，陈塘的态度非常明确："我要带走竹沥。"

段白焰现在看见陈塘就心烦，姜竹沥是块到嘴的肉，他失了智也不会放她走。

他坐在沙发上，语调缓慢，连眼皮都没有撩一下："做梦。"

陈塘被他气笑："你是不是觉得，现在的姜竹沥温柔可爱，可以任人拿捏，一副怎么都不会还手的乖巧样子，跟你最开始的恋人是一个样子？"

段白焰不知道，姜竹沥这个样子是不是符合他最早想象的完美情人，但陈塘这种语气，让他很不舒服。

段白焰放下茶杯，决定结束这段对话："滚出我家。"

姜竹沥还没睡醒，他想在她睡醒之前，给她准备一份早餐。

"竹沥现在的状态是暂时的。"陈塘提高音量，"可如果你一直是这副样子，等她情绪恢复过来，你们仍然会分手。"

段白焰不爽："我哪副样子？"

"期待她变成你想象里那个顺从、不会反抗、能任你摆布、被你照顾的恋人。"

段白焰身形一顿。

姜竹沥当初对陈塘讲自己的过往，没有说任何段白焰的坏话。她把自己从中抽离出来，尽量客观地讲经历过的事实。在陈塘的分析里，段白焰应该是一个拥有近乎变态的掌控欲的人。

他期待自己的恋人能够顺从，可对姜竹沥来说，亲密本身就是一种伤害。

段白焰停下脚步，转过身来。

陈塘继续说：“可能你也注意到了，在竹沥前二十年的人生里，父亲的角色始终是缺席的。在姜妈妈的潜意识中，她与已故前夫的关系早已破裂，可她又不想承认这个事实，所以她以爱和照顾的名义控制自己的孩子，企图借此在心理上复位早就不存在的家庭关系。

“这其实是把她前夫的一部分家庭责任转嫁到了竹沥身上。”他解释，“所以才会出现‘你怎么能不听妈妈的话？妈妈这么辛苦，妈妈都是为了你’‘你一定要成为有出息的人，才能不辜负妈妈这些年的努力’这些情况。”

那些话并不完全客观，但小孩子没有判断能力，日积月累，信以为真。于是她从“逃避亲密关系带来的压力”，一点一点地慢慢开始转向“逃避亲密关系”。

“这说不通。”段白焰打断他，“竹沥可以正常地跟我恋爱。”

她也可以愉悦地跟他发生关系。

“因为她有一套强大的自我保护机制，是这套机制给她自信，让她敢接近你。但她的本质没有变过，一旦遇到伤害，她一定会立刻逃跑。”

段白焰微微皱眉，这个说法对得上，因为她四年前是这样，四年后也是这样，他若有所思：“所以这次的情况也是？”

“她的保护机制……”段白焰仔细想了想，有些难以置信，“让她变傻了？”

陈塘：“胡说。”他翻白眼，“她不是变傻，她可以正常跟人交流。”

段白焰略一回忆，觉得也是，他说什么，她都是能听懂的。

陈塘解释：“她只是把自己的反应‘滞后’了。”

不管接收到好的还是坏的消息，她都先在脑子里放慢，这样无论是好事还是坏事，都不会造成很大的冲击，也不会让她的情绪起伏太大。

“所以就算你现在冲上去骂她或者打她一顿，她都不会有太大反应。”陈塘抱着手，“她身体里那个‘及时反馈’的按钮，被烧坏了。”

段白焰：“我吃多了吗，我为什么要骂她打她？”

她那么可爱，他想把所有的精力和时间都用来疼爱她。

“不过，”他微微眯起眼，狐疑地说，“你大清早跑过来跟我说这么多，到底想说什么？”

“姜竹沥病了。”陈塘深吸了一口气，“你照顾不好她，就不要把她留在身边，算我求求你。”

段白焰陷入沉默。

“我过去就对你没什么好感，说实话，直到现在也是。”陈塘的语气淡淡的，“姜竹沥是那种无论如何，哪怕有一天她快要死在外面了，都不会伤害别人的人。可你跟她正好相反，你不仅攻击自己，也攻击她。”

段白焰一急起来，六亲不认。

段白焰张了张嘴，发现自己竟然无法反驳。

“跟你比起来，姜竹沥好像很软弱。”陈塘垂眼，“但是，就算你现在不管她，就这么放着晾着，她自己也会好的。总有一天她会重新站起来的，因为她必须一个人生活下去。

“在伦敦的时候，也是这样。”

姜竹沥的学习能力很强，哪怕出了国，成绩依然很好。

那时她已经拿到学位，可陈塘途经办公室，竟然听见她在难过地向教授道别：“对不起，也许我没办法成为一个很好的咨询师。”

那时她在接触一位常年遭受家庭暴力的女人，对方被血腥的梦境困扰，她努力地帮对方消化负面情绪。久而久之，她没有经历过的事也开始出现在她的梦境里，她开始频繁地向督导寻求帮助。

陈塘那时候就明白，她想说的是：“对不起，我辜负了你的期待。”

可陈塘也是那时候就想告诉她，她没有对不起谁。

段白焰站在原地，又开始感到难过。

那四年他没有陪在她的身边，他们过得都不好，可重逢之后，他又花了太多时间去纠结他们究竟谁爱对方多一些。

“你把自己想象得太强大，又把她想象得太软弱。”陈塘停了停，“你们都觉得，逃避是一件坏事，逃避是软弱的象征。可是，在你看不见的地方，姜竹沥一直在跟自己搏斗，从来没有放弃过。”

段白焰不想再听下去了，想上楼抱抱他的姑娘。

“所以我觉得，你根本就不了解她。”陈塘说，“甚至很可能……即使我这样说了，你仍然无法理解她。”

段白焰气笑了：“那你呢，你现在带走她，又能照顾她多久？”

“因为你曾经也是一位咨询师，所以你对自己非常有自信，认为她一定会好起来。可是如果没有呢？”段白焰顿了顿，“如果她一直没有好起来，你能陪她多久？几个星期？几个月？耗尽耐心，最多一年吧？”

陈塘没想到段白焰会这么问，飞快地思索一下，他竟然被难倒了。

他没有想过这个问题，他和姜竹沥也只是朋友，再好的朋友，也负担不了另一个人的后半生。

“你说得对，我什么都不知道。”段白焰微顿，肯定地道，“但我可以陪着她，她需要人陪，不是吗？”

段白焰的声音变得低沉：“我把后半辈子给她也没有关系。”

她不希望他期待她，他可以爱现在的她；她不希望他控制她，他可以让她更自由一点点。

他觉得他一直在改变，她一定能看到的。

陈塘还想说什么，下巴一抬，眼睛突然亮起来：“喏，竹沥下来了。”迎着光，他勾起嘴角，“你让她自己选，要跟谁住在一起。”

姜竹沥是被饿醒的。她已经两天没有吃过东西、喝过水了，幸好还未完全入冬，不然她的嘴唇也会开裂。

她想下楼找点吃的，如果没有，她就自己做。

可是她刚刚走到楼下，就接到一个难题。

陈塘问她：“你想跟谁住在一起？”

姜竹沥看看他，再看看段白焰，愣了半天，突然害怕起来。

她好像陷入了一种两难的境地，面临一场夫妻离婚之后孩子去向的选择，明明爸妈都不想要这样的拖油瓶，还要碍于社会压力，虚伪地问：“你想跟谁呀？”

她站着愣了半天：“我……”

“你师兄没睡醒，刚刚问错了，我重新问一遍。”段白焰看见她的神情，赶紧拉住她，“竹沥，你想跟我住在一起吗？”

陈塘补充：“同类选项还有我、程西西，和倪歌。”

段白焰用眼睛瞪他。

“我……”姜竹沥不喜欢被人这样盯着看，她浑身难受，良久小声地道，“我想一个人住。”

段白焰握着她的手臂，心凉下去半截。

姜竹沥出逃事件之后，他给她准备了一张四季酒店的房卡，放在她贴身的小钱包里。这样万一她哪天又想不开逃跑，也不至于露宿街头。

可他没想到，这张房卡竟然会这么快派上用场。

“一个人住，太不安全了。”陈塘不赞同，“在朋友之间挑一个吧，或者说，你是在担心什么吗？”

段白焰的眉头微皱，心里很不舒服。

陈塘身处其中没有感觉，可他也在逼姜竹沥，他在做过去的段白焰做过的事。

“我只是觉得，如果跟你们住在一起……”姜竹沥的声音很小，从头到尾，她只担心这个，“会给你们添麻烦。”

“不会啊。”陈塘迅速接话，“我一下班就可以来陪你玩。”

姜竹沥还没开口。

“那我还是更有优势一点。”段白焰从善如流，“我是没有工作的，在家啃老。”

陈塘：“你能不能要点脸？”

段白焰眼神冰冷：“实话实说。”

他今年的工作已经全部做完了，没有新的拍摄计划。不过，他现在非常后悔，早上不该把陈塘放进来，应该放狗咬陈塘才对。

陈塘说：“师妹，你来选吧。”

段白焰忐忑地看着她，平心而论，他对两个人中途缺失的那四年毫无自信。他担心陈塘真的是更了解她的那个人，也担心她更加依赖陈塘。

姜竹沥站在原地，纠结了很久，才慢吞吞地抬起一只手，手指钩上段白焰卷起的袖子边。

段白焰一愣，心都要化了，想立刻把她抱起来举高高。

姜竹沥现在像条金鱼，思考能力只能维持七秒。

不管真假，她暂时信了段白焰的鬼话，满脸抱歉地向陈塘解释：“他……

他没有钱啊。”

“师兄。”在陈塘嫌弃又幻灭的眼神里，她非常认真又非常肯定地说，“我得养他。”

有人说要养他。

段白焰心花怒放，然而没有工作是假的，没有事也是假的，他一直在等良辰吉日，跟夏蔚决一死战。

没几天就要到圣诞节了，姜竹沥在餐厅的工作越来越忙，难得有个周末，她便窝在家里看电影。段白焰有一个家庭影院，尺度大的片子多如牛毛，她看得津津有味。

打着出门帮她买爆米花的借口，段白焰开车回了一趟高中。

前两天他忙着找姜竹沥，找回来之后忙着安抚她的情绪，没怎么管外面的事，但他的助理并没有因此停歇，律师函和他本人双向施压，很快就惊动了在外地出差的校长。

教务主任不记得，但校长不可能忘记姜竹沥。一中每届学生两千多号人，能被他亲授校友旗的顶多三个，就算再过十年，他也对那几个学生有印象。

他没想到自己出差一趟就出了这么大的事，可他难得提携一个后辈，不想为了这件事就发落教务处里那位“胡琴小姐”，话里话外恩威并施，有点息事宁人的意思：“抢修完服务器，帖子也都已经删了，我看这件事后续也没人再闹，就让各个班主任管管他们的学生，都别信风言风语，也别在学校论坛里乱跟风，就算解决了吧。”

段白焰当然不同意。

“修了这么久，估计质量不怎么样吧？那我也去找个人黑了学校的论坛服务器，屠版刷屏造谣校长和教导主任关系暧昧，等个一年半载再不清不楚地把帖子删了，就当什么事都没发生过。”他语气冰冷地说，“估计等我玩够了，您那破烂服务器都修不好。”

他这话说得很不客气，校长哑口无言。

当天下午，学校论坛里就置顶了校长亲述的道歉信。

段白焰在教务处晃悠了几圈，确认教务主任换了人，而那位“胡琴小姐”

被调职去了遥远的校分部，估计十年之内都不会再被调回来，才心满意足地走了。

段白焰抱着一大桶爆米花，本来想买两桶，可一想到吃同一桶，她会在拿爆米花时碰到他的手，他就不想分两桶了。

段白焰推开家门，换了衣服洗了手，一手抱着爆米花，一手拎着另一袋零食，慢吞吞地朝影院靠近。

走到门口，屏幕里正传出少女难耐的呻吟与哭泣声。

段白焰："……"

他走进去，见姜竹沥正乖巧地坐在屏幕前看得出神。黑暗里，她的眼睛被荧屏照亮，像燃着两团小小的火焰，连他进来了都没有注意到。

"小孩子家家的……"他纳闷得不行，"怎么一天到晚看这种东西？"

姜竹沥转过来，眨眨眼，看见他手上巨大的爆米花桶："你去了好久。"

"嗯。"他在她身边坐下，随口胡扯，"现种的玉米，我看着他们剥壳爆的。"

姜竹沥："……"

段白焰把她捞起来，放到自己怀里："这里比较暖和，坐这里好不好？"

她没有拒绝，他抱着她，心安理得地抬头看屏幕。

她在看《未麻的部屋》，是今敏的代表作，讲一个偶像歌星转型做演员后，无法告别自己的上一个身份，承受压力与焦虑，又因为违背真实意愿出演了尺度极大的戏码，还拍摄了暴露的写真，开始精神分裂，生活变得混乱不堪的故事。

姜竹沥在他家住了几天，精神状况没有更糟糕，可也没有出现明显的好转。他怕切断她的社会关系会让情况变坏，所以没有阻止她继续上班，好在同事们都没关心她网络上的事，仍然非常友善。

他把她的微博卸载之后，她也没再装回来。

即使隔绝了糟糕的信息，他依然想让她看点积极乐观的东西。

段白焰用嘴唇碰碰她的额头，低声嘱咐："以后少看今敏。"

"可是很多人说，"她从他的怀里抬起头，似乎有些疑惑，"你的风格像今敏。"

段白焰无语凝噎。

他与今敏最大的相同之处，在于喜欢用交叠的梦境与现实去表现人类敏感的神经，来达成精神层面的探讨。但他的表达比今敏冷酷多了，所以也有很多影评人认为，他是一个不完整、不成熟的创作者。今敏仍然是一个神话、一座难以超越的山峰。

两人沉默良久。

姜竹沥靠在他的手臂上，小声地问："你是不是觉得我病了？因为觉得我病了，所以才这样对待我？"

把她当成一个孩子，或是一个脆弱的宝宝。

他立即否认："不是。"

"但我确实有一点难受。"

段白焰一下子紧张起来："哪里？"

"这里。"她指指脑袋，"不知道为什么，很多事情想不起来了。"

这是正常情况，他失笑："那就不想了。"

过了会儿，她又低声说："我看到，你把窗户粘起来了。"

段白焰心里一紧。

"你怕我自杀吗？"

他有些无措，不知道该怎么回答。

她和他是一样敏感的人，能从任何微小的行为里辨别出自己想要的信息，比如"对方喜不喜欢我""我在对方心里，究竟是什么样子"。

正因如此，段白焰越发踌躇，不敢随便对她下定义。不管他说是还是不是，答案好像都是死路一条。

他头疼极了。

"为什么别人都可以好好生活。"她平静地问，"可我这么脆弱？"

为什么他们都可以那么快乐，只有她不行？

段白焰抱着她，突然想起很久之前，他为了拍摄一段短片，接触到的那群抑郁症患者。

无数个深夜与清晨，他们全身乏力，躺在床上默默地流泪，困扰他们的问题始终如一。

——为什么别人可以，只有我不行？

——我和他们不一样，我是一个异类，我不属于任何一个群体，没有人能给我归属感。

——我是不被爱的，我是不配得到快乐的。

他曾经无法理解，可是后来，在他与姜竹沥的数次交锋里，他逐渐明白了一件事。

有些人的人生，天生是一杯盐水，哪怕人为地加再多的水，也只能让它稀释，而不能让它变成一杯糖水。

他不能好好地喜欢她，是因为他和她一样，从来不知道该怎么爱自己。

“我前段时间一直在想，我得努力一点，不可以一遇到问题就逃跑。”姜竹沥见他不说话，索性把自己想说的话一次讲完，她的声音仍然软软的，没什么元气，“所以我不是想走，就是……”

她就是不知道该怎么办。

从小到大，没有人告诉她怎么应对困难，遇到问题的时候没有人替她撑腰。她只能努力去做那个家长的好孩子、老师的好学生，竭尽所能地降低被伤害的可能性，哪怕她变成一个看起来没有性格的人。

他不知道他们怎么又聊到了这件事，可他想想就难受，不想再谈了：“我能亲亲你吗？”

姜竹沥的眼睛立刻睁大：“嗯？”

他俯下身，极轻地吻下来，这大概是他吻得最轻盈的一次，小心翼翼，虔诚而认真，像一片辗转的羽毛。

她迷迷糊糊，有些恍惚，刚想给他回应，手腕突然被一个圆形的金属物品套住，冰凉而不容反抗。

姜竹沥一愣，脸上的血色一刹褪尽。

“不……”她急得咬了他一下，两只手撑到他胸前，奋力推开他。

她瞬间被推到了崩溃的边缘，颤抖着肩膀，快要哭出来：“你答应过我的……”

段白焰两只手臂抱住她，依然是一副不放手的姿态，但也没有太用力。

她的脑子里一片混沌，心里只剩下慌张。

“为什么，为什么又？”

她挥着手四处乱挠，指甲刺入他的皮肤，划开长长的血痕。

段白焰吃痛，低低地倒抽一口气，手落到她的背上，一下一下地从脑袋开始向下顺，像在为一只血淋淋的小动物顺毛。

直到她软倒在他的肩膀上，睁着眼睛，无力地呜咽。

段白焰微微叹息，伸出双臂，终于能抱紧她。

良久，他的声音落在她的耳畔：“对不起。”

“竹沥。”他叹息，“你相信我一次。”

“我现在是段白焰。”他的声音发涩，“不再是需要被人保护的段白焰了。”

他说：“我可以保护你。”

寂静的房间里，过了很久，她微动手指，这才发现，两个人竟然没有被绑在一起。

心里有些讶异的姜竹沥微微垂眼，目光落在自己的手腕上，借着荧屏微弱的幽光，她终于看清了手腕上的东西，是一个银色的情侣手环。

手环设计简约大方，只在手腕上绕了一圈，没有任何多余的坠饰和花纹，简单地刻着两个人的名字缩写。

真是太土了。

半晌，她默默地往他的颈窝里拱了拱，把眼里刚刚蓄起来的眼泪抹到他昂贵的衬衫上。

第五章

从今往后

姜竹沥软绵绵地在他的肩膀上趴了一会儿。

她最近的睡眠时间比往常要长很多，大概与她的精神状态和逐渐转冷的天气有关。段白焰以为她又睡着了，轻手轻脚地将没播完的电影声音调小，想将她抱起来。

然而他刚一将她扶起，就与她四目相对。她仍然清醒，睁眼看着他，眼里泛着水光。

段白焰一下子乐了，双手捧住她的脸，用指腹刮掉她眼中残余的水汽，低声哄她："收到礼物还不开心？"

姜竹沥不说话，垂下眼睫，目光落在他的手臂上。

他刚刚进门洗手时，顺手捋高了袖子，小臂露在外面，现在遍布血痕。

半晌，她眉头微动，小心翼翼地碰了碰，小声问："疼吗？"

段白焰把袖子放下来："不疼。"

在韶山的时候，他故意从树上摔下来，想靠装死吸引她的注意力。等他真正感到痛的时候，又不想让她为自己担心了。

姜竹沥认真地思考了一会儿，然后撑着他的胸膛，从他身上爬起来跑了。

怀里一空，热气也跟着飘散了，段白焰难受得不行，探头叫："你去哪儿？爆米花还吃不吃啊？"

没两分钟，姜竹沥抱着卧室里的医药箱小跑下来。

段白焰其实不太喜欢紫药水，这鬼东西实在丑得要命，但姜竹沥很执着，他怕她被吓哭，只能乖乖将手臂交给她。

上药时，姜竹沥很认真，微微低着头，长发从肩膀上落下来，有一下没一下地扫在段白焰裸露的皮肤上，挠得他心痒痒的。

“你挺能耐的。”段白焰的大尾巴不受控制地冒了出来，他一边摇一边凑近她，他的嘴唇离她的耳朵很近很近，“我难得送你一件礼物，你不谢我也就算了，还挠我。”

姜竹沥愧疚地将头埋低。

“把头埋低就没事了？”他不动声色地靠近她，吻住她白皙的耳垂，“你还想不想要礼物？”

姜竹沥背上一阵酥麻，来不及多想，她局促地推开他：“那……那我不要了。”

她停下动作，特别认真地想了一会儿，有些难堪地放下棉签，作势要取下手环。

可她怎么拔，都拔不下来，她一下子急了，小声嗫嚅：“我取不下来，我……”

段白焰叹息一声，伸长手臂将她抱入怀中：“没有怪你。”

“戴着吧。”她穿着毛茸茸的睡衣，身体柔软而温暖。他将下巴放在她的肩膀上，满足地说，“我想看你戴着它。”

他定制这对手环很久了，一直没机会给她，送完这个探探口风，他要开始着手准备戒指了。

姜竹沥愣愣的，被他抱着，感觉腹部又有什么东西慢慢地戳住了她。

她猛然反应过来，憋红了一张脸，气愤地说：“你是故意的。”

他故意逗她玩。

段白焰差点笑起来了，她现在的样子可爱得像只小奶猫，他强忍着没有直接把她扑倒：“我没有。”

姜竹沥的思考能力始终不在线，想了半天都不知道该怎么反击，但她仅存的智商警告她，现在必须得用生气来表明立场。

所以她憋了半天，自认非常有骨气、严肃地说：“我再也不会给你做饭了。”

段白焰爽快极了，“吧唧”一口亲到她的脑门上：“没事，我不吃饭。”

“也不会……不会在你洗澡的时候，”她的脸迅速泛红，“帮你拿衣服。”

他从善如流：“我不穿衣服。”

姜竹沥哽了半天：“我再也不会让你睡在我的床上了。”

段白焰：“……”

他脸上的笑意瞬间敛尽。

下一秒，姜竹沥奋力推开他，穿上自己的兔子毛绒拖鞋，像只暖乎乎的小动物一样，跑了。

当晚，整个段家一楼，从影院到客厅，从厨房到书房，都回荡着段白焰一个人的声音。

“不是。

“你别这样。

“我们有话好好说！

“再商量一下好吧……”

在段白焰的计划里，他应该在新年来临之前，解决完明含的事。

即使不向母校发律师函，他那个律师团队能做的事仍然很多，比如扒幕后指使人，或者搜集证据反击回去。

助理有些惊讶：“您确定要把那个俱乐部全部曝光吗？”

段白焰不假思索道：“对。”

既然夏蔚喜欢这么玩，那他也给她来一点反馈。

不管怎么说，明含已经去世很多年了，这些事不会给她带去什么实质性伤害，但夏蔚不同。

他把这桶脏水泼给她，再加一个吸毒的名头，能彻底摧毁她的职业生涯，让她就此与娱乐圈永远拜拜。

助理有些犹豫：“但是如果，就这样曝光……”

段白焰清楚他在犹豫什么。

这个圈子人人相护，正确的做法从来是低头做人、心照不宣。没有人会主动将它们放到台面上，更何况是与之背离。

但是，段白焰现在想做这样的选择，在过去的很长一段时间里，他不参与，就觉得这些人、这些事与他无关，现在他的想法变了。姜竹沥受到伤害的时候，他想要切断她和所有人的联系，是因为她将所有的责任都包揽在自己身上，认为她改变了别人的人生。

可是现在他才明白，世界上不存在任何一个孤立的人，当他爱上一个人，那个人会与他息息相关。

“没关系，我想清楚了。”他说，“你去吧。”

助理不再多问。助理走了之后，段白焰又在沙发上坐了一会儿，然后掏出手机，点进“甜药”的微博。

明含那事爆出来之后，姜竹沥第一时间回一中处理问题，然后就被他卸了微博，之后她并没有将微博装回来，所以“甜药”的最后一条微博，依旧停在那一天。

到现在为止，一中的校长发了声明，但夏蔚还没有得到惩罚，所以姜竹沥的评论区仍然一片混乱——

“小姐姐好久不发微博也不做直播了啊！你还好吗？有没有人三次元认识她的，报个平安也好啊！”

“心疼小姐姐，一中校长都出来声明了，还有人扎堆在这里锲而不舍地黑，是对家出钱雇来的水军吗？不知道小姐姐还有没有在窥屏，能看到的话，关评论吧。”

“校长的声明什么都说明不了吧？人家姐妹花什么搞不定，万一跟校长也有交易呢？”

段白焰退出来，点开自己几百年不登录一次的微博，一个字都没有编辑，只贴了两张图。

第一张图是他在游戏里打怪，面前流血漂橹、尸体成山。

第二张图是他伸出一只手，以保护的姿态，握住另一只手，两人戴着同款高定手环，简约大方的银色微微泛光。

后面这张图是他趁着姜竹沥睡着偷偷拍的。

她的手很软，因为常年与厨房打交道，虎口和指节上留着新旧不一的小伤疤，他心疼地一一抚摸过去，然后按下了快门。

那条微博下迅速聚集起大量评论——

白竹鼠荧幕情侣站：“给大家画个重点，段导要开始清算敌方黑恶势力了，你们等着瞧吧。”

超爱甜甜：“啊啊啊，这是发糖了吗？那一看就是甜甜的手！给我的甜甜小姐姐爆灯！你对她好点，呜呜呜！”

段白焰看着评论往下滑，可能因为他平日里太过凶神恶煞，所以评论区异常平和，没人敢大面积地骂他或者怼他。

不过，他眼尖地看见一个账号，没忍住，点进去质问：“你要亲哭谁？”

亲哭甜甜：“……”

下一秒，段白焰看到对方的账号改成了“能亲哭甜甜的肯定只会是小白”。

段白焰：“……”

他放下手机，打算上楼看看姜竹沥。

后天就是圣诞节了，他买了一堆藤球灯和星星灯，还让人往家里送了一棵圣诞树，想跟她一起布置客厅和卧室。

他走上楼梯没几级，门铃响了起来。

他回过头，示意家里的阿姨帮他开门，打开门，快递小哥递来一个巨大的箱子。

段白焰顿了顿，决定先拆快递，箱子很高很大，但拿起来很轻。段白焰不知道里面装了什么，先在箱子外面看见一句话：“圣诞快乐！白竹鼠！”

落款是：“拥有美好生活的江连阙。”

段白焰：“……”

他用美工刀小心地划开箱子，探头往下看，看见了一大蓬……草。

段白焰找了双筷子，试探着拨拨草，拨来拨去，什么也没拨出来。

江连阙为什么要隔着半个地球给他寄一箱草？就在他打算扔掉箱子的时候，那蓬草动了动。

段白焰眼皮一跳，干草从里倏地滚出来一团刺球，滚啊滚，滚啊滚，停在箱子的一角，然后不动弹了。

半晌，它偷偷摸摸地露出两只眼睛，接着小心翼翼地舒展开柔软的肉色四肢。

段白焰惊奇极了。

这是什么？神奇宝贝？竟然还会变身？

四下寂静，他与那个长着小黑豆眼的小动物面面相觑。

是只活刺猬。

反应过来，段白焰想也没想，立刻“唰”地冷下脸，“啪”的一声将盖子盖回去：“立刻处理掉，我不管你们是要原路寄回还是把它扔掉，我不想在我家看到除人类之外的活物。”

阿姨有些犹豫：“这应该是您的朋友寄给您的宠物吧？”

“呵。”段白焰冷哼，“宠物？就这种又臭又难看的生物，我这辈子都不可能让它出现在我家里，这辈子都不可能，赶紧扔掉，赶紧让它滚！”

阿姨没有说话。

良久，他听见细小的动静，狐疑地转过去，发现姜竹沥不知什么时候已经下楼了。

她穿着他买的兔子拖鞋，正踮着脚站在桌前，扒着那个巨大的箱子往里看。她看得很安静也很认真，眼睛一眨也不眨，睡衣裤子上软软的长颈鹿尾巴一动不动，她的十指抠在棕色的箱子边缘，像白净漂亮的羊脂白玉。

段白焰抱着手，冷着脸，看有什么用？她就是把那个箱子看穿，他也一定会把这种丑陋又恶臭的生物扔掉的。

姜竹沥看了半天，转过来，认真地指出：“你的仙人球会动。”

段白焰失笑：“你怎么比我还瞎？”

他走过去，象征性地戳戳她的头。

他下手很轻，姜竹沥仍然被吓了一跳，下意识地退后一步，两只手捂住脑袋，缀在睡衣袖子上的鹿角也跟着晃。

段白焰心里瞬间像炸开一串烟花，这也太可爱了。

他忍不住揉揉她：“你头上是不是有什么可爱开关？”

姜竹沥眨眨眼，更关心那个大箱子：“箱子里的这个……是竹鼠？松鼠？还是土拨鼠？”

段白焰毫不留情道：“是一只刺猬。”

姜竹沥：“……”

顿了顿，她小声地问：“你打算扔掉它？”

“没。”段白焰不假思索，“打算杀了吃掉。”

姜竹沥有些震惊：“可它……它看起来好像不太好下嘴。”

“怎么，”段白焰问，“你想把它留下来？”

姜竹沥点了点头。

段白焰稍稍向前倾身，将脸凑到她面前，暗示的意味非常明显。

姜竹沥想也不想，凑过去亲了他的嘴角，一触即离的一个吻，她的气息柔软温暖。

段白焰愣住，不等他反应过来，姜竹沥已经抱住大箱子跑上了楼。

阿姨见他愣在原地，问：“先生，还扔吗？”

段白焰喉结滚动：“留着。”

“放到哪里养呢？”

段白焰不假思索道：“让它在家里肆意地奔跑，随便撒野，去哪里都行。”

阿姨：“……”

姜竹沥在段白焰家里住了一个多星期，陈塘三五不时跑来找程西西，向她控诉一下段导的冷漠绝情、专断蛮横。

程西西的耳朵都快听出茧子了，所以她打算约她的小沥沥出来玩一玩，看看到底是什么情况。

平心而论，程西西并不了解段白焰，但如果小闺密不开心，她一定会想尽一切方法把姜竹沥从段家接出来。

洗澡沐浴，焚香更衣，程西西确定桃花方位无误，虔诚地拨通了熊恪的电话：“大熊。”

熊恪接起来，声音礼貌而疏离：“你好。”

“那个，我是程西西。”

“我知道。”

拿到他的电话号码之后，她都快把他的电话打烂了，偏偏他又不好拉黑她，于是她就一直这么纠缠着。

“我的小闺密，就是竹沥，她最近不是跟段白焰住在一起嘛，我有点担心她。”这倒不是假话，程西西是真的关心姜竹沥，“就想问问，竹沥最近精神状况怎么样呀，我方不方便约她出来玩？”

姜竹沥太担心给人添麻烦，如果她直接去约，有很大的可能性，姜竹沥就算不想出去玩，也会为了陪她而表现得想要出去玩。

所以，她要先确认一下旁人的视角。

“最近，”熊恪眉头微皱，“姜小姐还是老样子，没有更好，也没有更坏。”

“这样呀。”程西西非常乖巧，“那段白焰呢？他对竹沥好不好？”

熊恪卡住了：“他……”

熊恪拿着手机，将目光转向客厅里捧着刺猬龇牙咧嘴的段白焰。

江连阙其实非常贴心，考虑到段白焰碰带毛的生物也许会过敏，特地挑了个没毛的动物。

但……

“它这个刺，”段白焰几次三番想撸宠物，可他把那个刺球翻来翻去，却无从下手，“可真难撸……”

他甚至怀疑，江连阙是不是在刺猬的刺上淬了毒，他就轻轻撸了几下，撸得他手心发麻。

但是一看到姜竹沥柔软的表情，他就很想表现自己热爱小动物的心。

远远地看了一会儿，熊恪重新捡起手机，发出同情的总结：“他挺可怜的。”

程西西一下子紧张起来：“怎么了呀？”

“他最近每天都，”熊恪不忍心，“练习撸刺猬。”

程西西：“……”

程西西的脏话到嘴边，用力咽咽，又给咽回去了。

“那，大熊，”程西西掐着嗓子，娇滴滴地问，“你觉得竹沥最近的状态适合出来玩吗？”

“那要看去哪玩吧，”熊恪犹豫，“我觉得，蹦极、鬼屋、跳楼机之类的，大概不行。”

程西西：“……”

顿了顿，他又补充：“你看起来就像是很喜欢刺激性活动的人。”

程西西：“你还不如不解释。”

思索一阵，她决定直接去问竹沥：“好吧，那我不跟你说了，我去问问沥沥。”

熊恪：“嗯。”

临别之前，程西西欲说还休，十分害羞又十分憧憬：“挂机之前，你能不能给我一个飞吻，纪念一下我们这转瞬即逝的相聚？”

熊恪冷漠无情地挂了电话。

“出去玩？”姜竹沥接到电话，微微一愣，“去哪里？”

“去哪都行，圣诞节时很多商场都做活动，我们出去逛街吧。”

“但是，”姜竹沥有些为难，“圣诞节那天，小白约我吃晚饭。”

“不冲突呀。”程西西吹吹自己刚做好的指甲，“我们约白天，你晚上再跟他出去吃饭。”

段白焰正坐在旁边看杂志，他的新电影《止战》刚刚上映，评论呈现出两极分化，上次那位被他推下喷泉池子的影评人仍然在锲而不舍地对他进行口诛笔伐，但他现在仔细想想，又觉得对方说得不无道理。

眼下听她提到他的名字，他的长耳朵再一次不动声色地竖了起来。

姜竹沥捂住话筒，主动征求他的意见：“小白，圣诞节那天西西想约我下午出去玩，会影响你晚上的安排吗？”

她难得主动跟段白焰搭话，他精神一振，宽容地问：“她约你去哪儿？”

“去逛街。”

“你想去吗？”

姜竹沥有些纠结：“还好。”停了停，她又补充，“不过，我确实很想见见西西。”

他搓搓她头顶的呆毛：“那就去吧。”

“你……”姜竹沥犹豫片刻，“你不会跟踪我吧？”

段白焰翻杂志的手顿住，他确实想。

说实话，他一点都不放心把她放出家门，哪怕是他亲自带她出去，他的神经都处于高度紧绷的状态，更何况是他并不信任的程西西。

“你能保护好自己吗？”他的身体微微前倾，他认真地望着她。

姜竹沥信心满满：“能。”

“那就去吧。”他拍拍她，像是在摸一只初次离家的小动物，“等到晚上，我去接你。”

圣诞节当天，姜竹沥陪程西西去看了一部电影，好巧不巧，就是《止战》。

程西西伸手弹弹电影票，两眼一弯："给你未婚夫贡献一点票房。"

"未婚夫"这个词，让姜竹沥微微愣了一下。

他后来没再提过结婚，她的精神状态一直不佳，也没机会再仔细想。两人对那个话题绝口不提，仿佛一起失忆了。

走到检票口，卖爆米花的柜台上挂出一个巨大的告示："十五岁以下的儿童，请在家长指导下观看《止战》。"

程西西调笑："你未婚夫真是重口。"

姜竹沥："……"

接下来的一个半小时里，段白焰向她们展示了，什么叫真正的"重口"。

《止战》讲述的是战国期间，白起与秦王嬴稷的君臣故事。电影延续了段白焰一贯的风格，结合中国特色的水墨与阴阳暗示，细腻地描绘人物心理，每一帧单独截出来，都漂亮得像大师的画作。

不过主题格外阴暗，除去政治与党派斗争，他把人性的自私与虚伪表现得极端而饱满，有意压抑了救赎与明亮的部分。整部电影在雨中完成，像窗台上一块生长在阴暗角落的青苔。

看到后面，姜竹沥开始恍惚了："段白焰的童年，可能确实有什么心理阴影。"

程西西扶着她的肩膀笑成狗。

电影散场，程西西去洗手间补妆，姜竹沥拿着她的包，站在门口等她，听见两个姑娘交谈。

"你有没有觉得，这部电影少点什么？"

"哈哈哈，少一个夏蔚姐姐啊！小白的前两部电影，无论女三还是女四，夏蔚姐姐总要露个脸的，这次搞笑死了，连个女十八都没混上，不知道通稿还会不会再吹她是'段导御用'。"

"啊？别这么说吧，我还挺喜欢夏蔚的，段白焰是不是怕未婚妻不高兴，所以这次才没用她啊？"

"别逗了，她那个未婚妻也有意思得很，在网上被人扒烂了，就躲起来不见人，谁知道里头有什么交易。要我说，这两个都谈不下去，走肾不走心。”

“哈哈哈，那你觉得谁最靠谱？”

“我当然觉得我最靠谱啊！”另一个女生爽朗大笑，“这可不是闹着玩的，段白焰再不来娶我，我就曝光我们的地下恋情！”

两个女生笑着闹着，声音逐渐远了。

姜竹沥站在原地没有动弹，两个姑娘从她身边经过，都没认出她。

胡说，她埋下头，看着光洁的地板，夏蔚和段白焰一点都不配。

娱乐圈里的女明星，没有一个人能像小白一样好看。

“但是我很好看。”她小声嘟囔，努力进行自我说服，“我像小白一样好看。”

程西西补完妆走出来，戳了戳她：“瞎嘟囔什么呢？”

姜竹沥一本正经道：“我正在反思。”

“……”

她特别认真：“我这种长相，放在古代，应该是个祸水吧。”

程西西乐坏了：“你什么时候变得这么可爱了？”

不等她回答。

“对不起啊，可爱的猪猪。我刚刚接了一个电话，有点工作上的事要处理，等会儿大概得稍微早一点点走。本来是我主动约你出来玩的，但可能要先把你抛下了。”程西西挽住她的手臂，一边走，一边愧疚地说，“你是晚上等段白焰来接吗？如果我把你一个人放在星巴克，你会不会走丢？”

姜竹沥说：“不会啊。”

程西西欣慰地夸她：“猪猪真棒！”

姜竹沥越发觉得，身边的人现在好像都把她当成一个小孩子，她有些哭笑不得。

星巴克在商城一楼，人流量大、位置显眼。

姜竹沥并不是真的只有三岁，然而等两人一起逛到黄昏，程西西要告别她时，仍然有些不放心：“你一个人，真的没问题吗？”

姜竹沥跟段白焰约的时间是晚上七点，现在才六点半。

程西西怕她无聊，除去饮料，还为她点了两个造型可爱的小乳酪蛋糕，是圣诞节特供。

姜竹沥用力推她："没事的，没事的，你快走吧，到家给我发短信。"

程西西一步三回头地离开了。

等她离开，姜竹沥开始挨个挨个地检查自己的战利品。她其实没什么需要购置的东西，但她在家里宅太久了，程西西保持着美食博主的习惯，带着她品尝了很多最近上市的甜食与零食新品。

所以那些大大小小的袋子，都是她给段白焰打包的食物。

撑着脸发了会儿呆，她给他发消息："你看你看，我给你带了很多甜蜜的脂肪。"

过了好一会儿，他没有回。

姜竹沥百无聊赖地拆了一个塑料小叉子，低着头戳小蛋糕玩。

下一秒，她的眼前投下一片阴影。

她微怔，惊喜地抬起头，逆着光，看清来人的脸，不是段白焰，是林鹤。

同学聚会之后，姜竹沥有很长一段时间没见过林鹤，两个人的工作方向完全不一样，平时的生活也没什么交集。

最重要的是，她讨厌这个从小到大手闲嘴碎的男生，也不期待见到他。

他在她面前坐下，一看她那堆手提袋，乐了："吃这么多？你不怕胖死？"

"关你什么事？我喜欢。"姜竹沥想也不想，声音闷闷的，"我又没吃你家大米。"

林鹤练就了铁打的脸皮，全当没听见："你看你买这么多零食，现在还在星巴克吃甜食喝玛奇朵，要不要我帮你分担一点？"

说着，他还真的拆开一个叉子，向小蛋糕叉过来。

不等他落下叉子，姜竹沥果断地将两个托盘向后撤，躲开他的手，冷声道："走开，不需要。"

林鹤的叉子落了空，有些难堪，顿了顿，他重新点了杯饮料，笑道："这就没意思了啊，老同学。"

姜竹沥微怔。

他的语气有些暧昧："我这不是看你最近在学校论坛里那么热闹，想来安慰你一下嘛。"

姜竹沥觉得，他这话里话外，带着点威胁。

她突然纳闷起来，不就是一块蛋糕吗？他好歹是搞证券的，难道穷得没钱买蛋糕吗？

见她不说话，林鹤以为她默认了，胆子一下子大了起来："我说你那个妹妹，看不出来啊，当时我还觉得挺纯情的一个小女孩，怎么那样啊？"

"没有。"姜竹沥低声反驳，"校长澄清过了，是有人恶意刷屏，那都是假消息。"

她的解释虚弱无力，林鹤笑着挥了挥手："别拿校长那套来唬我了，那些照片不是实锤吗？

"要我说，你妹妹就是下贱。唉，现在你跑去找校长删帖子啊，撤热搜啊，其实都没什么用的。互联网有记忆的你知道吗？那些东西就是污点，要想人不知除非己莫为嘛。"

他还没反应过来，姜竹沥猛地推开桌子站起身，抄起两个小托盘，左右夹击，将两块蛋糕都糊到了他脸上。

林鹤被砸得精神恍惚，两个磁盘在他的鼻梁处相撞，发出"叮"的轻响。

"不就是一块蛋糕吗！"姜竹沥炸得毫无征兆，红着眼眶低吼，"你想要多少？我再给你买几块！把那个柜台买空你吃不完打包带走行不行？"

她发起火来声音依旧很软，像个受了委屈的小孩子。

林鹤回过神，店里其他人也都纷纷转眼看过来，交头接耳，大概以为他们是男女朋友吵架，纷纷一副看好戏的姿态，却没有人上来拦。

他的神情逐渐从茫然变成幻灭："你神经病吧？我不就问你两句家里人的事吗，你至于这么大脾气……"

姜竹沥彻底失去理智，现在只想让他闭嘴。她环顾四周，找不到称手的东西，抄起沙发上装着零食的袋子砸向他，一边砸一边尖叫："我不想看见你！滚开！"

纸袋子被甩到他身上，提手应声而断，巧克力豆的盖子被撞松，彩色的豆子争先恐后地掉到地上，在白色的地板上撒开。

段白焰推门进来时，看到的就是这么一幅画面。

他低头看着滚到自己脚边的彩色糖果，愣了两秒。

他想，那原本应该是姜竹沥送他的礼物……

店员小跑过来递纸巾，林鹤一边抽纸擦脸上的奶油，一边莫名其妙地问：

“你是不是情绪不好？”

姜竹沥不说话，低头盯着桌子上那杯玛奇朵，脑子嗡嗡作响，想把这杯咖啡也泼到他脸上。

“情绪不好的话，”林鹤没有感觉，竟然还在继续说，“就换个地方住一段时间，去度个假或者旅行一下啊。我听说网红的收入也都挺高的，你精神状态这么差，是不是没照顾好金……”

说着，他朝她伸出手，像是想捏她的脸。

就是现在了，姜竹沥想，送这贱人一个星巴克圣诞节套餐。

然而，电光石火的一瞬间，不等她拿起马克杯，林鹤伸出的手臂和他讨人厌的声音一起被打断。

“她好得很。”段白焰攥住林鹤的小臂，声音冷淡，以一种保护者的姿态，站在姜竹沥面前。

她愣了一下，放下马克杯，转而拽住他，低声叫：“小白。”

段白焰的手微微一顿，然后他放开了林鹤。

他转过来，环住她的肩膀，低声问：“你有没有受伤？”

姜竹沥一脸乖巧地摇摇头，两只手攥着他的袖子，仍然固执地不肯撒手。

段白焰的心都要化了，她像一个受过委屈之后终于等到家长来接的小朋友，原本还在学校里气焰嚣张死不认输，转个身被人摸摸头，就“哇”的一声哭出来。

他捏捏她的手，低声哄着：“我们去吃晚饭，嗯？”

姜竹沥点点头，他将她放在小沙发上的小包拿起来，把另外几个甜品的外卖盒子也一起提到手中，一看就乐了：“给我的？”

“对。”姜竹沥揉揉鼻子，看见散落一地的巧克力豆，嘴角一撇，又不高兴了。

原本还有一盒巧克力豆，是彩虹色的。

他揉揉她的脑袋：“谢谢你。”

姜竹沥突然有些紧张：“你喜欢甜食吗？”

他坦然地说：“喜欢你带给我的。”

这个特别的限定词让她感到开心，她的神经稍稍放松了下来。

店里看热闹的人群这才明白过来，原来这一对才是恋人，都转而看林鹤，眼神变得微妙。

姜竹沥像个小苍耳似的黏在段白焰身上，他心里的火气降下去不少，他没有再看林鹤，牵着姜竹沥往门外走。

林鹤一脸的蛋糕都还没擦干净，他连忙叫住他们：“你们就这么走了？”

“那不然呢？”姜竹沥的火气还没消，“你想让我给你道个歉吗？”

“不是，那你……”林鹤哽了一下，“好歹给人收拾一下地上的巧克力豆吧？”

姜竹沥真想反手给这位道德小标兵一耳光。

店员连连摆手，赶紧拒绝：“不用不用，我们来收拾就好，扫一扫很快的。”说着，她拿出扫帚，飞快地将巧克力清理干净。

段白焰垂眼，扶在门把上的手微微顿了顿。

林鹤在看店员扫地，不知怎么的，他的背上突然有一阵凉意。

林鹤抬起头，对上段白焰的眼睛，深不见底。

林鹤有些发怔，见姜竹沥小幅度地扯扯段白焰，说了句什么。

“林鹤。”段白焰微顿，安抚地握住她的手，抬眼朝他看过来，白色的灯光倾下，他眼角的泪痣显出一股莫名的寒意，“夜路走多了，总要遇见鬼的。”

林鹤的身形一顿，一丝丝冷意从脚底爬上来。

“你一个人，当心一点。”推门而出之前，段白焰意味不明地说。

一走出商场，冷风就卷着寒气扑面而来。姜竹沥的长发被风吹乱，她用力扣住自己的帽子。

帽子还是圣诞节之前段白焰给她买的，她觉得他有点老父亲的审美，买什么衣物都摆出一副要把她打扮成小公主的架势，红色的毛呢帽子，上面竖着两个小小的鹿角。

“你冷不冷？”她小声问他。

“该我问你吧？”段白焰失笑，伸手将她的领子往上提了提，“等吃完饭，回来买条围巾。”

他的指尖有些凉，碰到她的脖颈，冻得她往后一缩。

手感是真的好，段白焰微微眯起眼。

他订的店是一家网红红油火锅，姜竹沥有些意外：“你不是不吃辣吗？”

段白焰一挑眉梢："现在沾一点。"

其实他原本订的不是这家饭店，但她好像不太开心，他觉得，她会更喜欢有烟火气的地方。

"不过吃火锅我在行。"姜竹沥很得意，"我可以给你解锁网红吃法。"

以前陪程西西做吃播，两个人几乎把学校附近大大小小的火锅店都尝试了一遍。那时候段白焰一丁点辣椒都碰不得，她没敢叫他一起吃饭。

没想到最后陪她坐在这儿的人，是他。

段白焰帮她把所有餐具用热水烫过一遍，状似不经意地问："林鹤把你惹急了？"

她一边勾选食物，一边吸吸鼻子道："有一点。"

段白焰微微抿唇。

姜竹沥突然意识到什么，手一顿，有点兴奋，又有点紧张："你要杀他灭口吗？"

"对。"他从善如流，"你要不要来观斩？"

"不了吧。"姜竹沥认真地纠结了一下，"我实在是不想看见他。"

时隔多年，林鹤比高中时更讨人厌，光是那张脸就让她浑身难受。

"我刚刚本来想骂他的。"姜竹沥小声说，"但是实在骂不出口。对了，你吃不吃糯米团子？"

"吃。"段白焰卷起袖子，露出手腕和手环，"骂不出口就算了。"

反正过完这天，她以后应该也没机会再见到林鹤了。

不过姜竹沥不怎么在意林鹤，她现在的注意力全在段白焰身上，见他挽起袖子，忍不住也把自己的手环扒拉到外面。

段白焰注意到了，觉得有些好笑。

她点的那份糯米团子，原是想拿来做主食的，但等食物上来，才发现团子要自己捏，馅分了两种，一个甜馅，一个咸馅。

姜竹沥戴上手套，捡起一团糯米捏了捏，发现："好像不管怎么捏，"她有些窘迫，"都会露馅。"

段白焰刚想说："没关系啊，就算包圆了，咬开也要露馅，就这么吃吧。"

服务员小姐姐走过来，笑道："我来教您捏吧。"

说着，服务员换上透明的薄膜手套，一边挖红枣豆沙馅，一边解释："先挖一团熟糯米，捏成小碗的形状，然后再往里面填馅。填好之后，要像砌墙一样，一点一点地向上包糯米，最后再来封口。"

姜竹沥一边看，一边附和着点头。

段白焰没有抬头，下了几个肉菜，热气袅袅，灯光温暖，映得对面姜竹沥的脸庞白皙莹润。

服务员十指灵活，很快捏好一个团子，笑着看看段白焰再看看她，微微俯身，把团子放到段白焰的盘中："这个甜馅的，就给这位先生。"

段白焰垂着眼，拿着筷子的手停了停，姜竹沥没觉得有什么不对，认真地看着服务员捏团子。

服务员小姐姐接着又如法炮制，捏了一个咸馅的。

姜竹沥主动将盘子朝服务员那边推了推。

"那这个咸馅的……"没想到服务员一个大拐弯，"也给这位先生吧。"

姜竹沥愣了愣。

段白焰身形微顿，没有说话。下一秒，他伸长手臂，直接跟姜竹沥换了碗，连带着两个糯米团子一起放到姜竹沥面前。

服务员站着没动。

他头也未抬，沉声说："你可以走了。"

服务员又站了一小会儿，才慢吞吞地离开。

姜竹沥啃着那个团子，后知后觉地回过味来，十分遗憾："我的美貌仍然在你之下。"

"什么？"段白焰没懂。

她舔舔唇："我今天去看了《止战》。"

虽然不知道她怎么突然扯到这个，但是……他微微皱眉："十五岁以下不要看。"

"我已经很大了！"姜竹沥微恼，踢了踢他。

段白焰不说话，汤勺扣着漏勺，将煮好的鱼肉放到她碗里，用筷子把刺一根根挑出来。

"看完电影之后，我在门口站着等西西，听见两个女生聊天。"她继续道，

“其中一个说，她觉得她跟你很般配。”

段白焰不痛不痒地道：“嗯。”

“但我觉得，她们都不如我。”她顿了顿，鼓起勇气，“只有我配得上你的美貌。”

段白焰差点笑出声。

“可是刚刚的糯米团子，”她绕了一个大圈子，又绕回糯米团子上，“那个小姐姐明明就是看你长得好看，才把两个都给你的。”

段白焰失笑，特别想跟她说，他前几天还在网上看到有人想亲哭她呢。

虽然知道喜欢她的大多也是小姐姐，但他在这件事情上一直有些丧心病狂，连女孩子的醋都吃。

“过些日子，那个电影还有一个饭局。”提到这个，他想起道，“你想不想跟我一起去？”

他原先有些担心，不太敢让她出门，但这出一趟门，他觉得她好像比前几天更有活力了。

这是好事。

“《止战》的饭局……”姜竹沥想了想，眼睛一亮，“演白起的那个演员，也会在场吗？”

“不一定，主要是主创。”

说到底，他还是想给她介绍圈子里的其他人，编剧也好，制片人也好，留着人脉，说不定她哪天能用上。

“这样啊。”姜竹沥有些遗憾，小声道，“那、那我再想想。”

白起的演员，是圈子里一个风头正劲的小生，算不上颜值高，但演技很好，拥有一大拨女友粉。

段白焰眼睛一眯。

“胆子变大了。”他笑得有些危险，“敢说这种话？”

姜竹沥瑟缩了一下，迎着风瑟瑟发抖。

在她的记忆里，以前说这种话，对别的男生表示好感，哪怕只有一点点，都真的会被按到床上摩擦。

姜竹沥低头认㞞，闷声吃鱼。

段白焰好气又好笑，不知道该说她可爱，还是说她可恨。

段白焰口袋里的手机突然振动起来。

他放下筷子，拿出来看了一眼，目光微沉，站起身道："你先吃，我出去接个电话，不走远。"

姜竹沥眨眨眼："你不是说没有工作？"

段白焰："催债电话。"

他拿上大衣，推门而去。

姜竹沥坐在原地，把锅里煮熟的食物都捞出来，仔仔细细地去掉花椒和辣椒，一半分给他，一半拨进自己的盘子。

没吃两口，她的手机也响了起来。她没有多看，直接接起来："你好？"

"竹沥，我和你妈妈明天走。"话筒那一头风声呼啸，明叔叔问，"你要来送我们吗？"

段白焰很快结束了通话，他这通电话来自律师团队，他们手上的证据都是现成的，缉毒小分队速度飞快，直捣俱乐部的地下老巢，飞快地收了尾。

万事俱备，现在就等他发通稿，一次将夏蔚击溃。

段白焰的手指扣在手机上，这事终于要结束了，他下午没来得及回姜竹沥的微信，也是因为被这件事拖住了后腿，等解决完这件事，他要赶紧把婚求掉。

挂断电话之前，突然想到什么，他问了一句："最严重的情况下，性骚扰能判到什么程度？"

律师给了一个时间段，得到回复，段白焰心满意足。

收起手机，段白焰往回走，推开火锅店的门，室内的热气扑面而来。

他刚想脱大衣，目光扫过刚刚的座位，上面竟然空无一人。

他原地愣住，锅还在煮，他的盘子上还放着热气袅袅的肉丸和蔬菜，可姜竹沥的包和手提袋都被带走了。

他的脑子空白了一下，他抓住过路的服务员："刚刚坐那儿的那个姑娘呢？"

服务员摇头："我没看见。"

段白焰的脑子"轰"的一声，他一边打姜竹沥的电话，一边转身往外走。

天边寒星高悬，远处传来缥缈的圣诞节乐声，步行街上熙熙攘攘。街边的树挂满小彩灯，店里放着快乐的圣诞歌，整个世界其乐融融。

可她的电话始终占线。

段白焰深呼吸，指骨抵上鼻梁。

这个时间，他们原本已经吃完了晚饭，然后回家一起布置圣诞树，等待零点过后圣诞老人把礼物偷偷放到她的床头；或者由他抱着她在炉子前烤火，一起看一部小清新的恋爱电影，她如果犯困睡着，他就亲她的额头，然后抱她上床。

可是现在，他又把她弄丢了。

段白焰站在人群中央，心急如焚。

他深呼吸，打熊恪的电话："熊……"

话未说完，一个人影跌跌撞撞地从人群里挤出来，冲进他的怀里，两条手臂环住他的腰，死死地抱住他。

段白焰被她撞得一个趔趄，她的气息他太熟悉了，顿时眼眶发酸。

半晌，他哑着嗓子，低声问："你去哪儿了？"

姜竹沥不说话，脑袋埋在他胸前，使劲往里拱，她小声说："段白焰。"

"嗯？"

"我爸妈不要我了。"

段白焰一愣。

她像是在赌气，声音闷闷的："他们真的要走，他们不带我走。"

段白焰沉默许久，呼吸慢慢重起来。

他想起很久很久之前，他坐在家里二楼的走廊上，看着父母翻脸、吵架，然后慢慢冷静、平和地坐下来讨论财产分割，最后用沉默对待他的去留。

人群熙熙攘攘，大楼上的钟开始倒计时，不远处的江边开始放烟火。

烟火升空，一声接一声地在空中炸开，明亮磅礴的光芒映亮天幕。有女孩捂着耳朵尖叫欢呼，有恋人动情地接吻。

段白焰深呼吸，用力抱住她："那就留下来。"

"从今往后，"他的下巴抵住她的头顶，良久，发出低沉而郑重的叹息，"就是死……

"你也死在我怀里。"

第六章

求婚戒指

姜竹沥去找段白焰了，可她没找到。

她绕了很大一个圈子，拨开很多人，才在人群中看见他。

段白焰的心情很复杂，他有点生气又有点心疼："下次不要一个人乱跑。"

她的脑子不太清楚，拼命地想见他，他其实就站在火锅店旁边，可她没看见。

姜竹沥垂着脑袋闷闷不乐，头顶的两个鹿角一动一动的。

段白焰居高临下，捏捏她的鹿角："你刚刚吃饱了吗？"

姜竹沥诚实地摇头。

他失笑："没吃饱你还跑这么快？"

姜竹沥茫然地站了一会儿，她当时没想到别的事情，脑子里都是"不行了一定要找个人来抱一抱"。可是她不想抱别人，只想窝在段白焰的怀里。

至于其他的……她茫然地愣了半天，突然茅塞顿开："你是在心疼钱吗？"

不等他回复，她又有些纠结地道："确、确实有点浪费，不过那个火锅，其实也不是很贵。而且，我们走的时候，也没剩多少了。"

段白焰刚想说，他没有，他不在意那个红油锅，只在意她。

姜竹沥就拽着他，一本正经地说："作为补偿，我带你去吃巧克力吧。"

"不是……"段白焰蒙了一下，觉得哪儿不对。

刚才那个火锅的钱，好像也是她付的啊。

十分钟之后，当两个人并肩站在手工巧克力店门前，她毫不避嫌地向他展示银行卡余额时，他才真正蒙了："你哪来这么多钱？"

话一出口，他就想到，姜竹沥不买房子，也没有车。如果她还保留着大学时的习惯，那她所有的钱应该都用来投资金融产品了，资金流动起来，每年的红利都不是小数目。

“啧。”段白焰垂眼看她，轻声道，“小富婆。”

她没有听见。

她从店员那儿取了两个小玻璃瓶，牵着他往店内走。

巧克力店分了两层，一楼卖纪念品，二楼是精致漂亮的货架，落地窗旁的一整面墙，都整整齐齐地码着高到屋顶的透明罐子，里面装满颜色各异的巧克力豆，组成一道彩虹墙。

她仰起头，眼底亮晶晶的：“你喜欢什么味道？”

段白焰揪揪她的鹿角：“喜欢粉色的味道。”

姜竹沥有些幻灭地看了他一眼，然后拖着他走到粉色的罐子前。她拿着小玻璃瓶，像接水一样拧开其中一个龙头，装在高大罐子里的彩色糖豆顿时噼里啪啦地掉出来。

段白焰的手不安分地在她的头顶捏来捏去，捏了一会儿，一路向下，顺着头发摸到她白皙的脖颈。

姜竹沥一个激灵。

他乐了：“开心点，我们等会儿出去买吃的。”

姜竹沥捏着玻璃瓶，小声哼了哼。

他皱眉：“什么？”

“我小时候学舞……”姜竹沥提高音量，可声音仍然很低，“妈妈不让我吃甜食。”

她顿了顿：“后来有一次，我也忘记是因为什么了，她给我买了一支冰激凌，是可爱多，香草味的。”

他一只手搭在她的肩膀上，玩着她的一绺头发，垂着眼看她：“嗯。”

“但是我吃了两口，它就掉了。”姜竹沥顿了顿，时隔这么多年，她现在还觉得沮丧。

可她又没办法穿越回去，安慰当时那个惶恐不安、难过得要命的小姑娘：“然后我妈妈就骂我。”

——浪费食物，我以后再也不会给你买冰激凌了。

“我当时想，”她嗫嚅道，“等我长大之后，一定要买很多很多冰激凌，吃很多很多甜食。”

后来她真的得到了这个机会，有一段时间，程西西犯胃病，没办法做直播。她就以“甜药”的身份坐在屏幕前，替程西西吃掉了所有的冰激凌。

她一个人，吃到味蕾失去知觉，无法分辨奶油的甜度，一关摄像头，就立刻跑到卫生间里扒着马桶呕吐。

她那时候就不明白，所有人都说甜食会让人感到开心，心理学能帮人找到自我治愈的方法。

可是为什么到了她这里，收效甚微？

段白焰沉默了一下，想起刚刚撒在地上的巧克力豆。

他牵着她，又去前台拿了两个玻璃瓶，揉她的头：“那我们多买一点吧。”

最后，两个人提着两大袋五颜六色的巧克力豆，并肩走出门。

钱仍然是姜竹沥付的。

除去这些巧克力，她还要买一条围巾。

段白焰替她提着巧克力，有些想被人养，这感觉好像也不错。

姜竹沥埋着头，用脸在店员送来的几条围巾上分别蹭了蹭，选出最柔软的那条米色围巾。

店员夸她：“女士眼光真好，这是我们这一季的最新款，很受欢迎的，很多地方断货了。”

新品当季，一般会有活动，大牌子的促销折扣往往很小，不过……姜竹沥在心里快速地算了笔账，抬眼问段白焰：“你需不需要也买一条？”

其实不需要，但段白焰现在很想向世界炫耀他的金主。

所以他眼睛一眨，轻声道：“听你的。”

“那就买一条吧。”姜竹沥说完，等了半天，也不见他动弹。

她有些意外：“你不挑颜色吗？”

店员面带微笑，也跟着姜竹沥的目光望过去。

然后店员看到，高大的青年一手提着两大袋巧克力，一手提着一堆甜品，用他低沉的嗓音，一本正经又异常深情地看着姜竹沥说：“被包养的人，没有资格挑三拣四。”

“……”

店员看他的眼神都变了。

买完围巾，金主财大气粗地问：“你还想吃什么吗？”

段白焰哭笑不得。

他对她说过很多话，可她的记忆像是有选择似的，就偏偏对参加《今天我也很甜呀》的综艺录制时他说的那句“贫贱夫妻”，印象格外深。

他低头看她，口中的热气在空气中散开：“都可以。”

姜竹沥努力踮起脚，把刚刚拆掉吊牌的围巾围到他的脖子上。

“那就吃关东煮好了。”“小富婆”精打细算，“回去之后，围巾记得再拿水洗一下。”

段白焰握着她的手，整个人暖融融的，轻轻“嗯”了一声，也帮她把脖子上的围巾系好。

姜竹沥小跑几步去路边买关东煮，段白焰跟着她走过去，停在她身后。

他突然想到，她一个人在国外生活四年，日子不是白过的，这样看起来，她可能真的没从家里拿过钱。

他心下一动，摸摸她的长发：“为什么存钱？”

他想知道她在国外时，是不是也这样努力地赚钱，却又随时随地摆出一副打算离开的样子。

姜竹沥熟悉段白焰的口味，替他和自己挑好关东煮，付完钱，转过来牵他的手。

听见这个问题，她认真地想了半天，说：“我大概不会有嫁妆。”

段白焰微怔。

“所以，”她把脸埋进围巾，遮住微微泛红的耳垂，闷声道，“要自己多赚一点。”

段白焰愣在原地。

两人回到家，已经是深夜。

姜竹沥吃饱喝足，段白焰却有点郁闷，他的心情格外奇妙、憋屈，好像被她委婉地求了一场婚，这可是求婚啊！他怎么能晚她一步！

段白焰难过地捧着脸，坐在沙发上思考人生。

姜竹沥换了衣服，毛球似的跑过来，又跑过去。

她每次穿那套家居服，整个人都毛茸茸的，看得他心痒痒，他忍不住叫："竹沥。"

姜竹沥刚刚切好一小碟苹果，闻声从厨房里探出头："什么？"

"那些礼物，"他舔舔唇，指指客厅里的圣诞树，"你还没拆完？"

照顾姜竹沥的这段时间，段白焰仿佛也变成了一个小姑娘。他所有的少女心都被激发出来了，不仅在她的卧室和书房里挂了很多少女心的小星星灯，还在客厅里给她放了一棵圣诞树。

树下摆满浮夸的礼物，她随便拆一份礼物，里面装着的不是铁盒巧克力，就是圣诞限量的化妆品礼盒。

姜竹沥愣了一下，以为他这么快就喜新厌旧，嫌那棵树碍事了："你要拆树？"

"不是。"

"这样的话，礼物……嗯，没拆完，我只拆了两个。"她端着苹果走过来，回忆道，"昨天拆了一个，今天拆了一个。"

他莫名有些烦躁："为什么不一次性拆完？"

"一天拆一个，会比较有惊喜感。"姜竹沥挠挠脸，"那里面有新鲜的东西吗？如果有的话，我就先拆掉。"

"没有。"段白焰的心头涌起一股挫败感。

他开始寻思，要不什么时候，他找个礼物盒，把自己装里面算了。

求个婚怎么就这么难？

他沉默着，以一种被包养的大佬的姿态坐在沙发上，等小娇妻给他端饭后水果。

然而，一秒、两秒、三秒……

段白焰纳闷，厨房离客厅没这么远吧？

他疑惑地回过头，看到姜竹沥正蹲在小角落里，拿着装苹果的小托盘，小心翼翼地打开刺猬笼子，打算喂刺猬。

段白焰："……"

嫉妒。

“竹沥。”大佬发出欲求不满的叫声。

姜竹沥头也没抬：“等一会儿，图拉今天还没吃水果，我喂它一点。”

图拉是姜竹沥给那只小刺猬起的名字，跟《恋爱的犀牛》里那头著名的公犀牛同名。

段白焰歪在沙发上，心想，都没给他起过名字。

至于小白，稍微亲切点的人，都这么叫他。

她怎么就没给自己起个什么焰焰啊，段宝宝之类的昵称？

大佬探头看看小娇妻，不满地舔舔唇道：“你都把苹果切成块了，剩下的，它还不能自己吃吗？”就非得喂到嘴边？

“它自己怎么吃？”

“你把苹果插在它背上的那个刺上，多插几块，插够三天的分量，它要是饿了，自己就能取下来吃。”

姜竹沥：“……”

她低头看着刺猬。

江连阙送来的，是宠物里最常见的非洲迷你刺猬。手掌大小的一只，长着一对小黑豆眼，肚皮白白的，戳起来软绵绵的。

现在它正躺在她的手心里，抱着一小块苹果，一边啃一边胡乱挥舞杏色的四肢，像是想要翻身。可它四肢都短短的、小小的，怎么也撑不到她的手心。

姜竹沥：“……”

它连翻身都翻不了，就不要指望它能摸到自己的背了吧，真插在它背上，可能苹果馊了它都吃不到。

所以姜竹沥没理他。

段白焰见她不理他，忍不住起身走过来。

路过圣诞树，他趁她不注意，飞快地躬身，默默地从一堆礼物盒里把装着戒指的盒子拿起来，收回口袋。

然后他迈动长腿，神情慵懒地走过去，蹲下身。

姜竹沥立刻献宝似的，把小刺猬捧到他面前：“可爱吧？”

小刺猬心安理得地蜷在她的掌心里，露出一小块白色的肚皮，吭哧吭哧地啃苹果。

段白焰与它乌溜溜的黑豆眼四目相对。

丑不拉几。

他嫌弃地伸出手，想摸摸它的刺。

他已经练习得很熟练了，现在公司里的仙人球，没一个能扎到他的手。然而图拉毫不犹豫，放下苹果就伸嘴咬过来。

段白焰手疾眼快，赶紧收回手。

他奇了："我给它吃给它喝，它还咬我？"

姜竹沥哭笑不得："刺猬本来就不好养熟呀。"

"而且，你摸它的方法也不对。"她解释，"你刚刚洗过手了吗？洗过手才能摸，不能直接摸它背上的刺，它看不见后面，如果直接摸背，它肯定会扎你的。你要从前面，顺着它的鼻子先让它熟悉你的味道，再慢慢摸过去。"

段白焰哼哼唧唧："洗过了。"

他心想，比他的事都多。

他舔舔唇，照着她教的方法，顺着刺，试探着摸刺猬。

图拉看他又来摸它，吓得连苹果都不要了，两手一张，抓住他的手指，张嘴就咬。

段白焰也吓了一跳，赶紧收回手。

他沉默着，再一次企图与这只刺猬用眼神交流。

刺猬见他离开它了，小心翼翼地捡起没吃完的苹果。

大佬的表情立刻变得凶神恶煞，露出要水煮刺猬的眼神。

姜竹沥连忙把它端走："它、它……它可能是还不熟悉你的味道。"

下一刻，她手中一轻。

图拉一离开她的手掌，就立刻鼓起刺，团成一团。

段白焰揪着刺球的一根刺，把它扔回笼子里，然后落锁。

姜竹沥还没反应过来，他将她抱起来，大跨步走回客厅，扔到沙发上。

姜竹沥心跳加速，天旋地转，挣扎着想要起来，却被他按住。他两只手落在她耳侧，居高临下，喉结滚动，声音低沉得像巴洛克时期的乐器："你很喜欢小动物吗？"

不等她回复，他压在她身上，呼吸越来越急促，低声问："你有没有兴趣，跟我生个孩子出来玩？"

段白焰的腿抵在她的腿根，他的呼吸很急，热气一下一下地打在她的脖颈间。

姜竹沥被他压在身下，两只手撑住他的肩膀，心头猛跳，脑袋摇成拨浪鼓："不了吧。"

段白焰一点一点凑近她，低声问："为什么？"

她的身体没有过去那么抵抗他，恰恰相反，他觉得她的性格里某些依赖的部分被激发出来了，她变得喜欢黏在他身边。

他喜欢并享受这种被依赖的感觉。

"因为，你，那个……"姜竹沥涨红一张脸，凭着记忆隔空比画，好久好久，才艰难地憋出一句，"我……我要再做一下心理建设。"

段白焰："……"

他张了张嘴，想反驳，却无法反驳，他也不知道该开心还是该难过。

他放开她，顺势将她也从沙发上扶起来。

姜竹沥红着脸喘息，衣服最上面一颗扣子被解开了，一边的领口顺着肩膀向下滑，客厅里灯光昏暗，露出她羊脂般白腻的锁骨。

段白焰眼神微沉，将她的衣服拉上去。

姜竹沥连忙按住肩膀，耳根泛红："我……我去睡觉了。"

段白焰轻轻哼了一声算是默认，仍然摆出一副欲求不满的表情。

"你刚刚摸了图拉。"临走之前，她小声提醒，"记得洗手。"

说完，她像是后面有狗追似的，迅速跑掉了。

段白焰："……"

他眯眼看了一会儿，觉得她逃跑的样子，怎么看怎么像是缩起来的图拉，都是蠢蠢的小动物，摸起来毛茸茸的、暖暖的。

他的手指扣着口袋里的戒指盒子，摩挲一阵，默默地起身，慢条斯理地洗干净手，然后不急不缓地上楼，停在她的房间门口。

姜竹沥睡得不太安稳，也许是明天要送别父母的缘故，临别之前，她竟然梦到高考。

六月份天气还不算热，刚刚入夏就开始下雨，雷雨一连持续了很多天。考完最后一科，窗外电闪雷鸣的声音也停了，阳光普照大地，枝头绿色的叶子被洗得干干净净。

最后一道铃响，全体同学起立等待交卷。

身边的陌生女生推推她，小声问："你最后一篇英语阅读，选的是什么呀？"

姜竹沥蒙了，没有说话。

"我刚刚想看你的答案来着。"那女生吸吸鼻子，像是有些不好意思，"可你遮得好严，我什么都没看见。"

姜竹沥不想搭理她，没有带伞，有些心不在焉，默默地垂着眼，等老师收答题卡。

监考老师停在两人面前，却没有动。

他看看姜竹沥，再看看那个女生，好巧不巧，像是正好听见最后这两句对话。

所以他出声问："你们认识？"

姜竹沥愣了一下。

女生笑嘻嘻地抢答："不认识，不认识，高考就是我们第一次见面。"

她这态度，反而更引人起疑。

监考老师皱眉："说实话！"

另一个老师已经收完所有的答题卡，其他考生还没离开考场，纷纷转头看过来。

姜竹沥无措地站在原地。

梦境戛然而止。

那种茫然的感觉历久弥新，过去很多年，她至今还记得。她拧着眉头想睁开眼，无意识地攥住了身下的床单。

迷迷糊糊间，感觉身后一沉，她趴在柔软的被褥里，被捞进一个温暖的怀抱。

姜竹沥顿时清醒过来几分，眼睛半睁半闭，挣扎着想翻身确认一下背后的生物是人是狗："段白焰？"

她的声音本来就软，这时将醒未醒，竟然带点像是哭腔的鼻音。

段白焰的身体一僵，然后他将她抱得更紧，哑声应道："嗯。"

"你是怕黑吗？"

"……"

姜竹沥迷迷糊糊的，脑子不太清醒："我把大白给你抱着？"

段白焰："……"

他闷声说："我不要大白，丑。"

"那，"她哼哼唧唧道，"你去抱着图拉。"

段白焰："……"

那个更丑。

过了一会儿，她的呼吸逐渐平稳，像是又睡着了。

段白焰低声问："你妈妈和明叔叔，是明天离开吗？"

姜竹沥低低地"嗯"了一声，听不出是睡着了，还是醒着。

他抱紧她蹭蹭，把脸埋进她的颈窝，她的身上永远有香味，哪怕她用的是他的沐浴露，身上也比他好闻。

闻着闻着就想亲，他轻轻"吧唧"了一下她的脸："我陪你一起去。"

"啊？"

姜竹沥没反应过来。

他安抚地拍了拍她："我陪着你。"

黑暗中，床头的一排小星星灯在墙上缓慢地闪烁，柔和的光线像流水一样，温柔地倾泻到两人身上。

姜竹沥背对着他，睁着眼睛，一动不动。

半晌，她屏住呼吸，听见他轻声说："你不要担心，也不要怕。"

很久，姜竹沥没有再开口。

她不知道自己是不是睡着了，因为她闭上眼，好像又接着刚刚那个梦做了起来。

光线明亮的考场里，她与老师对峙，低声辩解，自己根本不认识身边的女生。

监考老师似信非信，皱着眉头看她，目光像一把利刃。

所有人的目光聚集在她身上，姜竹沥难堪极了，手在桌上握成了拳。

“有完没完？”最后一排的段白焰忍无可忍，隔着整个教室冷声喊话，“一个二十四中的，看见穿一中校服的，就恨不得把眼睛都黏在人家的答题卡上。同一个考场里考场试而已，还认起亲来了？”

老师带着两人去调考场里的监控摄像。

姜竹沥打开了手机，姜妈妈不停地打电话问她，为什么还没有离开考区。

她不知道该怎么解释，因为她遇到了莫名其妙的乌龙事件。

等他们查完监控，太阳已经快要落山了。

监考老师诚恳地向姜竹沥道了歉，而她心急如焚，只想赶紧出去确认一下，妈妈是不是已经等得不耐烦，先回家了。

她走出监控室，长长的走廊上，阳光一寸一寸地破开空气中残余的水汽，光洁的地板上，影子拉得很长很长。

身形高大的少年背着黑色单肩包，站在走廊上，背对着监控室。

他微微低头，一手拿着手机，另一只手拿着一把大伞，周身流转着慵懒清贵的气息。

姜竹沥的呼吸一窒。

像是听见她的声响，他微顿，然后转过来。阳光勾勒出他的侧脸轮廓，顺着眼角的泪痣，一点一点地描摹下来，给他镀上温柔的金边。

“好了吗？”他抬眼看她，仍然没有什么表情，声音很淡很淡，“我们走？”

姜竹沥的身形顿了顿。

她想起来了，没有错，是那天。

他说：“我们。”

翌日中午，段白焰开车带姜竹沥去机场。

姜妈妈和明叔叔是下午两点的航班，姜竹沥有些紧张，不知道该给父母带些什么。

段白焰抿唇：“那就什么都别买了。”

姜竹沥纠结半晌，最后带了张银行卡。

段白焰什么都没说。

明叔叔的腿已经好全了，走路看不出痕迹。他的工作调回了老家，在西南一个年年被评进全国宜居城市前三名的二线城市，环境优美，生活节奏慢，最适合养老。

他笑呵呵地把银行卡推了回去：“你留着吧。”

姜竹沥感到为难，忍不住转眼看看妈妈。

贵宾候机室没什么人，周遭很安静。

姜妈妈戴着墨镜裹着毯子靠在沙发上，像是睡着了，又或许是不想理她。

“竹沥。”明叔叔低声劝道，“你不欠我和你妈妈。”

所以同理，他们也不欠她什么。

姜竹沥用力眨眨眼，长大之后，她必须努力理解的一个课题是，人和人之间的缘分都是有限的，和朋友也好，和恋人也好，和家人也好。

大家头顶都挂着一个进度条，沙漏里的沙子漏完了，也就走到头了。他们必须告别，因为各自的生活还要继续。

“叔叔没给过你什么，你以后要是还想看叔叔，你就来。”他一如既往地和蔼可亲，低声说，“想看妈妈，叔叔也带着回来。”

可姜竹沥难过极了，广播里传来航班开始检票的声音，明叔叔轻轻推推姜妈妈，温柔地叫醒她。

姜竹沥一动不动地盯着他看。

这些年来，无论她的母亲是什么样子，他永远都能包容，可在明含的事情上，他永远绝口不提。

他是受人敬仰的大学教授，是她母亲在众多追求者中选出的佼佼者，是做了她二十多年继父的人。

可是，他永远缺失真正成为父亲的能力。

这是姜竹沥人生第一次对他感到失望。

“明叔叔。”一遍又一遍的广播提示音里，她抬起眼叫他。

“不管过去多久、走多远，你都记着，”她停了一会儿，艰难地深呼吸，“你对不起明含，我们都欠她一条命。”

明叔叔转过来，姜竹沥毫不避讳地与他对视。

迎着光，她现在才真正看清她继父的神情。

他是忠诚的、唯一的、不会背叛的。他拥有狂热的爱、狂热的痴迷、狂热的执念。

所以他绝对忠于自己的妻子，态度偏执而不可逆，但如果妻子和女儿只能选一个，他一定会毫不犹豫地站在姜妈妈那一头，无论谁对谁错。

世人歌颂伟大的、奋不顾身的爱，可她的家庭时时刻刻向她展示着这种爱的自私与刻薄。

“对。”良久，明叔叔说，“我们都对不起她。”

他顿了顿，有些遗憾，又像是有些茫然地说：“她这一生唯一做错的一件事，就是做了我的女儿。

“我真替她不值。”

返程的路上，姜竹沥有些恍惚。

段白焰很想替她解决问题，可两人在这件事情上都是末等生，他同样不能处理好自己与原生家庭的关系。

成年人拥有自我救赎的义务，他们唯一能做的，就是自己组建家庭时，努力不让悲剧再延续。

“过去很长一段时间里，我都觉得，自己没办法扮演好‘女儿’这个角色。”姜竹沥纠结而艰难地向他形容，“‘女儿’这个概念，在我家被赋予了太多东西，变得非常沉重，令人难以负担。”

他夸她：“你已经做得够好了。”

姜竹沥决定停止这个话题，这些阴影笼罩她太多年了，她不认为自己能一朝一夕地走出来。

但现在她有勇气先去做点别的事，也盲目乐观地相信事情都会变好。这种动力，来自不断为她努力的段白焰，尽管他的姿态愚蠢。

她想了想，小声问：“你那个饭局，是在今天晚上吗？”

段白焰发出鼻音：“嗯。”

“我需不需要挑件衣服什么的？”他只说是饭局，没说是哪一种。

“没关系，是私宴。”他思索片刻道，“你不用穿得太正式。”

在场没有媒体，她也不需要取悦谁。

姜竹沥乖巧地点了点头。

尽管如此，她还是认真地挑了衣服，化了一个妆。她从衣柜里翻出一件黑色的薄毛衣，非常纤瘦的一件秋装，开衩的长下摆遮住大腿，腰带显出纤细的腰身。

目光扫过衣橱，姜竹沥后知后觉地想起，她还有一部分衣服放在程西西那儿，得抽个空把东西都搬过来。

她打开首饰盒。

“你是一个大孩子了。”姜竹沥一条一条地试项链，认真地对着镜子里的自己说，“不能再穿那些幼稚的衣服了。”

段白焰换好衣服，走到门口，正好听见这句话。

他低头看看自己手里缀着小天使翅膀的围巾，默默地把它收起来，放回车上。

算了，以后再说。

要是实在没机会，他就把这些少女心的衣物都留着给女儿。

诚如段白焰所说，这晚是一个低调的私宴。

在座大多是老师和长辈，他将姜竹沥介绍给同席的导演与制片人，有人笑着问：“女朋友？”

他摇头：“未婚妻。”

她偷偷捏了捏他的手。

段白焰小声地笑了一下：“会求婚的，别急。”

姜竹沥耳根泛红，她懊恼地拍他。

酒过三巡，她包里的电话振动起来，她抬头看段白焰，他拍拍她的手：“要我陪你去吗？”

姜竹沥摇头。

他抿唇：“那你把外衣穿上。”

姜竹沥应了。

她一离开，房间里的气氛明显活跃了两个度。

在场的人中有两个老师，上次喝桃花酒时也在，见姜竹沥起身出去了，纷纷转眼将目光转向段白焰，眼神暧昧，笑容中却没有恶意：“小段导，速度挺快呀，我们上次见你跑出去追人，追的也是这个姑娘吧？”

段白焰拿起茶杯抿了一口，没有否认。

两个老师以为他们又喝多看错了，不然段白焰眼里怎么会浮现出笑意？

“上一次，我们几个可都是亲眼看见，人家姑娘把你的手甩开了呢。”其中一个突然想起什么，在众人八卦的目光中，感慨道，“这才几个月，这么快就把人追到手了？”

有人大笑：“还是小段导厉害。”

“没有。”段白焰顿了顿，低声说，“我们很早就认识。”

两人也相爱了很多很多年。

“多早？”

“十年前。”

段白焰在心里默默地想。

——十年前，我见到她的第一眼，在我完全不知道该怎么去爱一个人的时候。

姜竹沥那通电话来自谢妈妈。

圣诞节过后，夏蔚迅速占据了各大娱乐新闻的头条。

姜竹沥没怎么关注，但她猜测夏蔚的日子不太好过。缉毒小分队接到举报，端了一个地下俱乐部的老巢，清算出很多大大小小的明星，夏蔚是其中一个，也是最近人气最旺的一个。

吸毒放在哪儿都是大忌，何况圈子里早就下过明确的规定。

要命的是，很多粉丝为了维护她，发出了“她只是为了让自己更漂亮，也是为了我们这些喜欢她的粉丝，她做错什么了”的呐喊。

这种情况下，一粉顶十黑。

这种屠城之势惊动了上头几个大V，姜竹沥想，这事一时半会儿还真闹腾不完，不过闹腾完这一波，夏蔚应该不会再有翻身的机会了。

谢妈妈在这时候找到她，问她愿不愿意回去，继续做那边的志愿工作。

姜竹沥没有明确回应。

饭局过后，她站在电梯口，迎着冷风裹紧披风，抬头看段白焰：“你觉得呢？”

“看你怎么想。”段白焰把瑟瑟发抖的姜竹沥捞进自己怀里，思索一阵，放弃替她拿主意的想法。

在生活上，她比他想象中独立得多。

他喜欢她依赖他，可她同样需要自信和自我认同，那些东西，只有她自己建立。

“说实话，我很想回去。”她将下巴抵在他的胸口，望着他眨了眨眼，“我以前没有接触过自闭症患者，当我接触到他们，才发现他们和我想象中完全不一样。”

无数影视作品将自闭症形容成“星星上的孩子”，在募捐时也将他们形容成天才，可实际上，他们之中的很多人连生活都无法自理。

“对我来说，无论是给务工子女做心理咨询，还是教自闭症的孩子做饼干、学烘焙，都是在熟悉的领域内，稍微往安全区以外跨越了一点点。”电梯间内的灯光安静地落下来，她对他进行自我剖白，“它们都能让我有成就感。”

电梯还没上来，段白焰忍不住捏捏她发凉的鼻尖：“那就去。”

他们可以做彼此的后盾，不用再担心前路坎坷。

“不过，说到这个。”他突然想起，“余茵刚刚吃饭时提到的那个项目，你有没有兴趣？”

余茵是一位纪录片导演，之前常年居住国外，拿过许多国际大奖。她近日刚刚归国，在筹划一个系列公益短片，镜头首先扫向的人群，就是自闭症患者。

姜竹沥坦然道：“有。”

段白焰眉梢一挑：“为什么你留了她的联系方式，却不直接告诉她，你想参与项目？”

姜竹沥在酒桌上表现得很大方，可没人看到的地方，耳根仍然忍不住发红：“我怕我做不好。”

所以在项目结束之前，要藏着掖着，不可以告诉别人。如果被别人知道了，最后却做不好，会很丢脸。

电梯“叮”的一声，门开了。

段白焰拍拍她的脑袋，拥着她进门，低声问：“你今晚喝了多少酒？”

“不是很多。”红酒后劲还没完全上来，她贴着他，身上有些冷，只觉得脸庞发热，“怎么了？”

段白焰没有说话，按了一个五十多的楼层。

姜竹沥蓦地睁圆眼：“我们不回家吗？”

他居高临下，意味深长地看了她一眼。

姜竹沥愣了愣，立刻懂了：“你这个骗子！”

“我……”她红着脸，挣扎着想去按电梯，“我要回去。”

她被段白焰一把捞回来，按在怀里。

姜竹沥还想再说什么，他已经吻了下来，气息滚烫，她的声音艰难地从唇缝中挤出：“呜……”

他掐着她的下巴，带着点惩罚，轻轻咬她的嘴唇：“你乖一点。”

下一秒，电梯抵达楼层，他半推半抱，一路吻着她，刷开房卡，将她按到床上。

床垫很软，她不受控地弹了一下。

他的吻没有停，他的唇很烫，他们呼吸相融。

姜竹沥被吻得神志不清，陷入被褥，气喘吁吁地睁开眼，一抬头，就看到天花板上的茶色玻璃。不大不小的一块，正对着这张巨大的圆床，反射着床上的一切。

姜竹沥：“……”

她愣了一下：“你订了一个什么房间啊？”

房间里灯光昏暗，镜子却看得格外清楚，段白焰稍稍放开她，她立刻看到了自己羞愤欲死、氧气不足的样子。

他的两只手撑在她的肩膀两侧，两人离得很近，他的呼吸打在她白皙的皮肤上。他帮她把落到眼睛上的碎头发拨开，呼吸急促：“你记不记得，我们第一次……”

姜竹沥哼哼唧唧地伸出两条胳膊想捂住眼，用行动表示，她不想记得。

下一秒手就被他掰开，按在床上。

他滚烫的呼吸一下一下地喷洒在她的脖颈间，她红着眼眶看他，他们的第一次，就是他带着她去喝酒那次。

那时已经高考结束，他们确定了恋人的关系，姜妈妈笃定她一定是早恋了，她难过地出去找他。于是他带她去了酒吧，明明帮她控制着酒量，可她几杯啤酒下肚，竟然还是喝醉了。

他不确定她几分醉，一走出酒吧，她就站在熙熙攘攘的街头，固执地想要扒掉他的衣服。

她站得歪歪斜斜，像一只喝多了的浣熊，两只爪子捉住他的衣领，一边抖一边嘟囔："天气太热了，脱掉衣服凉快一下吧，太热了，凉快一下……"

段白焰死死守着自己的贞操，皱着眉头问："你怎么不扒你自己的衣服？"

她一本正经地说："我是知耻的人。"

他："……"

她还在努力地拉他的拉链，甚至想当街脱掉他穿在里面的卫衣。

段白焰的心情一言难尽，他将她从自己身上扒下来："你不要冲动。"

"我没有冲动，我很清醒。"她信誓旦旦道，"我现在能给你算数列，不信你出题考考我。"

段白焰："……"

他头疼极了，按着她不安分的手，拽着她往车站走："我送你回去。"

"我不。"她奋力挣扎，"我妈妈会骂我。"

停了停，她垂下脑袋，眼里竟然冒出水汽："现在都过了十点了，而且我喝了酒，我再回家，她一定会骂我。"

"那你跟你家长说一声。"他说，"我去酒店给你开间房。"

可是等他帮她开好了房，又不放心。他怕她一个人断片，夜里跑出去，怕她半夜口渴爬起来、没有人给她倒水，甚至怕她醉醺醺的，会梦游着扒开窗户跳下去。

于是他也留了下来。

他把沙发拖到床边，跟她并肩朝着一个方向躺下，一只手握着姜竹沥的手，防止她半夜乱跑。

后半夜，她果然口渴醒过来。

段白焰按亮台灯，给她倒水，昏暗的灯光投射在他身上，她得了失心疯一样，竟然觉得他温柔极了。

她舔舔唇，小心翼翼地问他："你想不想试一试？"

她就是个光说不练的假把式，段白焰被她撩得心烦意乱，冷笑道："想啊，你倒是上啊？"

他话音刚落，转过身，她就抬头吻住了他。

她的吻大胆而放肆，尽管生涩，却在努力地攻城略地，像紧张却不愿掩饰的示爱。

段白焰愣了愣，眼中的光芒逐渐变深，呼吸一点点急促起来。

那是她第一次主动吻他，她大概很紧张，两手攥成拳，眼尾都泛着诱人的红。

她的眼睛太亮了，让他觉得，她那时候一定是清醒的。

他将她推倒在床上，听见了她带着哭腔的抽气声："我不想做别人家的孩子了。"

她的声音很小很小："我想做一个坏女人。"

隔了这么多年，几乎是同样的场景，大同小异的画面，往事如走马灯般闪过。

他压在她身上，声音低而哑。

"竹沥。"他问，"你想不想，再做一次坏女人？"

第七章

不会离开

姜竹沥这一觉睡到下午，她迷迷糊糊的，一开始觉得自己被人抱在怀里，后来他放开了，好一会儿，才重新掀开被子，又将她捞进怀里，全程她连眼皮都没动一下。

前一晚睡得太晚了，姜竹沥几乎被折腾到天亮。半夜降温，他给她添了一条毯子，她软绵绵地趴在被褥里，缩成一团。

下午四点多的时候，段白焰终于忍不住，轻轻戳戳她陷在枕头里的脸："竹沥。"

她的脸又软又嫩，一戳一个小坑。

他忍不住又戳了戳。

姜竹沥还是不愿意睁眼，小声嘤咛着，慢吞吞地把自己缩进被窝，像图拉蜷起自己背上的刺，捂住毛茸茸的小肚皮。

他失笑，低声道："起来吃一点东西，嗯？"

姜竹沥还是闭着眼，趴在被褥里，声音很闷很小："我不饿。"

昨晚的饭局她就没怎么吃东西，一直没有起来，怎么会不饿。

段白焰微微皱眉。

中午的时候，他去酒店的厨房给她煮了一碗面，放了三个小时，还是不见她醒，只好又倒掉。

"你……"突然想到什么，他凑近她，试探着问，"身上哪里不舒服吗？"

姜竹沥气得不说话，哪里不舒服？她全身上下，哪里都不舒服。

段白焰是一种丝毫不懂得节制的生物，四年过去，他除了体力更加过人，其他方面并没有什么长进。

姜竹沥越想越气。

他还半蹲在床前，有些手足无措，不知道该不该把她从被窝里挖出来喂食。

半晌，姜竹沥的腮帮子鼓得像只河豚，她小心翼翼地从被子里透出一条缝，闷声问："我、我问你几件事。"

"嗯？"

"你……"她纠结了一阵，"你有没有什么病？"

段白焰愣了一下，神色变化莫测，最终定格在一个难看的表情上。

"你再问一遍？"他的语气染上威胁。

姜竹沥可怜巴巴地又往里面缩了缩。

"但是，这本来就是你的错。"她虚弱地抗议，像只湿漉漉的病猫。

他的心情有些复杂，好气又好笑，他还要假装一本正经："我要真有什么病，你嫌弃我吗？"

"那肯定，"姜竹沥吸吸鼻子，带着鼻音，认真地道，"是嫌的。"

段白焰："……"

一把二十米的大刀当胸穿过。

"你应该是感冒了。"半晌，他把她抱到怀里，有些狼狈地说，"我叫酒店的医生上来给你量体温，开点退烧药，明天如果还不见好转，再去医院验血，好不好？"

她软绵绵的，乖巧地趴在他的肩膀上，没有抗议，算是默认。

半晌，她缓慢地眨着眼，补充："还有避孕药。"

他皱眉："那个药对身体不好。"

"段白焰。"她的声音软软的，很温柔。

"嗯？"他的声音也不自觉地跟着变温柔。

"如果给男生们评级打星，满分十颗星的话……"

"嗯？"

她微笑着说："你一定是个十级渣男。"

"……"

段白焰张了张嘴，想反驳，眉毛皱在一起纠结半晌，还是无力地败下阵来。

他挫败地拍着她的背，亲亲她的额头，声音低哑："对不起。"

“昨晚是我的错。”他艰难地低下自己高贵的头颅，闷声向她认错，像每一个活在远古传说里的、被罚跪遥控器的铁血硬汉，“但，如果怀孕的话……”

他说：“就把他生下……嘶。”

他的话没说完，她低下头，对着他的肩膀咬了下去。

室内开着空调，他只穿了一件衬衣，她咬得很用力，牙齿深深陷入肌理，唇齿间渐渐传出腥咸的味道。

段白焰闷哼了一声，就皱着眉头不再出声。他默默地承受着，另一只手仍然落在她的背上，一下一下地抚慰着。

他知道她想说什么，也知道她在怕什么。

“你……你太过分了。”

半晌，姜竹沥哽咽着，艰难地从牙缝里挤出一句话，然后虚脱似的，从他肩膀上滑下来。

段白焰赶紧接住她，然后轻手轻脚地把她塞进被窝。

她的眼泪却再也没有停下来，开始是一颗一颗的，顺着眼角往下淌，滚过耳郭，落进四散的头发里。

后来越来越多，接连不断地从眼眶滚落，她双手攥着床单，哭得全身发抖。

“竹，竹沥……”

段白焰慌得手足无措，可是看她难过，他也跟着难过。

“竹沥，”他舔舔唇，将她的手捉过来，放在自己掌心里轻轻地揉，“你还有哪里不舒服吗？”

姜竹沥没有回应他，手指死死地抓着他的手掌，从小声压抑的啜泣，慢慢变成放声大哭。

她一边哭一边小声地问：“为什么要把我放下来？”

茫然无措、肩头血淋淋的段白焰抬起头，一脸疑惑。

“抱。”她哭得胸腔抽搐，几乎不能喘息，“抱抱我……”

段白焰赶紧把她抱起来。

他以为她刚刚没咬够，甚至贴心地帮她换了一边肩膀。

可是姜竹沥只是任由他抱着，继续哭。他从来不知道她有这么多眼泪可以流，哭得一句话也说不出来，像是要把这些年所有的委屈全部哭完。

“竹沥，竹沥。”他的舌根发苦，他一下一下地摸她的头，帮她把有些凌乱的头发撸顺，“是我说错话了，对不起。”

姜竹沥攥着他的袖子，一边哭一边摇头。不是这样的，她不是这个意思，但她又不知道该怎么解释。

那么多失败的案例在前，无论是姜妈妈还是谢妈妈、明含还是谢勉，她完全不知道该怎么对待小孩子，又该怎么把他们养大？

“我……”她艰难地开口，声音断断续续的，“我不知道该怎么办……我……”

她不是一个强大的人，比陈塘的评判更加软弱，她会被自己的情绪控制，被它打败。

她害怕跟人建立联系，害怕对人负责，害怕承担“关系”带来的义务。所以尽管她期待，但她仍然希望自己不要有爱人，不要有孩子，不要有能在深夜寒冬抱在一起抵着额头取暖的人。

如果她老了，她就把这辈子存的所有钱都换成物资，然后养一条狗，躲进深山老林，再也不见外人。比起积极应对，她更愿意逃跑，“回避”给她带来的安全感，其他任何人都给不了。

可他让她不要逃跑，让她活过来。

“我明白……”段白焰艰难地抱紧她，一遍一遍地重复，“我明白。”

夕阳最后一抹余晖也消失在天边，天色逐渐暗下来，天边开始浮现星星。

几十层的高空之中，四下空寂安静，房间里光线柔和。

他肩膀上的伤口似乎已经停止流血了，但他没在意，将她抱在怀里，不厌其烦，一下一下地拍着她的背。

过了很久，她的哭声终于渐渐弱下来，她筋疲力尽地依偎在他的肩膀上。

她哭得迷迷糊糊，半晌，听见他低沉的声音：“很久之前，我读过一段话。

“加缪说，人生的意义，在于承担人生无意义的勇气。如果一直在寻找人生的意义，那么你永远不会生活。”

他微顿后道：“所以，我们不要再去想做事的意义，不要再想活着的意义，不要再想相爱的意义，不要再想养育孩子的意义，也不要再去想‘如果’了。”

这世上很多事情都是无解的，就好像陈塘告诉段白焰，姜妈妈小时候也是一个“别人家孩子”之后，他一度觉得自己被动地陷入了莫比乌斯。

——我似乎无法改变这一切，悲剧终有一日也将在我身上延续，这是刻在我基因密码里的，最恶毒的诅咒。

——那么，我再去做同样的尝试，又有什么意义？

“原生家庭是底色，但是……”他声音低沉，“那不是宿命，也不是终点。”

姜竹沥已经冷静了，裹在毯子里，眼睛红通通的，一眨不眨地看着他。

半晌，她忍不住问：“那我们的宿命是什么？”

他眼中浮起浅淡的笑意。

“我们的宿命是，”他顿了顿，语气不急不缓，“尽管我们争吵、误会、分离、异地……”

他停了一下，好像在看一件独一无二的宝物。

许久，他轻声道：“到头来，却仍然相爱。”

——我透过你的眼瞳，看到自己的倒影。于是我知道了，长居于你的眼底，就是我此生的终点。

温柔的灯光下，时光好像暂停了，她屏住呼吸，眨了眨眼。

下一秒，他俯身吻上她的额头。

入夜之后，助理得了指令，上来送退烧药和避孕药。

敲门之后得到允许，他一进屋，就看到衣衫不整、狼狈的段导，和躲在被子里呜呜咽咽、哭得说不出话的小姑娘。

助理：“……”

助理捂着眼睛飞快地放下药，连招呼都不敢打，就飞快地跑了。

走到楼下，遇见倚靠在车门上抽烟的熊恪，助理犹豫片刻，还是上前打招呼：“那个，我知道我不该多嘴。”

熊恪一脸疑惑。

“但是，”助理纠结地道，“小段先生好像在酒店里，搞出事情来了。”

熊恪：“……”

“他……他还叫我上去送药。”助理一张脸都皱起来了，“不知道是不是想故意让我看见不该看见的事，然后借机炒了我。”

熊恪：“他哪有那么无聊，他要是想炒你，连理由都懒得给。”

熊恪想了想，掐灭烟头："昨天她带的女伴，是姜小姐？"

"我没记错的话，是的吧。"

听助理肯定，熊恪一颗心都放下来，他眼中浮起星星点点的笑意，了然道："啊，那没事。"

"不是，"助理还想辩解，"我刚刚真的看见，他们闹得特别……"

"没关系的，不是吵架。"熊恪仰起头，"我猜，我们应该马上就有机会……"看着酒店大楼上在黑夜里发光的那一小格房间，他沉默半晌，轻声道，"参加小段先生的婚礼了。"

如熊恪所言，楼上的两个人艰难地结束拉锯战后，段白焰拿起床头的电话，打给客房服务。

须臾，餐厅推上来一辆餐车。

"我不会离开你的。"开门之前，他摸了摸她有些发烫的额头。

姜竹沥默默地露出一双乌溜溜的眼睛。

她看着他过去给服务员开门，玻璃屏风后慢慢燃起一团小小的火光，餐车越近，火光越亮。姜竹沥的心头一跳，她有预感似的，眼睛一眨不眨地看着他拐过屏风。

身形高大的青年，衬衫袖子挽到小臂，不急不缓地推着一个三层的生日蛋糕，慢慢走到她床前。火光晃动，光芒由下而上，衬得他的脸庞清俊得不像话。

姜竹沥眨眨眼，没有动弹。

服务员没进门就被他打发走了，他将餐车推到床前，伸手抱她起来，声音低沉而认真："生日快乐，竹沥。"

她身上软绵绵、热乎乎的，软趴趴地窝在他怀里。

姜竹沥没有开口，他索性也坐到床上，将她整个人放在自己怀里，用胸膛撑住她，把餐车拉到眼前。

她一副病恹恹的样子，段白焰愧疚极了，把餐刀放进她手中，握住她的手："还拿得动餐刀吗，嗯？"

姜竹沥嗓子疼，不想说话。

不过她确实饿了，抬眼见餐车上放着一个巨大的三层蛋糕，造型很简单，奶白色打底，香槟色的花边从上至下滚成小小的瀑布，众星捧月地拱出最中间的翻糖小人，是一对情侣，小姑娘白白嫩嫩的，围着红围巾，气呼呼地埋着头，高大的青年立在她面前，神情无奈地伸手拍她的脑袋。两个人脚边落满落叶，一只小刺猬在脚边打滚。

很容易就能辨认出来，这是照着他们的模子做的。

姜竹沥看了一会儿，觉得真是丑陋极了。

她把自己的手从他掌心里抽出来，揉揉眼，再把手塞回他的掌心，然后她看着翻糖人偶："我要吃那个。"

"好。"

窗外寒风呼啸，屋内温暖干燥。

他伸手切蛋糕，姜竹沥靠在他怀里，火光晃动，她有些恍惚。

其实她不太记得自己的生日了，以前没人帮她过，后来出了国，人生地不熟，亲人朋友都不在身边，又觉得没有过生日的必要。

这个日子对她来说没什么特殊性，也不值得纪念，可偏偏被他记住了。

她刚刚才揉过眼，现在眼睛又开始发热。

段白焰帮她把翻糖小人取下来，顺手切了很大一块蛋糕，最上面那层是杧果夹心，内瓤流动，果香四溢。

餐车下面还放着别的食物，他多取了一盅汤，一并放到她面前："先把汤喝了，嗯？"

姜竹沥小耗子似的用鼻子嗅嗅，排骨山药，是她可以接受的汤种。

她哼哼唧唧地捡起勺子，决定喝完。

"小心一点。"段白焰帮她把垂落的长发撸到肩后，"可能会烫。"

姜竹沥还是不理他，她喝汤很专心也很谨慎，小口小口的，一点声音都没发出来，只露出白皙小巧的下巴。

段白焰看了一会儿，才突然想起来："二十五岁了，你要不要许个愿？"

姜竹沥抬头看看被切得残缺不全的蛋糕，再看看他。

段白焰一下子哽住："没事，不过生日也能许愿，愿望天天都能许。"

不管过不过生日，一年三百六十五天，他天天都能帮她实现愿望。

"今天下午的时候……"她十分犹豫，拿着勺子的手停了停，小声问，"你是去煮面了吗？”

她迷迷糊糊，脑子里有点印象，下午似乎有段时间，他没有在房间里。

段白焰不太想承认，应得不情不愿：“嗯。”

她却转过头来，眼睛亮晶晶的，不依不饶地问：“长寿面？”

“对。”

后来她一直没有起床，他等了三个小时，面已经不能吃了。

姜竹沥垂下眼，思索一阵，钩住他的小指。

她不说话，他看着她，突然有些忐忑，怕她又“哇”地哭起来：“你想吃吗？我再去给你煮一碗？”

然而，她小声说：“谢谢你。”

段白焰微怔，突然觉得心都要化了。

下一秒，她吸吸鼻子，一口咬掉小人的头。

段白焰：“……”

他沉默片刻，摸摸自己的头。

姜竹沥坐在床上，喝掉一盅汤，吃了一块杧果奶油蛋糕，段白焰那个翻糖小人也进了她的肚子。

她心满意足，想抱着肚子打个滚。

他指指剩下的那个翻糖小人：“那个不吃了吗？”

她小声道：“我饱了。”

他点点头，把她的翻糖小人捡起来，亲一亲，再放回去。

姜竹沥歪头看他，有点想笑。

他肩膀上的伤口已经不流血了，只是血迹凝结在衬衫上，看起来有些吓人。

她突然心软了：“能打电话叫客房服务送点外用消炎药吗？”

“应该送来了。”说着，他探身摸摸餐车的底层。

他的助理非常懂得看人眼色，刚刚撞见屋里那一幕，出门之后，不仅让服务员在餐车里藏了消炎药和棉签，还多放了一小瓶维生素C。

段白焰低着头涂药，姜竹沥不说话，蜷在被子里看着他。

她睡了一整天，现在精神好得不得了，缩在被子里朝他眨眼睛，眼底像落着小星星。

段白焰忍不住也躺到她身边。

几十层的高楼，风在窗外呼啸，而他在屋内抱着她，全身上下暖洋洋的。

关灯之前，他听到她小声问："你知道我十五岁的生日愿望是什么吗？"

"嗯？"

"我那时候希望有一个人能在半夜接我的电话。"她的声音很轻，"半夜两点也好，三点也好，虽然这种想法很自私，也有点幼稚，但是希望有人愿意在半夜理我，问问我发生了什么事，哪怕假的也好，虚伪地安慰我一下，而不是直接挂掉我的电话。"

他微怔，然后误会了她的意思，有些心疼地亲亲她的眼角："我会一直在你身边的。"

姜竹沥趴在他的怀里，侧耳听他的心跳，没有再开口。

第二天，她回程西西家取东西，段白焰送她到门口，主动给她留空间，让她再跟小闺密叙叙旧。

"我就知道你们会复合。"程西西捕捉到她脖子上暧昧的吻痕，兴奋极了，发出夸张的笑声，"你们结婚时一定要提前通知我，我去给你当伴娘！"

姜竹沥煞有介事地将领子向上拉了拉。

她更在意前半句话："什么叫早就知道？"

程西西帮她把箱子搬出来，低头笑："之前陈塘天天来骚扰我，好像你们一复合，天就会塌似的。

"但我觉得，他忘记了一件很重要的事，他并不了解段白焰。事实上，段白焰的每一次成长都与你有关。"

姜竹沥微怔。

"段白焰啊，他和姜竹沥一样，放任他们自己生长，他们是长不大的。"程西西笑，"他们都需要别人催化。"

就像他需要被她依赖，不仅仅是为了满足胜负或控制欲，他从来不是有自信的人，希望她能相信他。

是她的软弱，让他看到这种依附的方向与可能性，于是他决定放下自私与自闭，去成为一棵树，成为一株高大、蓬勃、能保护她的植物。

姜竹沥一手抱着箱子，一手提着手提袋，慢慢走下楼。

刚走下去几级楼梯，她就看到靠在扶手上的段白焰。

圣诞节之后，明里市的温度断崖式下跌，他穿了件单色的大衣，身形颀长，背对着过道。走廊外天空昏暗，冷风飘荡。

她轻声叫他："小白。"

热气在空中散开。

他立刻转过来。

程西西家住在五楼，他原本站在楼下，等几分钟就忍不住了，又不方便直接冲上去，只好跑到四楼来等她。

"我来。"他走过去，想要接过她的纸箱和手提袋。

她把手提袋递过去了，自己抱着箱子："这个我拿吧。"

他"嗯"了一声，又问："你冷不冷？"

她埋着头，没有说话。

走下去几级楼梯，她答非所问，揉揉鼻子说："刚刚西西告诉我，化学老师去世了。"

段白焰愣了愣："什么时候的事？"

"就在前几天。"

好像就是昨天，他还提着果篮和她一起去看望老师，而他信誓旦旦地说，他们马上就要结婚了。

段白焰的眼眶发热，他握住她的手，正想开口，目光向下一扫，突然看到白色的手提袋里，书籍和杂物堆积，底下一个白色的球状物露出一角，竟然是一架被烧坏的藤球灯。

段白焰微怔，愣了很久，才想起来，她昨晚向他说的那件事。

他曾经某天半夜，接到过姜竹沥的电话。那真的是很久很久之前了，久到他差点想不起来，他在她哭过之后，送了她一个这样的藤球灯。

他的心情很复杂，又柔软得要命。

逼仄的楼道里，他提着纸袋，抬手拍拍她的头，声音很轻很轻："我很爱你。"

姜竹沥的脚步一顿。

两人走到外面，纷纷扬扬的大雪落下来。

他牵着她走下最后一级台阶，抬头间，整个世界已经银装素裹。

有一瞬间，他突然感到恍惚，仿佛时光替他补上了所有裂缝，这十年的光阴白云苍狗，他们在时间里失去的，好像最后又都通过时间一一还回来了。

天地苍茫，她抬起头，轻声说："我也是。"

化学老师是中风去世的，他的妻子几年前就离世了，儿女平日不在身边，出事之后，立刻从外地赶回来，帮他准备葬礼。

他们将他和他妻子葬在了一起。

入冬之后，明里市的天气一直不好，阴雨连绵，走廊上冷风飘荡。

姜竹沥的肩头别着黑纱站在人群中，随着大流一起鞠躬，当她抬起头，看着灵堂上黑白照片上笑得一脸慈祥的老人家，眼眶仍然发热。

她难受极了，学生时代的每一位老师对她都很好，明含之后，她没有再这样近距离地接触过死亡。

段白焰站在她身边，安抚地握紧她的手。

两个人走出灵堂，冷风中夹杂着雨水，迎面飘过来。

段白焰撑开伞，将她揽到自己身边，走出去没两步，听见灵堂外两个女生的交谈声——

"我感觉今天班上的人好像不太齐，不是前段时间才刚刚举行过同学聚会吗？大多数人应该还留在明里市才对啊。"

"没有吧？人还挺齐全的，就是话最多的那几个没来，不过不来也好，他们太吵了。"

"哦对，就是话最多的那个，那个叫什么？林、林鹤呢？我记得同学聚会时，这家伙还很扎眼啊。"

"他？他现在自身难保，应该没空来参加这种活动吧。"

"怎么？"

"我听说……"女生的声音陡然低下去，"我听说的，不保证真实性哈。前段时间他公司里几个女职员写联名信告他性骚扰，把事情捅到了他上司那儿。他老板找他做思想工作，他还觉得没什么，神经病似的回去怼那几个姑娘，说什么‘我跟你们不一样，你们上不上班无所谓以后都是要嫁人的，可我要靠这份工作养家’，就这话把其中一个背景特别硬的姑娘惹毛了。本来只是公司内部的事，现在人家坚持要告他。”

“哇，有点刺激，不过他高中时就很讨厌啊，班上好多女生被他拉过肩带，天道好轮回，等他们开庭，我要去围观。”

段白焰转眼看看那两个女生，再低头看看姜竹沥。

他敢肯定，她听见了那段对话，但是她没什么反应。

她站在伞下，跟他离得很近，琉璃般的眼睛一眨不眨地目视前方，眼底一片水光，倒映出庭院内的松柏绿植与蔓延的水汽。

段白焰忍不住叫她：“竹沥？”

她愣了一下，才抬起头：“什么？”

“你在想什么？”段白焰失笑，“从出门起，就这么专心。”

就连刚刚关于林鹤的那段对话，她也是左耳进右耳出。

姜竹沥犹豫了一下，抬起头：“总有一天，我们也会躺在那儿，是吗？”

伞外雨幕潇潇，庭院内弥漫着绿色植物与泥土的气息。

他轻声说：“对。”

他想，等他们百年后，也一定要葬在一起。

姜竹沥垂眼思考了一会儿，再抬起头，仿佛下定了某个决心：“我们现在开车去千岛国际，好不好？

“今天下午，在千岛国际有一个红十字会的就业研讨会，是关于自闭症的。”

最开始，姜竹沥没想答应谢妈妈的邀请。

她有一点点小孩子脾气，不喜欢在莫名其妙地被动边缘化之后，又默默地被同一个人请回去，仿佛她从一开始就无关紧要，可以任人摆布。

“但是刚刚，我突然想通了一件事。”姜竹沥坐在副驾驶座上，一本正经地向他解释，“本质上来说，我的目标是给红十字会和自闭症患者帮忙，谢妈妈的态度怎么样，跟这件事没有关系。”

段白焰同意她的想法，但他对这位阿姨实在没有好感。

驱车爬到半山腰，他停车熄火，还是决定跟她一起上楼去参加研讨会。

研讨会的发起组织是红十字会心理救援队和心智残障协会，邀请了一些酒店代表人与病患家属。如姜竹沥此前所说，很多自闭症的成年人无法独立工作，这个研讨会的主题，就是想从中搭线，完善支持性就业，尽可能地帮他们解决生存问题。

"我之前在红十字会遇见过一个自闭症的男孩子，二十七八岁的年纪，比我还要大一点。"会议室不大，后排坐着几家媒体，她一边低声说，一边拉着段白焰，挑个不起眼的角落坐下。

"当时，我和另一个小姑娘一起对接他，我负责教他烘焙，她照顾他的生活。"她顿了顿又道，"他的生活无法自理，不会挤牙膏，不会系鞋带，志愿者每周去他家两次，帮他烧热水，但也仅仅是这样，做不了别的了。"

段白焰静静地望着她："嗯。"

她低声解释："红十字会的人手不够，康复机构的日托费用高得吓人，支持性就业的制度也很不完善。"

段白焰摸了摸她。

她的话音落下，全场灯光一暗。

主持人上台放了一个小短片，介绍心理救援队近年取得的部分成就与进展。

在此之前，姜竹沥其实很少接触这类患者，她声音很小地补充："我有的时候会觉得，我好像没办法为他们做什么。"

就像她做咨询师那段时间一样，她遇见太多被摧毁的人，从战场上下来的老兵、被校园暴力困扰到无法融入社会的少年。

她很想帮他们，却总是被自己的情绪拖累。她心有余悸地庆幸自己的健康。

"有时候也会想，"心智残障协会的会长上台发言，姜竹沥顿了顿说，"也许是因为没有见过真正的苦难，才总是被自己的情绪所困扰。"

她二十五岁，没有经历过强大的自然灾害，遇见磅礴不可摧的力量；没有经历过战争，遇见难以逃离的硝烟与战火；没有经历过与挚爱死别，遇见必然分离的宿命；甚至没有经历过穷困潦倒无路可退，遇见无法解决的坎坷愁绪。

会长站在台上，讲自己这些年来遇见过的大龄患者。

段白焰沉默了很久，低声说：“不是这样。”

他捏捏她的手：“每个人在他所处的那个阶段所遇到的最大的麻烦，就是那时候跨不过去的坎，没有轻重缓急，无法跟别人比较。”

姜竹沥抬眼。

他半张脸隐没在昏暗的光线里，露出线条流畅的下颌。她看着他的侧脸轮廓，这个家伙，现在真是温柔极了。

“今天在场，也有很多患者家属。”会长最后说，“我们来开这个研讨会，是希望你们能告诉我们，你们需要什么，而不是我们能给你们什么。”

会议室掌声雷动，后一个环节，是几家酒店代表人来与志愿机构接线，签署支持性就业协议。

段白焰莫名觉得，最后这句话，实在很动人。

研讨会结束之后，姜竹沥去向几位负责人打招呼，他们纷纷表示，欢迎她回归。

谢妈妈向她道歉：“很抱歉，姜小姐，是我误会了你。”

姜竹沥不置可否。

关于明含先前的事情，她不觉得自己的解释有什么不妥，但谢妈妈完全不相信她。

这种低信任度让她感到不适，她非常想告诉对方，她并不是因为对方才回来的，可是那样太幼稚了。

她想了想，问残障协会的会长：“我以后可以直接联系您吗？”

姜竹沥不是全职护工，本来也没有教自闭症患者烘焙的义务。

但她这样既有咨询师经验又会烘焙的志愿者，在会长眼里简直是十项全能的稀世奇珍，会长有点兴奋：“当然可以，我们互相留一下联系方式吧，随时找我都可以。”

谢妈妈的眼皮跳了跳。

“谢谢您。”姜竹沥垂眼道谢，全程没有多看谢妈妈一眼，也没有搭腔。

会议结束，段白焰握着她的手走出千岛国际，正要去开车。

谢妈妈又追出来：“姜小姐！”

段白焰下意识地将姜竹沥往身后拉了拉。

谢妈妈走过来，笑道：“之前你在志愿服务中心，给随迁子女做心理咨询，他们都很喜欢你。”

姜竹沥把围巾压到下巴，没说话。

“之前确实有家长对你提出过质疑，但是后来我也一一向他们解释过了，他们都表示能够理解。”谢妈妈继续道，“关于我之前没有搞清事情真相，就把你踢出群，是我的错。”

姜竹沥之前的志愿服务分两部分，一部分在志愿服务中心，给随迁子女和留守儿童做心理咨询；另一部分在心智残障协会，她和红十字会心理救援队一起，教大龄自闭症患者做烘焙。

谢妈妈是前者的主负责人、后者的中间接线人。明含被挂论坛之后，她将她踢出了自己负责的咨询师群。

“所以，”谢妈妈问，“你要不要也回这边来？”

姜竹沥沉默了一下，眨了眨眼：“这样吗？”

她肯定更不要了啊，她在伦敦的时候，心理咨询按小时计费。现在回来了免费给人当志愿者，还要因为子虚乌有的谣言被对方嫌弃。

凭什么啊？

“这样的话，”姜竹沥吸吸鼻子，把脸埋进围巾，只露出一双湿漉漉的眼，“那些错怪我的家长，也都是坏人。”

谢妈妈愣在原地，万万没有料到，一个二十五岁的成年人，竟然能幼稚到拿好人和坏人去评判一个群体。

“而且，你让我难过了。”下一秒，姜竹沥抬起头，像个傲娇的小朋友，嘴角一撇，故意恶狠狠地道，“我不要原谅你！”

“我不要原谅你！”坐到车上，段白焰学她。

他乐坏了，打开暖气，低声问：“你现在原谅我了吗？”

“没有！”姜竹沥的鼻尖冻得发红，她气呼呼地踢他，“开车！”

段白焰忍不住搓搓她的脸，有点凉，但是真的好软好软啊。

他情不自禁地低下头，在她脸上蹭。

她怀疑他的胡子没刮干净，有点痒，低哼：“放开我，凉。”

她的声音软绵绵的，像某些时候的嘤咛，听得段白焰眼神一沉。他有些狼狈，放开她，“你怎么这么奶，嗯？”

姜竹沥不说话，默默在心里想，自己的生活真是太忙碌了，既要兼顾西餐厅、来做志愿者，还要接余茵的小电影，努力赚钱养男人。

他比图拉难养多了，不能冷不能饿，天气变幻不懂得自己在窝里垫草，一旦她离开超过二十四小时，他就在她的微信里号啕大哭，像一只饥渴的巨婴。

姜竹沥非常发愁。

段白焰注意着她的神情，不知道她又在瞎想什么，但她这副样子真是可爱得要命，他喉头发紧，眼神微暗。

车行驶出一段路，段白焰的喉结滚动，他状似不经意地提起：“过年之前，你有好几天都见不到我了，不趁这会儿多看看？”

姜竹沥耳朵一动，转过来：“你要去哪里？”

“要出国几天。”

姜竹沥眨了眨眼：“是要去参加什么颁奖吗？”

他微微抿唇，摇头道：“如果是颁奖，我会带你去。”

“那你……”

“我要去拍一个短片。”

他答得含混，更多的，好像也不愿意再说了。

姜竹沥微怔，挺起腰杆，一本正经地提醒他：“你曾经告诉我，过年之前没有工作了。”

“竹沥。”恰逢红灯，他握住她的手，声音低沉，像模像样地叹息，“如果不接这一单工作，我就没有钱办婚礼了。”

姜竹沥：“哦，对，我怎么忘了，我们是贫贱夫妻。”

绿灯通行，段白焰踩下油门。

“等我回来之后，”他说，“跟我回家过年，去见见我爷爷吧。”

第八章

被打脸了

姜竹沥的眼睛瞪圆，像只小松鼠：“你连婚都没有求，见什么爷爷？”

“你忘了吗？”段白焰放在方向盘上的手微微一顿，声音低哑，“我求过的。”

姜竹沥愣了一下，半晌才反应过来，满面通红：“开你的车！”

在床上的时候，他问过她，要不要嫁。

姜竹沥每每想起，都恨不得把自己整个人埋起来。

直到车行驶进小区，攀爬在她耳根上的热气都没有退去：“谁会在那种时候求婚啊！就算是求，怎么可能有人在那种时候答应？”

段白焰的眼底浮起三分笑意。

他停下车，帮她开车门：“我只出去几天，很快就回来。你一个人在家里，听话些。”

姜竹沥低着头看手机，没有点头，也没有摇头。

几分钟之前，余茵给她发消息，约她明天在拍摄地见面。她没有助理，这次的戏份也不算多，加上有段白焰这层关系在，余茵每次找她，都直接联系她本人。

“看见了吗？”姜竹沥拿着余茵的短信，给他看，“我也非常忙碌，我有很多工作要做，才不会守在家里等你回来。”

段白焰耸了耸肩。

她得意得像只小狐狸。

“先下来。”段白焰俯身扣住她的腰，帮她解开安全带。

“多遗憾啊。”姜竹沥难得在这种事情上扳回一局，主动牵住他的手，脸上的开心藏都藏不住，“现在只好拜托你，等我工作结束了。”

姜竹沥白白净净，像个乖巧的雪团子，可她笑起来时，大眼乌黑明亮，又弯成新月。

段白焰脚步微顿，觉得她怎么样都可爱，她怎么样，他都喜欢。

他捏捏她的手：“我都等了十年了，还怕这一会儿？”

“不过，”他又叹息，“这么快又要分开，是挺遗憾的。”

姜竹沥的手一顿，她敏感地察觉到他后半句话的语气不太对。

她的脑子里警铃大作，一推开家门，她就打算跑，却被段白焰抢先一步。

他大跨步走到沙发前，一手捉住她的手腕，另一只手落在她的腰上，将她朝前一带，她就跨坐在他身上。

姜竹沥惊慌失措，想从他身上爬起来：“你怎么什么时候都能……”

“既然你很遗憾，我也很遗憾。”段白焰一边按着她乱动的手，一边解她的衣服，“那我们就先把未来几天要做的事，一次透支完吧。”

说着，他按住她的下巴，深深浅浅地吻下来。

两个人气息相融，他像一堵强硬的墙，姜竹沥推不开他，头脑逐渐变得混沌。

第二天醒过来，卧室内光线柔和，光影在窗下游移，竟然已是日上三竿。

姜竹沥慢吞吞地翻个身，下意识地摸了摸被窝。

他离开时不放心，关掉了电热毯，所以那一半床铺一点温度都没有，只放着一个冷冰冰的大白玩偶。

姜竹沥气得想捏爆枕头：“渣男！”

她起床洗漱，换衣服确认行程。

下午要去见余茵，姜竹沥心里憋着一股气，这股气直到吃完午饭也没能彻底消散，她越想越气，想打电话骂他。

她一打开手机，就收到段白焰的消息：“我上飞机了，你昨晚没怎么睡，今天就多休息一下。”

发消息的时间，是三个小时前。

姜竹沥算了算时间，他现在肯定还在天上，看样子，在他回来之前，这股气都没地方撒了。

姜竹沥气鼓鼓地给图拉喂了点小零食，然后气鼓鼓地收拾东西，气鼓鼓地赶往拍摄地。

余茵这次的微电影是半公益性质的，她本人名气不小，得到了很多家志愿机构与福利组织的支持，因此这次参与拍摄的，也有不少大咖。

姜竹沥赶到地方时，余茵正在跟人说戏。

拍摄地在室内，不知他们从哪儿找了这么个逼仄的小屋子，像千禧年初流行的那些伤痛文学中一定会出现的弄堂，地面永远潮湿，垃圾与流浪猫肆虐，一眼望去看不到底，抬眼向上看，天空被交织错杂的电线切割成无数份。

姜竹沥站着等了一会儿，余茵注意到她，抬起头，遥遥朝她露出和善的笑意："来这边坐吧，姜小姐。"

她乖巧地走过去，向余茵打招呼，然后屏住呼吸，跟那个演员一起听余茵说。

姜竹沥的戏份并不多，但一段话听下来，余茵竟然对自闭症群体也非常了解，姜竹沥有些意外，对她的好感度又上去几个度。

那个演员听余茵说完，低声道过谢，就拿着剧本走开了。

余茵转过来，见姜竹沥竟然也在一脸认真地听，笑着拍拍她的手："你以前是拍过平面的吧？不要紧张，你做不来的，我会告诉你。"

姜竹沥感激极了，连连点头。

化妆师叫姜竹沥过去化妆，她一边乖巧地仰起脸，一边朝余茵的方向偷瞄。

这个小故事的剧情不算复杂，发生在一个普通家庭里。姐姐很优秀，小她两岁的弟弟却患有自闭症，并伴随有轻度的暴力倾向。

父母带他在康复机构治疗了很久，但效果并不好，一旦无人看管，他会用双手砸家里的玻璃，直到玻璃碎裂，他两只手鲜血淋漓。

久而久之，姐姐开始对他失去耐心。

姜竹沥演那个姐姐，但弟弟在取景器里歇斯底里，她也跟着心惊肉跳。

"Cut（暂停）。"

弟弟停下动作，朝余茵走过来。

余茵语气柔和，跟他说问题。

姜竹沥眨眨眼。

余茵是个温柔小姐姐，说话细声细气，很喜欢笑，跟她印象中戴着鸭舌帽用扩音器凶巴巴地吼人的导演不太一样。

姜竹沥没见过段白焰在片场的样子。

更早的时候，段白焰痴迷于那种连他自己也看不懂、偏偏一群影评人还要不懂装懂地对他进行夸赞或贬损的先锋文艺片，这种片子极其考验演技，他把能用的戏骨用了个遍，近几年才开始用年轻的新人，甚至为此上过几轮热搜。

据说拍《青果》时，有个火起来的小花，不懂事地对台词报数字，第一场戏，就声情并茂地念“一二三四”，段白焰抬眼冷笑一声，摔本子就走了。

导演说话不算数的情况，在段白焰那儿从来不存在，因为他的剧组里，他是一言堂。

姜竹沥有些出神，等她反应过来，脑子里愤怒的小人立刻跳出来，甩她一个耳光。

才分开几个小时，她竟然就开始想念那个渣男了。

姜竹沥咬牙切齿。

化妆师是个年轻小姑娘，见她的表情千变万化，最后竟然定格在愤怒上，以为她对妆容不满意，惶恐极了：“你、你不喜欢这个妆吗？”

姜竹沥愣了一下，转眼看镜子。

她的长相本来就偏年轻，化完全妆，长发梳起扎成马尾，满脸胶原蛋白，像初出校门的高中生，带点不谙世事的稚气，又带点优等生的小小的傲气。

“没有呀。”她觉得，能化妆化出优等生的感觉，是一件很不容易的事。

姜竹沥有种回到十七岁的感觉，眨着眼，兴奋地夸她：“你化得超棒。”

小姑娘红了红脸，低下头整理化妆箱。

姜竹沥对这个妆很满意，打开手机调好角度拍了张自拍，发给段白焰。

按照时间计算，他应该已经下飞机了。

她问：“每天面对着我这么年轻的一张脸，你不会觉得自己太老配不上我吗？”

她百无聊赖地等了一会儿，他没有回。

弟弟那场捶玻璃的戏重来了几次，不是太轻就是太重，那演员也是个名气不小的小生，虽然血不是真的，可他一次又一次地砸在玻璃上，关节都开始破皮。

姜竹沥握着手机，忍不住想，她包里好像有创可贴。

等了一会儿，这场戏还没拍完。

化妆师小姑娘好像也有点无聊，眼睛一下一下地往这边瞥，像是想跟她搭话。

姜竹沥眼睛亮晶晶地朝她眨眼。

化妆师小姑娘一下子被击中，红着脸小声问："你是叫甜药吗？我以前不知道，你长得这么好看。"

"嗯。"姜竹沥点头，"甜药是我的网名。"

两个人就这么坐着聊了起来。

姜竹沥的事前段时间闹得很大，很多人听说过，化妆师小姑娘也不例外。

"他们导演的那个圈子，"聊着聊着，不知怎么就讲到这个，化妆师小姑娘犹犹豫豫地问，"会不会很乱？"

"哪一种乱？"

化妆师小姑娘很委婉，小声道："安全感。"

"这个……"姜竹沥想了想，非常自信，眼睛亮得像是有星星，"不会呀。"

段白焰这个人，不走寻常路，在别的导演那儿能玩的招数，在他这儿几乎都行不通。所以圈子里的女明星们对他又爱又恨，大多是想攀附，但又不太敢接近。

下一秒，她的手机振动，弹出一条实时娱乐头条"段白焰只身现身英国，与神秘女子酒店过夜，疑似与网红甜药感情破裂！"。

姜竹沥："……"

怎么又来了？

她瞬间炸成河豚，调出段白焰的电话。

然而在按下拨号键之前，她想到信誓旦旦地说过的那句"不会呀"，脸上涌起一股火辣辣的热意。

她现在这样，是不是被打脸了？

姜竹沥郁闷地收起手机，决定不打这个电话了。

她要一个人冷静一下，那边此时应该是凌晨。

她坐在原地，挫败地想。都这种时候了，她竟然还在考虑，渣男会不会睡了，自己会不会吵醒他。

她脸上的表情千变万化，化妆师顿了会儿，小心翼翼地戳她："小姐姐，余导叫你。"

姜竹沥连忙起身过去。

弟弟终于艰难地捶碎了玻璃，一脸茫然，坐在地上捡碎片。

姐姐放学回家时，父母都还没下班，她一推开门，就像过去无数次一样，看到家里的大男孩坐在窗边，双手血淋淋的。

她愣了一下，快步走过去，又急又气，喊他的全名："孙卓！"

弟弟抬起头，像是察觉到她的不善，面露戒备之色，无意识地朝后退了退，而他身后是没有玻璃的、空荡荡的窗棂。

姜竹沥正要再朝他靠近，余茵喊了暂停。

"我觉得少点东西。"她朝姜竹沥招手，形容道，"你多多少少，应该有点讨厌孙卓。"

姜竹沥点了点头，屏住呼吸。

"你想一想，假如你有个弟弟，早在儿童时代，他就分走了你父母所有的注意力。"余茵语气和缓，耐心地描述，"等你快要成年的时候，父母逐渐老去，可他日复一日，仍然是这个家庭最大的负担。而且这么多年过去了，丝毫没有好转的迹象。

"你原本成绩优异，未来的人生一片光明，应该能考到很棒的学校，与非常优秀的人在一起，拥有幸福美满的一生。

"可是就在你临近高考、备战六月的时候，你的父母却在深夜把你叫到房间，对你说……

"'孙隽，我们老了，不能照顾卓卓一辈子。你就不要报考外地的学校了，留在本地，将来也好跟他有个照应，你看好不好？'"

姜竹沥站在原地，口齿泛冷。

"你拒绝了父母的请求，因为你不想认输。"余茵还在继续，"你总觉得，会有办法的，过去十几年，让孙卓在高额的私立学校混几年，在残疾学校混几年，再在康复机构混几年，不也一样好好地长大了吗？

“可当你主动为他寻找出路的时候，才发现，如果有朝一日父母当真去世，这个世界上除了你，没人能收留你的弟弟。

“没有这样的学校，没有这样的机构，没有这样的组织和群体。他马上就要成年了，哪怕是放在自闭症的群体里，他这个年纪，也是康复机构不愿意接受的对象。”

姜竹沥的指甲深深刺入掌心。

“于是你发现了，”余茵说，“你没有退路。”

“可是这一天放学回家，你发现孙卓又打碎了玻璃。那块玻璃家里修过很多次，父母不厌其烦，但你烦了，这种烦是不着痕迹、一点一点地在过去十几年的生活里，慢慢地堆积起来的。”余茵的声音慢慢变轻，“你看到他坐在窗边，一副什么都不懂的样子，像个懵懂的婴儿。

“你脑子里会不会有一个瞬间，闪过这样的念头？”

余茵语气微顿，抬起头，眼底亮着光，像是燃起两团火，所到之处皆为灰烬。可她的声音依旧很轻，简直带着诱惑：“不如掉下去好了。

“就这样去死吧。

“像孙卓这种人，有什么资格活在这个世界上？”

室内光线逼仄，客厅失去了玻璃阻挡，一阵接一阵的凉风席卷进来。

姜竹沥头皮发麻。

会不会有一个瞬间，闪过这样的念头？

她简直生出一种，跳起来反驳余茵的冲动。

不会，她从来没有那样想过。

余茵沉默着与她对视一会儿，觉得她情绪到位了，让她重新试一试。

这一次很顺利。

然而拍完这一条，到下一条的时候，姜竹沥重新拍摄了好多次。

让她庆幸的是，与她对手的小生大概也没拍过这种需要复杂心理活动的片子，比她好不到哪里去，收工之后，反而是他跑来安慰她。

这个演弟弟的男孩，是从去年一档选秀节目里火起来的。桃花眼大长腿，选秀过后人气高得惊人，公司里最好的资源，现在几乎全砸在他身上。

姜竹沥很多年不看网剧和综艺了，但这哥们儿去年红遍大街小巷，连远在伦敦的她都有所耳闻。

因此最开始拍戏，她只以为余茵是找了个长得像的小鲜肉来蹭热度，可是收工之后她听别人叫他的名字，才迟迟反应过来，竟然是本尊。

本尊穿着长风衣，小跑到车上，拿下一罐热牛奶，又小跑回来，热情地呼唤她："小姐姐？"

姜竹沥愣了愣，受宠若惊："谢、谢谢你。"

他没再说话，勾唇笑笑，在她对面坐下。

她回过神，将热牛奶贴到脸上，热气从指间侵入，周身都变得暖洋洋的，放在腿上的剧本，一下子就看不进去了。

姜竹沥垂眼发了会儿呆，忍不住问："你真的是沈湛？"

坐在她不远处的男生认真思索一会儿，然后才两眼弯弯地反问："不然呢？"

他不笑还好，一笑起来，气质卓然，周遭的温度都提上去几度。

姜竹沥被他笑得有些晕，突然间明白了他人气高的原因，长着这么一张脸，看谁都是在放电。

顿了顿，她好奇地问："你是第一次拍短片？"

"嗯。"沈湛点头，"我以前不是拍平面，就是唱歌，没接触过会动的影视剧。这次虽然露怯，但还挺新鲜的。"

他这么说，姜竹沥一下子放松下来。

两个人又聊了几句，她突然想起来："对了，你的手刚刚是不是破皮了？我有创可贴。"

说着，她去翻包："虽然是彩色的……"她挠挠脸，掏出张姜黄色的卡通小兔子，"但暂时将就一下，应该不介意吧？"

她明显看到沈湛愣了一下，再回过神，他眼底的笑意散去几分。

姜竹沥心里浮起几分困惑。

不过即使这样，他仍然很有礼貌，笑眯眯地接了过去："当然不介意，谢谢你，我自己来。"

姜竹沥也不再推辞。

两个人对着坐了会儿，余茵收完东西去而复返，见他们还没走，有些意外："怎么都还在这儿？"

两人默默地对视两秒，不约而同地道："等您。"

两个末等生，都在等老师开小灶。

好在余茵没有饭局，干脆多跟他们聊了一会儿。

姜竹沥回到城区，已经是华灯初上。

程西西在王府井点了火锅，等她赶到，小闺密已经吃完了一份毛肚。

程西西一边给她让座，一边朝服务员招手："我再给你点一份。"

"点两份吧。"姜竹沥放下包，满脸疲惫，"纪念这个失恋之夜。"

程西西愣了愣，筷子"啪"的一声吓掉了，她结结巴巴道："你、你跟段白焰分手了？"

姜竹沥一言不发，低着头倒热水，努力把自己想象成一个没有感情的杀手。

"不、不会吧？"程西西信以为真，一下子急了，"他前几天还向我打听你大学时的事，跟我说要准备求婚呢，你们怎么、怎么突然就……"

姜竹沥的耳朵一动。

好像猜对了。

她努力压抑着表情，冷酷地抬起头："你说什么？"

"求婚呀！"程西西闭着眼往闺密挖的坑里跳，"他前段时间特地来找我，向我问了好多你过去的事，还不让我告诉你，说是在准备向你求婚，要给你一个惊喜！"

姜竹沥摸摸耳朵，烫的。她压住心跳，波澜不惊道："先吃饭。"

"还吃什么啊！"程西西慷慨激昂，"你都失恋了，还吃什么破火锅！咱们找个地方喝酒去！去来一场邂逅！让这些言而无信的男人都见鬼去！"

可是下一刻，两盘毛肚上来，她顿时就萎了："吃完毛肚再去。"

姜竹沥乐不可支，夹起一块毛肚扔到锅里，正在心里默念十五秒，放在旁边的手机振动起来。

她垂眸扫了一眼，是段白焰的。

现在英国时间是中午，姜竹沥声音很小地说："大中午的，打什么打。"

她没接。

这个没接，他紧接着又打了第二个和第三个。

打到第四个都没人接，段白焰才想起来，该先回微信消息。

于是他非常诚实地回了句："怎么会？老男人和小姑娘，是绝配。"

他这算是对她那句"你不会觉得自己太老配不上我吗"的回应。

姜竹沥气炸了，这算什么回应？

下一秒，他又问起她的自拍："我好像在你的美瞳里看到一个男人，个子挺高，大长腿桃花眼，那是谁？"

姜竹沥："……"

她的手机像素有这么好吗？他戴着显微镜看的？

不等她回复，他又危险地叹息："竹沥，你听话一点，嗯？"

姜竹沥可真是奇了，终于忍不住，抄起手机怼他："你都跟神秘女子酒店过夜了，到底谁比较不听话？"

段白焰一头雾水："什么神秘女子？"

姜竹沥气鼓鼓的，把手机屏幕翻过去掩耳盗铃，拒绝看他的消息。

段白焰等了一阵，没等到她的回复，不由得眉峰微聚。

他在房间内踱步两个来回，突然想起什么，返回手机主页面，登录国内的小八卦网。

头条就是"段白焰与神秘女子酒店过夜！"。

段白焰本人："……"

他急火攻心，差点对着姜竹沥脱口而出——什么神秘女子，那是你大学老师！

他纳闷极了，这几家媒体都收钱了吧？他跟姜竹沥在酒店可是待了整整两天，第三天清晨才离开，怎么就没人内涵这个？

憋屈的段导颓然地坐在藤椅上，思考了两分钟。灵光一现，他小心翼翼地重新打开八卦网站的新闻图片，放大放大又放大，看了足足五分钟，嘴角缓缓勾起来。

回到微信界面，他给她打电话，语气颇为温柔："竹沥。"

她哼哼唧唧："嗯。"

他不知道她在哪儿，可她身边很吵，一片嘈杂。

他忍不住问："你在哪里？"

她不假思索道："我蹦迪呢。"

姜竹沥的感冒还没好全，带着一点点鼻音，柔软又娇气。

段白焰平静已久的心头，蹿起一股邪火。

他用力把它压下去，咬牙切齿地说："姜竹沥，你有本事现在蹦，有本事等我回去之后别哭。"

姜竹沥："哼。"

大佬放完狠话，语气又变软："你点开看看，我刚刚发了张图给你。"

一码归一码，这件事还是要解释的。

姜竹沥的毛肚忘了捞，想起来时，都快硬成钢板了。

她一边艰难地咀嚼，一边点开图。

他发的图，就是昨天那个小花边新闻里的配图。酒店外雨雾蒙蒙，他出门接那位神秘女子，双手将她扶上酒店楼梯，熊恪站在他们身边，黑色的大伞挡住了两个人的脸和上半身。

照片是从背后拍的，两人都没露出正脸，之所以能认出主角，是因为熊恪那张标志性的脸。

段白焰解释："你把图片放大点。"

姜竹沥不明所以，照做，但放大之后，照片并没有发生什么神奇改变，她奇怪："放大，然后呢？"

"再放大点。"

"行，再大点。"她又放大了点。

"够大了吗？我猜还不够。"段白焰看不见，只能让她再努努力，"你再放大点，放到最大。"

"……"

程西西正埋头吃肉。

听见对面的小闺密断断续续地小声哼哼："再大点，行吧，还大？"

"不能更大了，不行的不行的。"

"再大，你是可以，我不行啊！"

程西西："……"

她是不是又被迫听见了什么奇奇怪怪的成人话题？

段白焰还想让她再放大点。

姜竹沥又煮老了一块毛肚，气得想骂他：“你到底要干什么？”

“就是，”段白焰舔舔唇，“放大之后，你有没有看到，我和她握在一起的那双手？”

图片放到最大，全是五颜六色的色素块，什么也看不清。

姜竹沥皱起眉：“不太能。”

“你仔细看看，再仔细看看。”段白焰越想越觉得，这个说法非常有说服力，一定能洗白自己，“那是一双多么苍老的手啊，遍布皱纹，对方就算没有八十，也该有七十岁了，你要相信我，我真的只对小姑娘感兴趣。”

姜竹沥看着那堆色素块，沉默了一阵。

“呵。”她微笑，“神经病。”

她挂了他的电话。

段白焰：“……”

程西西拿着漏勺，往姜竹沥碗里扔了两颗鹌鹑蛋。扔完之后，她小心翼翼地观察姜竹沥的神情，竟然在姜竹沥的表情里捕捉到一点点开心？

“刚刚打电话的那个，是段白焰？”程西西眨眨眼。

姜竹沥点头：“对。”

“找你复合？”

鹌鹑蛋很烫，姜竹沥拿筷子的手顿了顿，她小声道：“我们没分手。”

程西西微怔，马上反应过来：“骗子！”

姜竹沥赶紧伸长手挠她的头，像是安抚一只小猫咪。

程西西哼哼唧唧：“那你们在这儿闹腾什么？”

“我在等他求婚啊。”姜竹沥有些苦恼，小声道，“段白焰看起来不像是会主动求婚的人。”

“那在此之前，你都觉得，你会比他先跪下？”

“这倒也没有。”姜竹沥很认真地想了想，“在此之前，我对结婚这件事完全没有指望，我以为，他会直接把我带回家锁起来，拿到我的户口本之后，再押着我去登记。”

程西西：“……”

“我之前猜测过，猜他这次突然一个人神神秘秘地跑到英国，会不会跟求婚的事有关，但是没什么证据，如果直接跑到他面前问，可能又有点尴尬。”姜竹沥舔舔唇，“所以现在在你这儿得到肯定，我还挺开心的。”

“那你刚刚？”

“昨天有个小花边新闻，拍到他跟神秘女子一起进了酒店。”姜竹沥垂眼吃肉，“他的解释没能说服我，我打算等吃完这顿饭，再去跟他讨论那位英国的神秘女子。”

程西西惊了：“他都跟神秘女子一起过夜了，你现在还这么淡定？”

如果是她，早就提双刀杀上门了。

“因为，”姜竹沥有些纠结，不知道该怎么形容，“那肯定不是真新闻啊。”

这种连脸都不露的小花边新闻，她一天光是看图识字也能编造七八个，实在没必要上纲上线。

程西西惆怅地撑住脸：“你这么相信他？”

姜竹沥眨眨眼，想起刚刚那个摄影师小姑娘，然后她很认真地给出了同样的回复：“嗯。”

她对段白焰有种奇怪的信任，哪怕是高三那年，年级主任发现班上有男生逃晚自习去网吧，于是对班上的男生们逐一排查，并最终将段白焰纳入怀疑范围，她也敢信誓旦旦地挡在他面前，言辞肯定地告诉年级主任：“段白焰绝对没有去网吧。”

少年时代，她非常了解段白焰，因为了解所以信任，他让她有安全感。

然而两个人真正开始恋爱，更深一层的矛盾暴露出来，她对自己没有自信，偏偏他又吝于表达。

所以她相信他没有去网吧，相信他不是一个穷凶极恶的坏人，独独不相信他喜欢自己。

面前热气蒸腾，姜竹沥把最后一块毛肚捞起来。

她终于吃到一块没有煮老的毛肚，然而才过去十五秒，她又开始想念段白焰了。

不争气。

她沮丧得想把脑袋煮进锅里。

“我，程西西。”程西西维持刚才那个动作，两手撑着脸，满脸艳羡地盯着她，“实名羡慕你。”

姜竹沥笑了：“羡慕我什么？”

“有男朋友可以作。”

“……”

姜竹沥淡定地擦嘴：“我男朋友比我还作，你清醒一点。”

“我倒很希望熊恪能来我面前作。”程西西郁闷，“我一定把他宠成小公主。”

姜竹沥想象了一下这个画面。

“还是不要了吧。”

她觉得，段家有段白焰一个小公主就够了。

“不过，竹沥啊，你说，”程西西咽了咽口水，有些心虚地问，“如果男女之间发生了身体关系，是不是在感情上也会亲近很多？”

姜竹沥思索一阵，皱皱眉，不太肯定：“也许吧，我以前确实见过情侣吵架闹分手，发生关系后又和好了。”

姜竹沥突然想到什么，放下筷子，一脸严肃地警告：“但是西西，你永远都不要有‘也许我可以靠身体来挽留他’这种想法，你前男友跟你分手，真的跟你一点关系都没有。”

“啊？我……”程西西没想到自己的想法会被她猜出来，有些尴尬地挠挠脸，“我的确是最近才开始想这个问题，回顾了一下，我跟他恋爱的这几年，确实没有发生过任何身体上的关系。”

前男友性子不温不火，她又太忙，忙到没空打理自己的生活，以为后院不会起火。

成年人的确会有身体上的要求，但姜竹沥觉得，这完全没理由成为出轨的借口。

她很果断：“跟这个没关系，他出轨，是因为他渣。”

“这样的话，”程西西乖巧地想了一阵，小声问，“那个，方便问吗？你那个是在什么时候？”

姜竹沥被问住了，要不要告诉她真相？

在小闺密殷切的目光里，她犹豫半天，小小小声地告诉她：“十九岁。”

“你这个骗子！”程西西瞬间炸了，“我今晚就要出去找男人！”

姜竹沥哭笑不得，挠挠她柔软的下巴。

程西西仍然没有放弃熊恪，也仍然没什么进展，她给他发消息，五句他只回一句。

吃完火锅，姜竹沥牵着丧兮兮的小闺密，出门打车。

入夜之后，明里市的温度迅速降下来。

夜风迎面灌进领口，她打了个小小的寒战，脑子清醒三分。

程西西喝了点酒，还在小声嘟囔：“到底是我不够美，还是熊恪对女人不感兴趣？”

“开心点。”姜竹沥哭笑不得，怕她酒后着凉，仔仔细细地帮她戴好帽子，“熊恪没有谈过恋爱，说不定他是太开心了，不知道该怎么回应你。”

小闺密缩在层层叠叠的围巾里，露出一双可怜巴巴的眼：“真的吗？”

“真的。”

下一秒，路口绿灯通行，一辆出租车从对面平稳地行驶过来，停在两人面前。

姜竹沥拍拍她的脑袋，正要去开车门，一个身影从她身边快步经过，先她一步拉开车门。

姜竹沥蒙了一下，那人已经迅速坐进车内，向司机师傅报了地址。

程西西脑子不太清醒，不管不顾地扑上去，挡住车门：“你谁啊？凭什么抢我们的车？这是我们拦的！”

车内的女人抬起头，四目相对，姜竹沥愣住了。

她有些不确定：“何筱筱？”

一段时间不见，姜竹沥差点没认出这位老同学。她大冬天穿着裙子，脸上化着姜竹沥从没见过的浓妆，应该是刚刚离开应酬酒桌，身上带着浓重的酒气。

姜竹沥的心情有些微妙。

尽管发型相像，但何筱筱和高中时的自己，其实差别很大，两个人的气质南辕北辙。

她打量何筱筱的同时，对方也在打量她。

何筱筱坐在车里，没理会扒着车门不放的程西西，抬头看到熟人，微微一怔，笑了："姜竹沥？"

姜竹沥在她勾起的嘴角里捕捉到一点点自嘲。

"托你的福。"何筱筱的语气带着讽刺，脸上的笑意却丝毫未减，"因为夏蔚的事，我差点连饭碗都丢了，你开不开心？"

段白焰翻盘以来的这段日子，何筱筱为夏蔚跑断了腿。

夏蔚最先被爆出的是吸毒，何筱筱一开始没想承认，她的第一反应是把这事给公关处理掉，可缉毒小分队不肯给她留机会，第一时间就在公安微博上发了现场直播。

这件事引发了一轮粉丝们的骂战，于是她赶紧转变策略，让夏蔚向公众道歉。

可她的道歉函还没拟好，第二波就来了。

一个十八线小网红在微博里做年终总结，称自己有幸参与了一部网剧的拍摄，虽然演的是个替身，但也感到非常开心。

底下还附上了与圈内大佬的片场合照。

她的粉丝不多，可是粉丝们眼尖，一眼就认出，她替的是夏蔚的身。

等夏蔚艰难地顶着各方压力写完吸毒的道歉函，她好不容易立起来的"敬业"人设，也已经崩塌得四分五裂。

何筱筱和她是绑在一根绳上的蚂蚱，急得整夜睡不着觉。她到处找人，好不容易跟团队想出公关和解决方案，第三波整容实锤竟然将时间掐得分毫不差，紧跟着夏蔚的替身洗白声明，一起落了下来。

于是何筱筱明白了，此前小打小闹没有出问题，是因为段白焰懒得管，而不是他管不了。

如果真的激怒他，他会尽他所能，给她们准备终生难忘的新年大礼包。

除了吸毒之外，他手里明显还有别的料，数量仍然未知，但夏蔚的热度一旦有公关消退的痕迹，立刻就有新爆料被挖出来。

他不打算给夏蔚翻身的机会。

何筱筱只能去求助别人。

冷风呼啸，姜竹沥静静地看着她，许久，不急不缓地开口："夏蔚造谣，无中生有是事实；夏蔚吸毒整容、用替身，还卖敬业人设，也是事实。”

“你的工作被她影响，你应该去质问她。”姜竹沥语气平静地道，“至于我开不开心，你们两个跟我没关系，我为什么要为你们感到高兴？”

她故意曲解了最后一个问句的意思，何筱筱气得全身发抖：“你……”

何筱筱突然想到什么，又笑了：“你和你妈和你那个妹妹，都是一个德行，靠男人上位的女明星我见得多了，像你这种，在勾搭男人上这么有天赋的……嘶……”

何筱筱倒抽一口凉气，低下头，见程西西用力揪住了她的头发。

程西西眼神蒙眬地站在车门边，揪得分外卖力，仿佛自己正在拔河。

何筱筱头皮发麻，脸皮都要被她拽下来了，扣着她的手扯了扯，竟然纹丝不动。

“放开我！”何筱筱气得尖叫，“你这个疯女人！”

程西西喝的是红酒，这玩意儿后劲最大，折腾这么一阵子，她终于开始醉了，睁眼睛，认真地跟对方讲道理：“你清醒一点，你刚刚骂竹沥了，竹沥那么可爱，怎么能骂竹沥？骂竹沥的人才是疯女人，我没有骂她，我不是疯女人。”

何筱筱痛苦万分，姜竹沥竟然有点想笑。

姜竹沥上前一步，从后面扣住程西西的腰，把她扶正，低声哄道：“西西，这个地方不好拦车，我们换个地方拦车，好不好？”

“不要不要。”程西西拽着出租车门不撒手，“这个坏女人抢了我们的车，我要抢回来。”

“她不是坏女人。”姜竹沥认真地纠正，“我才是坏女人。”

程西西茫然了，拽着车门不撒手，出租车司机也开不了车，嘟嘟囔囔地用方言骂着。

何筱筱头皮生疼，也跟着骂。

姜竹沥双臂用力，正打算把程西西薅下来，出租车后灯光一亮，缓缓停下一辆车。

姜竹沥的余光看到车牌，眼皮一跳，然后眼睁睁地看着驾驶座上西装笔挺、皮鞋锃亮的中年男人推门走下来，停在她面前。

司机表情一丝不苟，半点不含糊，开口就是一句字正腔圆的：“太太。”

何筱筱的眼睛瞬间瞪大。

“很晚了。”司机语气拿捏得恰到好处，“先生让我来接您回去。”

姜竹沥抱着神志不清的程西西，迟疑地咽了咽口水。

所以她没看错，这还真是段白焰的车。她说她在蹦迪，段白焰是不可能放过她的。他的眼线众多，哪怕凭着通话定位，也能轻而易举地找到她。

“走。”她拍拍程西西，故意透露出一点似有若无的嫌弃，“我们有车了，不要这辆。”

何筱筱瞬间气炸。

小闺密不情不愿地放开手里的头发，何筱筱的眼神向后偏，注意力都集中到了段白焰的司机身上。

司机毕恭毕敬，为姜竹沥打开车门，看着她将程西西放上车。

何筱筱嫉妒得快要发狂，下一秒，她看到姜竹沥转过身，又朝她走了过来。

风带起姜竹沥的衣摆，何筱筱晃了晃神，这位昔日情敌的脸，看起来竟然比何筱筱想象中还要好一些。

何筱筱清楚，女人们超出年纪的年轻，都是怎么得来的了。

学生时代何筱筱就不及她，等踏出社会，人们不再单纯地用成绩去评判一个人，她依然敌不过姜竹沥。

何筱筱放在膝盖上的双手，紧紧攥成拳。

姜竹沥在她面前停下了脚步。

“明含是做了错事，但她付出代价了。”

风裹挟着冷意，姜竹沥的声音淡淡的，在何筱筱的头顶响起。

“至于我妹妹和我母亲，我家的事再怎么混乱，也轮不到你们泼脏水造谣。”

“何筱筱。”姜竹沥面无表情地与她对视，目光穿透夜雾，“如果你还有未平的旧怨，来找我。再敢为了莫名其妙的事情，牵扯上我的家人。”

何筱筱抬眼看她，背后发冷。

“我跟你同归于尽。”

姜竹沥回到家，已经是凌晨。

她躺在温暖的被窝里，回忆起自己刚刚和何筱筱对峙的画面，竟然感到一丝丝紧张。

她从没这么放过狠话，不过从何筱筱呆住的表情来看，这狠话应该放得还不错。

姜竹沥有点开心，抱着大白在床上滚了一圈，滚完之后，看看世界时钟，段白焰那儿是黄昏，不知道他在干什么。

她挂了他的电话之后，他没再说什么，作完之后，她得回去哄哄他。

姜竹沥舔舔唇，小心翼翼地给他发消息："你好，我是骗子，我想喝奶茶。"

"愿意上当受骗的话，请发三十五块钱给我，就当给你自己买个教训。"她凭着记忆，把自己在网上看到的段子读出来，"不要问为什么别人骗十五块但我骗三十五块，我要喝两大杯。"

段白焰秒回："挂我电话还想喝奶茶？你当被骗的人都是傻瓜？"

"那我请你喝嘛。"姜竹沥在床上滚来滚去，声音里带点撒娇的意味，"你有没有去我的学校？我学校附近，有家下午茶特别好喝。"

事实上，段白焰现在还真在她的学校里。

他的时间不多，他想赶紧回去见她，争分夺秒地录着镜头。

段白焰："哼。"

姜竹沥给他发了一个红包。

他正要收，她又发来了第二个，接着是第三个、第四个……她一连发了七个。

段白焰："……"

每个红包上写了一个字，连起来看，是："请你喝下午茶呀。"

他挨个拆开，数额竟然还都不小。

段白焰眉梢一动，把电话打了过去："睡了吗？富婆。"

"还没有。"富婆乖巧地躺在床上，接起电话，美滋滋地向他介绍，"英国传统的下午茶，会放一个三层的小银架子。传统的吃法从下往上、由咸到甜，最下层是咸口味的手指三明治，第二层是司康配凝脂奶油和果酱，第三层是水果挞、海绵蛋糕和姜饼干。你可以点一份锡兰红茶，然后要个全套。"

段白焰心想，她这个金主可真是操心，除了给钱，竟然还要教小情人点单。

他满意地说：“嗯。”

“马卡龙、闪电泡芙和纸杯蛋糕不是他们的传统点心，但是我给你的钱比较多，如果你想吃，可以把它们都买来吃掉。”姜竹沥顿了顿，又笑眯眯地说，“如果想再尝尝别的，也可以去大英博物馆吃水芹萝卜百吉饼、覆盆子香草馅饼和苏格兰熏三文鱼，不用担心钱，不够我还有。”

段白焰差点笑出声：“你这金主，当得还挺爽？”

姜竹沥蜷在被窝里，默默地眨眼睛，像个乖女孩。

关灯之后，房间里的星星灯逐一亮起来，柔和的光线落在眼睛上方，好像恋人温暖的手。

她翻身打哈欠，声音小小的、软绵绵的：“我有点困了。”

她昨晚没怎么睡，白天又工作了一整天，晚上还怼了旧情敌，真的好忙碌喔。

“那你睡吧。”段白焰那头霞光漫天，他抬眼，“我去花光金主的钱。”

“谢谢你叫司机来接我。”姜竹沥开始迷糊，“我跟你说哦，我今天遇到何筱筱了，还对她放了狠话。”

段白焰没有再开口，屏住呼吸，没一会儿就听到她平稳的呼吸声。

他的心突然平静下来，哪怕看不见，他也能想象到她那头的画面。她蜷在大床的一角，一定像只毛茸茸的小动物，大尾巴盖在身上，睫毛长长地垂下，小肚子随着呼吸一动一动的。

良久，他轻声说：“晚安。”

晚安，段太太。

姜竹沥第二天还有一场戏。

冲突过后，故事需要放缓，然后升华主题。前面那几个生活场景，她都拍得很顺利。

孙隽的人设就是个自尊心很强又有点自卑的青春期小女孩，日常方面，她演得很好。

可是到了主题部分，她频频卡住。

余茵很委婉地说：“休息一下吧。”

姜竹沥对自己失望透了，整个人丧得不行。

她清晨给段白焰发消息，对方也没有回。

他们隔着七八个小时的时差，很多事情变得不方便。

姜竹沥忍不住想，如果当初他们没有分手，一个在国内一个在国外，最后是不是仍然会输给这种无法打破的距离？

沈湛找了她一圈，小跑过来，安慰她："你想不想喝甜甜的东西？我们点个外卖，叫奶茶好不好？"

姜竹沥欣然同意，其实她昨晚就想喝，只不过被何筱筱一打断，就忘了这回事。

沈湛得到肯定，拿起电话打算下单。

然而他号码都还没拨出去，外卖小哥就站到了门口。他背着一个巨大的箱子，两只手上也提满奶茶："这是你们点的外卖？"

姜竹沥惊了："你点的什么神仙外卖？这么快？"

沈湛否认三连："不是，没有，跟我没关系。这不是我点的，我连电话都还没有拨出去。"

"这是不是送错了……"

姜竹沥话音未落，外卖小哥推开她走进门，中气十足地问："你们谁订的奶茶外卖？"

剧组经常有人点零食外卖，会备齐所有人的分量。

外卖小哥早就见怪不怪了，但像这样大数额的外卖，他得确认一下，找个人签单。

余茵环顾四周："你们谁买了奶茶？"

所有人面面相觑。

僵持半晌，沈湛问："下订单的人叫什么？"

外卖小哥一拍脑袋，这才想起来回去翻订单："哦，下订单的人叫……"

在众人疑惑的目光里，他粗着嗓子，声情并茂地大声诵读："姜竹沥包养的小鲜肉。"

姜竹沥："呃……"

第九章

一枚戒指

沈湛愉悦地接过奶茶，给大家分饮料去了。

姜竹沥哭笑不得，打开手机，给段白焰发消息：“你也好意思自称小鲜肉？”

大概是不在手机旁边，他过了一阵子才回复，声音里带着难得的笑意：“收到了？”

“嗯。”

他强调：“珍珠最多的那杯是给你的。”

刚说完，沈湛拿着一杯灌满珍珠的奶茶蹿了过来：“小姐姐！你的鲜肉给你点了一份特别定制！”

这是姜竹沥高中时的爱好。

机缘巧合，她曾经拜托段白焰帮忙带过一杯奶茶，让他加双份珍珠。

他记住了这件事，之后但凡给她带饮料，都让人把珍珠加满，嚼到她腮帮子发疼。

姜竹沥把吸管插进去，腮帮子鼓成一只松鼠。

段白焰那边现在上午八点，晨光乍现。

他靠在安静的阳台上，发昨天的下午茶照片给她看。小银架子上摆满精致漂亮的甜品，他的滤镜像日本电影的剧照一样小清新：“我把金主的钱花光了。”

他的声音低沉，语气里含着满满的炫耀意味。

“真棒。”金主咽下口中香气馥郁的奶茶，不假辞色地夸他，“花完那些钱，我就允许你回来了。”

段白焰的眼底浮起笑意："剧组好玩吗？"

"剧组……"姜竹沥犹豫了一会儿，有点沮丧，"好玩是好玩，但是我觉得，也许我演不好孙隽。"

段白焰没有说话，安静地听她说。她把这几天发生的事和自己的困惑一一告诉了他。

段白焰沉默了一会儿，问她："你觉得孙隽是一个什么样的人？"

她的回答非常乖巧："是一个苦情剧里常见的优秀姐姐。"

"还有呢？"

"她对弟弟孙卓的态度很矛盾，孙隽并不是一个太爱弟弟的姐姐，但也没有对弟弟抱有什么敌对情绪，她和松子不一样，如果父母更爱弟弟，她就选择更爱自己，所以孙隽不讨厌弟弟，直到他真正变成家庭的负担，可能影响到她的人生之前，她的态度都是无所谓的。"

"你觉得孙隽这种状态，是正确的吗？"

姜竹沥非常犹豫，挣扎半天，说："我可以理解孙隽，因为客观来说，她的人生的确跟孙卓没什么关系，没道理被孙卓拖累。"

段白焰"嗯"了一声："可是？"

"可是，"她犹豫不决，"我无法接受。"

"无法接受孙隽是一个自私的人，还是无法接受如果承认了她的逻辑，那么我将默认与她成为同类，也是同样自私的人？"

姜竹沥敏感地察觉到，说到这些问题时，他好像变得极其有耐心。

她无法确定，他的耐心到底来自她，还是他们正在讨论的这件事。

因此，她的回应有些局促："也许是后者……"

段白焰察觉到她的心不在焉。

所以他没有开口，打算等等她。

姜竹沥非常抱歉："对不起，我想先问一个无关问题。"

"嗯？"

"你拍电影的时候，也这样吗？"

段白焰愣在原地，怔了半天，迟迟反应过来，差点笑出声，再开口时，尾音愉悦地上扬："姜竹沥？"

“……”

“你在吃醋？”

“……”

姜竹沥咬着吸管，想挂电话。

他像猜到她的想法似的，立刻发出无情的警告：“再挂电话，我可要惩罚你了。”

“……”

阳台上冷风吹着，段白焰开门回屋。

他停了一阵，低声解释：“教演员演戏，是导演工作的一部分。

“但如果每个演员都等着我教，我会累到英年早逝。”

“所以是挑人的吗？”姜竹沥眨眨眼，努力让自己显得不那么迫不及待，“那你挑人的标准是什么？”

“挑好看的。”他低笑一声，不假思索道，“那种白白净净的小姑娘，我最喜欢了。”

现在吧，就是现在了。

姜竹沥想，这次分手要分得干脆一点，不要再给他回头的机会。

段白焰等着她来怼他。

然而过去很久，她没有挂电话，也没有开口。

“竹沥。”段白焰赶紧叫她。

“嗯。”

他舔了舔唇：“你刚刚是生气了吗？”

隔着这么远的距离，他看不到她的表情，不然他能一边逗她，一边将她抱在怀里。

“没有。”她的声音有些闷，“我刚刚在吸珍珠，真的好多，怎么嚼都嚼不完。”

段白焰微微松口气：“这几年，我的确读过很多剧本，也接触过很多演员。”

当他们站在舞台上或者镜头里，当他们将自己代入成故事里的角色，去体会角色们的想法与立场，将自己和它们融合的时候，他觉得，他们都处于一个微妙的临界值。

他们勇敢而怯懦，敏感而锐利。

他们体会角色的时候，也需要别人来体会他们。

在过去很长一段时间，这是段白焰虽然承认，但没有精力去理会的事实。

他和余茵不一样，他厌倦与人交流，对人抱有苛刻的期待，希望他的演员们能够完成自我成长，尽管他和他们一样不成熟。

“所以竹沥，我们每个人都走在别人走过的路上，你可以大胆一点。”

现在，他的声音低沉，语调里有自己未察觉的温柔，“你理解的孙隽，就是孙隽原本的样子。

“孙隽是孙隽，你是你。”

她们共通，但又不同。

余茵将其他场次的拍摄提前了，姜竹沥得以完整地喝完整杯奶茶，她将珍珠也吸得一粒不剩，感觉好像是吃掉了一大杯甜糯米丸子。

她心满意足，真心实意地说：“谢谢你。”

段白焰发来一张图，他去了格林尼治天文台，那里有地理教科书上一再强调的日期分界线，无数外地游客途经此地，站在分界线上与它合影。

他终于也融入人流，成为万千红尘众多俗人中的一员。

然后他指着那张图，信誓旦旦地说：“你看，我把全世界都踩在脚下了。”

“如果它属于我，”他轻声说，“我一定会把它捧到你面前。”

姜竹沥觉得，段白焰的小情话有点土，但是完蛋了，她还真的就吃这一套。

段白焰给了她一种勇气，虽然没办法让她的演技突飞猛进，但她不再畏惧与余茵眼神交流。

姜竹沥想，这个包养的钱，花得很值。

她的戏份不多，杀青那天，沈湛煞有介事地给她送了一小捧花，真的是很小一捧，只有巴掌大，她曾经在花店里见过，花朵小小的白白的，小清新得要命。

她很惊喜：“谢谢你。”

“这些日子辛苦了。”余茵温柔地抱抱她，“请代我向小段导问好。”

“你才是最辛苦的呀。”姜竹沥笑眯眯地问了个好奇已久的问题，“不过，为什么你们所有人都叫他小段导呀？”

余茵笑了："他不也自称小鲜肉吗？"

奶茶事件让姜竹沥在剧组内一战成名，先前那个化妆师小姐姐还结结巴巴、煞有介事地跑来问过，她是不是真的背着段导包养了别人。

"老实说，我从没见过这样的段白焰。"顿了顿，余茵微敛笑意，拍拍姜竹沥的手，"叫他小段导，除了是跟段导做区分，还因为他确实年轻得过分。"

没有哪个导演能在二十出头的年纪，拥有这样的人气和成就。

姜竹沥一愣，她的注意力都集中在一个名字上："段导？"

"嗯。"余茵毫不避讳，这些事在圈子里是公开的，就算姜竹沥现在不知道，未来也一定会有别人告诉她，"他的父亲也是一位导演，段白焰前二十年的人生轨迹，几乎与他的父亲如出一辙。"

姜竹沥的心漏跳一拍："那他父亲现在……"

"大概是环游世界去了。"

提到这个，余茵的表情变得有些迷糊。

"我已经很多年没见过段导了，最近一次还是四年前，他办一个公益影像的世界巡回展，途经中国。

"但你说起这个，段白焰父母离婚时，他应该还在上小学吧。那场财产分割的官司闹得好大呀，我到现在都记得。"

夫妻感情到头，余下的只剩切割不断的利益和处境尴尬的孩子。

余茵沉吟片刻，得出结论："果然天才的命运都是多舛的。"

姜竹沥有些惆怅，直到回到家中，她昏昏沉沉，还在想这件事。

学生时代，她从没见过段白焰的家长，但他上学都是要带保镖的。

姜竹沥一直怀疑他是活在言情小说里的财团大少爷，按照这个逻辑，父母忙也很正常。

恋爱之后，她接触他家庭的机会依旧不多。

那年她陪他去山上度假，机缘巧合曾远远地见过他爷爷，也大概了解了他父母是"丧父/母式养儿"，但个中缘由具体什么样，段白焰一直没怎么提。

姜竹沥从来不知道，他的爸爸也是一位导演。

吃过药，她缩回被窝，迷迷糊糊地想，她饲养的"小鲜肉"，可能仍然非常缺爱。

不过没有关系，这种东西，他和她都缺，抱在一起如果能取暖，那也是好事。

后半夜，她口渴起来倒水，站在厨房门边，听见门铃响。

家里的阿姨大概是睡着了，姜竹沥放下水杯，穿着毛绒兔子拖鞋，小跑过去开门："稍等一下，来了来了！"

踮起脚透过猫眼，外面竟然又下了一场雪，大雪封城，天地间一片茫茫的白。

穿着黑色风衣的男人站在门口，一手提着行李箱，一手拿着黑色的伞，眉目清秀，下颌线条流畅漂亮。

路灯昏黄，门前不远处，熊恪隔着一段距离，立在路灯下，一动不动地看着他。

"小白！"姜竹沥立刻清醒过来，兴奋地打开门。

门一开，冷风席卷而来。雪还没有停，空中纷纷扬扬的，有几片落到她的脖子里，她结结实实地打了个寒战。

段白焰上前一步，一手将她捞起来，一手关上门。

"怎么是你来开门？"他身上带着寒气，呼出的气却热乎乎的，恶作剧似的捏捏她的腰，"下楼还穿这么少？"

姜竹沥缩在他怀里，痒得到处扭："我刚刚吃了感冒药，睡着了，你怎么这时候回来了？不用教肤白貌美的小美人演戏吗？"

段白焰停住不安分的手，眼睛一眨不眨地看着她。

她的冬季睡衣是他买的，凭着他的喜好，又软又暖和，带着恶趣味的圆耳朵和长尾巴，像一只真正成了精的毛绒小动物。

而这只小动物现在暴露本性，像曹公笔下一步三喘的林妹妹，如果是别人都有的东西，她就不乐意要了。

哪怕是在过去，她也很少把这些小脾气展示给他看，她似乎在慢慢变得更自由也更愉悦，不再纸老虎似的，掩饰自己心里不安全和脆弱的部分。

段白焰乐坏了，像个出差回来的家长，一本正经地问家里的小女孩："有没有好好工作？"

小女孩鼻尖红红的，乖巧地点了点头。

"工作开不开心？"

小女孩犹豫片刻，可怜兮兮地摇了摇头。

她觉得余茵也许不太认可她，只是碍于面子，没有说出来。

这确实是她的误会。

余茵对姜竹沥没什么意见，她不是科班出身，演技在新人里算优良，其实已经超出余茵的预估。只不过她未来不往这个圈子发展，余茵也就没有提醒她。

段白焰知道余茵是个什么人，想了想，坐到沙发上，把软乎乎的姜竹沥放到怀里，低声告诉她："她没骂你或者不理你，就是在夸你。"

"真的吗？"姜竹沥带着鼻音，睁大眼睛，脸上写满了不信。

"你是不是老毛病犯了？"

她的长发蹭到他的下巴，轻轻的，软软的，让人止不住地遐想。

段白焰垂眼看她，煞有介事地想了想，然后故作正经道："不怕，这个好治。"

姜竹沥还没反应过来，他所说的"老毛病"是什么。

下一秒，他扣住她的后脑，低头吻了下来。

他的手指很凉，唇却是滚烫的，他没有闭眼，安静地望着她。

姜竹沥挣扎了一下，逐渐变得迷迷糊糊。最后一丝理智悬挂在高空，提醒她自己病了，应该推开他，然而她刚刚伸出双手，手指传来一阵金属的凉意，突然被套上一个圆环。

她愣了愣，马上意识到，那应该是……

一枚戒指。

姜竹沥愣了一会儿，立刻想将它取下来。

不能这样。

她还在等他求婚，他不能就这么悄无声息地给她一枚戒指。

段白焰吻得缠绵，姜竹沥的长发被他揉乱，两手扣在他的肩膀上，小声呜咽："你不能这样……"

她的声音都开始急了。

段白焰只好恋恋不舍地放开她，好像不管接吻多少次，她都还是会脸红，会被吻得喘不上气。

段白焰帮她把头发撸顺，扶着她软乎乎的肩膀，动作轻而缓："怎么了？"

"我……"姜竹沥低头看看手上的戒指，再抬头看看他，红晕慢慢从耳根扩大到脸颊，"你、你不能这样。"

她现在像一只没睡醒的小番茄精，段白焰实在忍不住，又亲了亲她："我怎么样了？"

他想听她亲口说。

"你就是、就是不可以。"姜竹沥急得忘了该怎么表达，负气地伸手去摘戒指，像一团气鼓鼓的毛球，"不可以这样。"

段白焰忍不住，笑着握住她的手："不是求婚戒指。"

他轻声解释："是订婚。"

姜竹沥这才停下动作。

"我在准备求婚。"他搓搓她头顶柔软的毛发，声音低而轻，"这次出国，也是为了这个。"

姜竹沥眨眨眼，声音很小很小："嗯。"

她知道的，所以她现在满怀期待。

"但我担心，你可能等不到那个时候了。"段白焰重新把她捞进怀里，摸摸这里摸摸那里，"我想提前给你一个保证。"

她和他一样没有安全感，也没有自信。

不过现在他是有能力的。

段白焰想，她空白的那部分，他多多少少能帮忙补起来一点。

姜竹沥犹豫一会儿，小声问："所以你特地在免税店买了一枚戒指来安慰我吗？"

段白焰微怔，差点笑出声。

她也太可爱了。

他快要窒息了，嘴角无法控制地上扬，低声哄她："没有，免税店买不到这样的。"

这是他在余茵事件之后，托人加急定制的。

一个简单但昂贵的小圆环，里面刻着他们两个人的名字。

"啊？"姜竹沥愣愣的，表情有些茫然，好像还没太明白，他为什么多此一举。

段白焰猜，她可能没睡醒，或者脑子不太清醒。所以他打算趁现在，多占占便宜。

“外面啊，小姑娘是很多……”他一本正经地一边说，一边将手落到她的睡衣扣子上，“但是叫姜竹沥，还这么可爱的，全世界只有一个啊。”

他的指尖有些凉，一碰到她的皮肤，她就彻底清醒了。

姜竹沥坐在他身上，非常真诚：“小白，你知道渣男都有哪些特征吗？”

“嗯？”他当然不知道。

“特征之一就是，平时不闻不问，一到床上就人格分裂，上床时甜言蜜语。”

“……”

段白焰舔舔唇，把那颗刚刚解开的扣子又扣回去，默默地帮她把领子竖起来，帽子扣下来，严严实实地裹住她的整张脸。

只露出一双乌溜溜的眼睛的姜竹沥：“……”

“那你捂好了。”段白焰冷静地说，“我看不见，就不想亲了。”

她眨眨眼，小声说：“我感冒了呀。”

“我感冒的时候，”他偷换概念，语气委屈沉郁，“我们不是照样发生关系吗？”

“那是因为你冷酷无情，一点都不担心把感冒传染给我。”她指出，“但我不一样，我非常体贴你，担心你被我传染，所以今天不行。”

段白焰：“行吧。”

其实要说感冒时，也只有一次。

就是那次在酒店。

不过后来……他顿了一下，突然想到，她好像真的被他搞病了，发了好几天烧。而且那天还是她的生日，而她虚弱得连切蛋糕的刀都举不动。

段白焰认真地认错：“我真不是人。”

姜竹沥十分感动：“你知道就好。”

夜已经很深，段白焰抱着姜竹沥上楼，在他洗澡的空当里，她帮他收好了乱糟糟的行李箱。

“反正明天还要出去，”段白焰想了想说，“可以不收行李箱。”

姜竹沥已经裹着被子缩在了床上，眼睛露在外面眨啊眨：“去哪？”

“去看爷爷。”

姜竹沥没说话，长睫毛扑闪扑闪的。

他身上带着温暖的水汽，坐到床边，伸手摸她柔软的长发：“我们先去见见爷爷，再商量婚礼的事，好不好？”

“嗯。”姜竹沥乖巧极了，“如果爷爷不同意，我们当场就分手。”

“……”

“到时候，我一个人拖着箱子，一边抹眼泪，一边深一脚浅一脚地从雪山上往下走，走到半山腰，睫毛上和脸上全是白色的霜。”她绘声绘色道，“哪怕我在风里冻得瑟瑟发抖，还是要继续往下走，因为没有回头路，你也不会来追我。”

“……”

“你站在大宅子的玻璃落地窗前，痛苦万分，看着茫茫大雪，一遍又一遍、苍白无力地想，两个人要在一起，果然还是太难了。然后转身就接受家族联姻，过完年就立刻结婚，年底之前就怀孕，两年之内抱三个。”

“……”

段白焰沉默了三秒，立刻决定：“我这就让助理退机票，等我们婚礼进行到一半，再邀请爷爷来观礼。”

说完，他窸窸窣窣地脱衣服钻进被窝按掉夜灯，动作一气呵成。

“我现在终于觉得，”姜竹沥异常满足，笑意飞扬，“自己像个坏女人了。”

他翻个身，抱住她：“真不想去？”

“没有。”他一钻进来，她身边的温度都提升了好几摄氏度。

姜竹沥是只虽然毛茸茸但超级怕冷的小动物，忍不住往他那儿靠靠，声音超级小：“我就想逗逗你。”

段白焰“啧”了一声，两只手精准无误地将她捞进怀里。

见她没有推开，段白焰满足地在她颈窝里拱了拱：“你不要担心爷爷，他老了，连讨厌我的力气都没有。”

姜竹沥：“……”

这听着怎么不像什么好话？

她没有接茬，睁眼看着头顶的星星灯，很久没有说话。

耳畔的呼吸声逐渐平稳，直到她以为他已经睡着了，才小声地说："跨年时，我去看了倪歌的表演，她跳舞真的很好看很好看。"

那样的人，好像不管走多远，舞台上永远有一束光属于她。即使她不回头，身后也永远有人鼓掌喝彩。

他没有应声。

她顿了顿，轻声说："我还看到了江连阙发的微博。"

JC 的这位太子其实很少发微博，他第一次是在慕尼黑跨年，竟然还是携未婚妻出镜。

这也是姜竹沥第一次见到江连阙传说中的未婚妻，她没有露全脸，头上戴了一顶软绵绵的白熊帽子，遮住大半张脸，只露出小巧白皙的下巴和微微上扬的嘴角。

旁边坐着江连阙，他与她戴情侣款的帽子，笑得傻傻的，他们的自拍背景，是座无虚席的音乐厅。

"我好像……"她揉揉鼻子，闷声说，"没有机会，成为那样厉害的人了。"

她好像没有机会，成为一个英雄，或是值得被记住的人。

良久，段白焰抱紧她。

"没关系。"他低声说，"姜竹沥也很好。"

她平静地提醒他："姜竹沥只有成绩好。"

长久以来，这都是一个无用又鸡肋的属性。

"没有。"他顿了顿，声音很认真，"姜竹沥哪里都很好。"

姜竹沥睁着眼，觉得自己好像一个无理取闹的小女孩，可她以前恋爱就没机会问这些问题，她实在憋得太久、太久了。

她想躲在大人怀里撒娇，想被夸赞，想得到奖励，想要赢。

所以尽管她非常犹豫，纠结很久，最后还是把话问出了口："是哪里？"

"千般好，万般好。"夜色深沉，他沉默了很久，最后一句话，声音压得很低很低，"姜竹沥很好，人间就很好。"

姜竹沥愣了一下，眼眶突然热起来。

一过冬至，段爷爷就搬到了雪山上。

姜竹沥很紧张，为他准备了很多老年人产品，段白焰望着塞不下的箱子，犹豫很久，提醒她："我爷爷的小房子恒温，那些保暖的东西，他都用不到。"

姜竹沥并不打算放弃："他不用的话，你留着用。"

段白焰垂眼，看看那个丑陋的老年人爆款过冬神器，沉默一阵道："好。"

两个人订的是清晨的航班，抵达山脚下时，下午刚刚过半，天还没有开始黑。

段爷爷派了人下来接他们，开车行驶到半山腰，段白焰抿唇，拒绝继续向上："我今天在山腰住一晚，明天再上山。"

山腰建有温泉酒店，秘书没有拒绝。

姜竹沥听到温泉就腿软，简直怀疑段白焰是不是有什么特殊癖好，途经这里，还非要住一晚。

她小心翼翼地问："你不会是又想……"

段白焰狞笑："对，就是你猜的那样。"

看他这表情，那应该不是。

"我哪有那么下流？"逗完她之后，他解释，"这家的日料很好吃，来尝一尝。"

山上难得有这样周全不敷衍的店，姜竹沥之前没来过，对周遭的一切都感到新鲜。

两人安置好行李，天色慢慢暗下来。

服务员将他们引向后院，院子是半开放式，蜡梅娇艳欲滴，落着新雪。透明玻璃伸到头顶，挡住空中飘扬的雪花，软蒲团放在檐下，木质小桌台底下隔着一层透明玻璃，是从山上引下、还未冰冻的山泉。

四下空寂，曲水流觞，姜竹沥觉得，自己现在好像活在高中课本的古文中。

"来，干一杯。"段白焰低头倒酒，跟她煞有介事地碰一碰，发出轻响，"纪念今日。"

姜竹沥的眼睛亮晶晶的："纪念今天的酒吗？"

段白焰没有说话，一只手撑着脸，目光微微向上，停顿了很久，指着天空道："纪念这个。"

姜竹沥也抬起头，星光清寒，月色皎皎，天空中一片寂静。

“什么？”

她开口的下一秒，不知是从哪里开始，“咻”的一声轻响，一枚烟花飞速升空，“啪”的一声在空中炸开，片片分裂成耀眼的光斑，然后流星似的，又迅速跌落。

接着是第二颗、第三颗……

天空昏暗，而星河璀璨。更加明亮的焰火喷薄而出，一束束照亮大片夜空，盛开出巨大的花形，极致的光芒之后，又下雨般飞速坠落，好像柔软的花瓣，一寸寸落在段白焰的肩头。

姜竹沥愣愣的，他也在抬头看天空。

这幅光景灿烂而夺目，光芒一下一下地照亮他的侧脸，她确定他眼中有笑意。风渐渐大了，而这一簇簇巨大的光晕，让她恍如游走在梦中。

“竹沥。”他轻声说，“十八岁的时候，我是因为哮喘太严重，没办法碰灰尘，才不想跟你出去放烟火的。”

“嗯。”姜竹沥的头发被风吹乱，她答应得很艰难。

“我从来就不讨厌你。”

“嗯。”

“也没有不喜欢你。”

“……”

下一秒，姜竹沥起身吻了上来。

这个吻对段白焰来说也很梦幻，他微微抬眼，她周身好像都带着焰火绚丽的光晕。

他垂下眼，扣住她的后脑，吻得动情，然而他忘了一件非常重要的事。

下一秒，手机报复似的疯狂振动起来。

他看也不看，打算滑掉，手一抖，点成了接听。

“段白焰！”

不等他挂第二遍，段爷爷雷霆震怒，魔音穿耳：“你干什么呢？！你知不知道这是雪山山区！”

段白焰瞬间清醒了七分，然而烟花还没有放完，一朵接一朵地升空，炸开。

他暂时放开姜竹沥，盯着夜空看了一会儿，仍然感到快乐，这种心情无可替代，前所未有。

因为这个夜晚只属于他，只属于他和她。

段白焰望着夜空，眼中光芒闪烁。顿了一会儿，他的声音对着话筒，兴奋而放肆："爷爷……"

他说："孙子正给您炸山哪！"

这场烟火放了半个多小时。

酒店的服务员们没见过这么大阵仗，不顾领班劝阻，纷纷站到檐下偷看，小声讨论是哪位客人这么大手笔，还这么大胆。

段白焰原本还准备了仙女棒，然而在姜竹沥得知他和爷爷的通话内容之后，所有玩闹的心情一瞬间消失殆尽了。

她撑着脸坐在床头，心头涌起万分惆怅。

段白焰换完衣服，披着浴袍走出浴室，有些诧异："你怎么还在这儿坐着？"

姜竹沥抬头看他一眼，又低回去，好像一只霜打的茄子。

段白焰奇怪："怎么了？"

姜竹沥犹豫半晌，小心地问："你爷爷会不会觉得我是一个坏女人？"

为了一位祸国妖姬，段白焰连炸山的事都干出来了。

段白焰失笑："你不是正好想做坏女人？"

姜竹沥哼哼唧唧。

"没事，不会的。"他用指腹摩擦她柔软的下巴，低声劝道，"别说刚刚没有雪崩，就算真的把山炸了，也炸不到他。"

他们脚底下这座山，是一座雪山山系的从峰。雪山主峰四季积雪，观景台入冬之后就不再接纳外来游客，连带着从峰的客流量也大幅度降低。

因此从峰冬天的客人很少，然而从峰的观景台度假区恰恰是段爷爷在做。这个季节客流量最小，他乐得清静，才年年跑到雪村来度假。

"所以，虽然我爷爷对外宣称住在山上，但更确切一点的说法，他应该是'住在接近山顶的一个观景台度假区里'。"段白焰耐心地解释，"那个地方离真正的雪山山顶还有很长一段距离，你不用担心他。"

姜竹沥抬眼看他："但是，万一真的雪崩了怎么办？"

"入冬之后，除了度假区，山上其他地方是不允许人进入的，无论外地游客还是当地居民。"他说，"所以就算山上雪崩，也不会伤到人。"

屋内温度比外面高，姜竹沥的半张脸埋在他干燥温暖的手掌里，脸不受控制地泛红。

静默半晌，她的睫毛扫在他的掌心上，声音软软的："谢谢你。"

段白焰脸色微变，身体不受控制地僵了僵。

"我们去泡温泉吧。"他的喉结滚动，"早点休息，明天早点去见他。"

说着，他将她抱了起来。

这家酒店的一大特色是半露天的温泉浴池。

浴池一半建在室内，一半建在室外的阳台上，玻璃穹顶遮住雨雪、挡在两侧，外面的人看不到里面，然而下雪时，里面的人却能透过巨大的透明玻璃，看到外面漫山遍野的蜡梅与雪花。

"你……"他抱她起来时，姜竹沥就已经开始手足无措了，两只手臂紧张地搂住他的脖子。

他们都已经住在这里了，逃是逃不掉的，不可能逃掉的。

她只能祈祷："能……能快点吗？"

姜竹沥的声音很小，段白焰微顿，垂眼看她，她的眼睛湿漉漉的，眼神却非常真诚。

他冷笑一声，把她扔进了温泉池子。

这晚的段先生像过去无数个夜晚一样卖力。

水中热气腾腾，温暖的气息由下而上爬上窗户，在巨大的玻璃上留下霜花状的痕迹，将纷扬的大雪隔绝在外。

玻璃上攀着水雾，外面的景象影影绰绰。

他的目光越过她白皙的肩头，看到她身后漫山遍野盛放的红梅和花雨一样盛大的雪。

托段先生的福，姜竹沥醒过来时，天已经大亮。

房间里没人，外面银装素裹，茫茫一片，天色被衬得明亮异常。

她发了好一会儿呆，才缓慢地动动手指。

段白焰端着一个小餐盘轻手轻脚地推门进来，见她睁着眼，他眼睛一亮："醒了？"

他端的盘子上放着两个三明治，和两杯冒着热气的牛奶。

"有什么想吃的东西吗？"酒店的室内温度恒定在二十多摄氏度，段白焰穿得很居家，米色长裤和浅色高领毛衣，侧脸清俊，闲适得好像在过春天。

见她不说话，他凑过去，扒扒被子："嗯？"

姜竹沥蜷成一团，黑色的长发在枕头上铺开。她不说话，半张脸埋在被子里，目光凶很。

"吃不吃？"段白焰指指盘子里的三明治，又重复一遍，"热的。"

姜竹沥气鼓鼓地说："不吃。"

"行。"段白焰顿了顿，他前一晚已经餍足了，眼下愉悦万分，"那我吃一个，扔一个。"

姜竹沥负气地把露在外面的半张脸也缩进去，鸵鸟一样逃避现实。

段白焰被逗笑，在床边坐下，动作轻缓地把被子掀开一角，将吻落在她的额头上："早安。"

姜竹沥眨眨眼，求证："我刚刚好像听到，我的手机在响。"

但她昏昏沉沉的，没有爬起来接。

"嗯。"他把她捞起来，一边帮她换衣服，一边漫不经心地道，"夏蔚打的。"

姜竹沥一愣："她找我什么事？"

段白焰动作微顿，冷笑："她还能有什么事？"

秋后的蚂蚱蹦跶不起来，连最不可能的人都找上了。段白焰不觉得姜竹沥会帮她，所以他亲手掐断了夏蔚最后一点点的希望。

他希望这位脑子不灵光的夏小姐，能用未来几年的时间，好好体会一下成年人的焦虑与不快乐。

姜竹沥愣了好一会儿，像是某段遥远的记忆终于被唤醒，她皱皱眉道："我很久没有上过微博，也没有做过直播了吧？"

他似笑非笑地说："你才想起来？"

明含的论坛事件刚刚爆发时，他删了她的微博，她随后就崩溃了，再没有理会过外界的消息。

后来她的精神状态一点点恢复，她却像失忆似的，连刷微博和做直播的念头都消失了。段白焰曾经犹豫过要不要提醒她，但她从未跟JC签订任何协议，没有直播任务需要完成，也不是公众人物，不需要保持曝光。

考虑到这两条，他索性将它们一并按下不表。

可是现在，她突然想起来了，想起明含，想起论坛，想起热搜，想起夏蔚。

姜竹沥有些茫然："这件事结束了吗？"

他帮她穿上外套，肯定道："结束了。"

刚才那个电话，就是最后的尾巴，夏蔚和何筱筱再也不可能联系到她了。

他不会再给她们任何伤害她的机会，这个姑娘现在是他的，是他一个人的。

突然想起什么，他脚步微顿："司机那天告诉我，你要跟何筱筱同归于尽？"

姜竹沥回过神，飞快地眨眼。

"出息了。"他翻出旧账，意味不明地捏捏她的手，"敢跟人同归于尽了？"

"我以前从没放过这种狠话，"姜竹沥莫名地心虚道，"就……很想试试看。"

段白焰抿着唇，牵她下楼，走出去一段路，他身形微顿，声音很低："你是我的。"

姜竹沥没反应过来。

他的两只手捧住她的下巴，动作不轻不重，像捧起一朵花："我没有允许你跟别人同归于尽，你就不能说这种话。"

姜竹沥被他裹得像团毛球，脑子有些混沌。

他身后白茫茫的一片，她突然间有些分不清，这句话里隐藏的意思，究竟是威胁，还是乞求。

秘书开车送他们上山。

随着海拔升高，姜竹沥再一次不受控制地紧张起来。

"万一爷爷不喜欢我……"

"不会的。"他拍拍她的手，"他连我都喜欢，没道理不喜欢你。"

姜竹沥："……"

上山的路曲折蜿蜒，段白焰摇摇晃晃，晃着晃着，就一头栽进了她的怀里。

他像一只大狼狗，乖巧地坐在她身边，尾巴也跟着一扫一扫的。

姜竹沥怀疑他晕车，小心翼翼地给他剥了个橘子，挤出一点点汁液，将细白的手指伸过去，小声问："好闻吗？"

段白焰没有说话，眯着眼，观察半晌，轻轻咬了一口，然后含住它，缓慢地伸出舌尖。

姜竹沥的耳尖红了，她立刻将手收回来："你是属什么的？！"

段白焰正要开口，手机振动起来。

离开酒店时，他顺手将身份证和手机都放进了她的包里，现在他懒洋洋地枕在她腿上，一动不动，眼睛慵懒明亮："豪门宠媳，帮我接个电话，嗯？"

姜竹沥两颊发烫，捂住他盯着自己的眼睛，伸长手，拿出他不断振动的手机。

"好像不是电话……"

下一秒，看清屏幕上的字，她的呼吸一窒。

这是一条闹钟提醒。

备注写着：每周六下午 16:00-16:40，去做心理咨询。

第十章

是姜宝宝

姜竹沥愣在原地，下意识地滑掉了振动按键，久久没有回过神。

段白焰若有所觉，眯着眼在她手心轻轻蹭了蹭："怎么了？"

姜竹沥怔怔的，一边抱着他的脑袋，一边拼命回忆，是从什么时候开始的？从什么时候开始，段白焰去了解他不了解的领域，去读他没读过的书，去做他不信任的心理咨询？

为了她。

"小白。"半晌，她搓搓他的头，声音很轻。

"嗯？"

"之前，我师兄他，"她的心里几乎已经有了答案，"是不是背着我，跟你说过什么与我有关的事？"

段白焰微顿，蹭来蹭去的动作停了下来。

他枕在她腿上，一条胳膊挡着眼，沉默了很久。

"对。"许久，他开口，声音低沉和缓，"但是，不是他来找我，是我去找了他。"

就是刚刚拍完综艺、明叔叔入院的时候。

他在病房门口听到姜竹沥与陈塘的争吵，陈塘称他为心理变态，而她竭尽全力为他辩护，尽管立场虚弱，语言苍白。

他甜蜜而心酸地认清一个事实，姜竹沥从来不能真正放弃他，然而她的喜欢因为他的性格，变成了一种第三视角的罪过。

"我从来没有想过，"他低声说，"在别人眼里，我们是那样。"

一旦进入深层关系，两个人就好像同时犯了病，一个咄咄逼人地靠近，一个鸵鸟似的拼命逃离，最后以一种病态的姿态，被强硬地捆绑在一起。

不能这样，他需要被承认，需要阳光，需要神性，需要证明，需要合适的土壤，去和她一起培育那棵歪歪扭扭、名为“爱情”的植物。

姜竹沥低着头玩他的头发，许久，小声道：“你没有告诉我。”

“我怕你担心。”

“但是……”她的声音闷闷的，“也许我可以帮你。”

毕竟，这也算是她熟悉的领域。

段白焰停了停，安抚地握住她的手：“我问过陈塘，能不能直接来找你做心理咨询。”

那时候，陈塘反问他：“你知道为什么，心理咨询师不能跟他们的病人谈恋爱吗？在我们那里，甚至不许咨询师和病人建立社会关系。”

他们的关系只能是咨询师与来访者，不可以是朋友，不可以是恋人，不可以是亲人。

段白焰诚实地摇头。

“因为在判断上，会出现立场偏颇。”陈塘停顿了很久，移开目光，恨铁不成钢地低声叹息，“姜竹沥帮不了你，尽管我非常不想承认，但她太喜欢你了。”

喜欢到无法客观地评判他。

“陈塘说，咨询师应该是一面镜子。”段白焰的脸埋在她柔软的手掌里，轻轻亲她的掌心，“但如果那个咨询师是姜竹沥，我在这面镜子里，将看不到任何与自己有关的信息。”

姜竹沥想反驳。

下一秒，他轻声道：“因为那面镜子里，折射出的都是‘喜欢他喜欢他喜欢他’。”

姜竹沥愣住。

山路蜿蜒，四下空寂，山间青松红梅，雪花在空中翻卷，厚重地落了满山。

她的眼眶莫名其妙地发热。

许久，姜竹沥俯身将自己的额头抵上他的额头。

她看着他的眼睛，自己眼中也亮晶晶的，声音很小：“他说得对，我从来不能客观地评价你。”

她微顿后道：“因为我的确，超级超级超级喜欢你。”

遥远的少年时代里，他们从来不能对彼此坦诚，不仅仅因为各自有所保留，更多的是无法面对完整的“自我”。

如果有朝一日，他要为一个人改变自己的暴躁、强硬、不安，与强大的控制欲，一定要先承认自己的自私、封闭与不成熟的畏惧。

“承认病态”，对他而言，已经是了不起的勇气。

“小白。”她垂下睫毛，主动吻他，“谢谢你。”

他微动，两手攀上她的肩膀，咬住她的唇，唇齿辗转，她的脑子慢慢开始不清晰，仍然留着最后一丝理智。

“但我还是希望，你能把我不知道的事，都告诉我。”

她的声音很柔，停了停，她煞有介事地钩住他的小指，认真道：“我们是一体的。”

——我没有那么软弱，你可以来找我，哪怕我们都需要求助外界，你仍然可以来找我。

段白焰坐起来，专心致志地亲她：“好。”

天空寂静壮阔，雪山如梦似幻，两人唇齿辗转，化作苍茫天地间相依的两个点。

他吻得认真而动情。

她像个出了问题的机器人，一遍又一遍、固执、小声地重复着：“要告诉我。”

他也一遍又一遍，不厌其烦道：“好。”

车穿过茫茫大雪，爬过曲折山路，开过度假中心的围栏，最终停在一栋高大气派的城堡面前。

姜竹沥叹为观止：“……”

“因为是个度假中心。”段白焰摸摸鼻子，面不改色心不跳地说，“所以这边的建筑，都修得很浮夸。”

她小小地“哦”了一声，仍然很紧张。

当她发现，段爷爷竟然在门外等他们的时候，她几乎要窒息了。

段白焰牵着她，主动介绍："竹沥，这是我爷爷。"

不等她接话，他立刻又道："爷爷，这是姜竹沥，我之前向你提过很多遍的，她是我的高中同学，当时我们班班长，成绩特别好，本科毕业之后去了……"

段爷爷面无表情地挥手让他滚："别说了，我知道。"

这是什么死亡开场白，姜竹沥简直要昏过去。

她掐着手心，深呼吸，努力让自己的血压降下来，努力让自己的笑脸好看，努力让自己显得乖巧。

她抬起头，笑容灿烂，开口就是一句声音清脆的："好爷爷！"

山林间静静地落着雪，空气沉默了三秒钟。

姜竹沥崩溃地捂住脸，想立刻一头撞死在雪地里。

她是脑子有问题？她想说的是爷爷好！爷爷好！爷爷好！

段白焰一时没反应过来，也愣住了。

段爷爷站在原地，白色的眉毛疑惑地凑在一起，神色迟疑。

半晌，他不确定地道："好、好孙媳妇？"

段爷爷为他们准备了晚饭，算接风洗尘。

姜竹沥这股尴尬劲从中午蔓延到晚上，见她小心翼翼的，耳根发红，段爷爷倒笑了："我们很久之前就见过，你不记得了吗？"

"啊，是四年前吗？"姜竹沥愣了一下，马上想起来，"我跟小白一起去山上度假那次？"

段爷爷点了点头。

那时在车站，他送别段白焰，曾经远远地看过姜竹沥一眼。

小姑娘个子不高，细细瘦瘦的，两眼弯成月牙状，穿着一条薄荷绿的无袖连衣裙，跑起来裙摆飞扬，像一只色彩鲜明的果子精。

而他那位高贵骄矜的孙子，面上的表情虽然冷漠又不耐烦，可目光从始至终没有从那个女孩身上移开过。

他不可能让段白焰跟一个不知根底的女孩同吃同住，所以找人查了她的资料。唯一让他感到意外的是，他没想到，段白焰竟然会喜欢这种看起来有些无趣的乖乖女。

那是段白焰的初恋，他身为爷爷，对此也毫无经验，孙子在家被他宠成了小公主，他担心他们的感情无法长久。

后来也真如他的担心那样，两个人恋爱一段时间后，还是分开了。他曾经向熊恪问起原因，熊恪没有做任何评价，只是抿唇摇头。

他再也不问了。

“坦白地说，”段爷爷说，“我没想到，还能再见到你。”

他的语速很慢，姜竹沥不知道他们家的人是不是都这样，讲什么话都带着天然的压迫感，周身透出上位者的自信。

她不卑不亢，声音很轻：“我们的确走了很多弯路。”

“但是，”她微微吸气，“我仍然爱他，他也仍然爱我，这个事实，从来没有改变过。”

并越发清晰。

段爷爷不太确定，是不是自己的错觉，她说这些话时，好像变得非常自信。

段爷爷的态度仍旧不置可否。

段白焰有什么问题，段爷爷清楚得很。他的父母给了他错误的示范，等段爷爷再想纠正，已经错过了修改的黄金期。

长大之后，段白焰的偏执与冷漠反而成就了他，他比常人更加固执，那些负面情绪滋养着他，帮他创作出了不可思议的作品。

段爷爷看着孙子越爬越高，也变得越来越犹疑，或许不去修正他的性格，他也能生活得很好。

“爷爷。”

段爷爷正想再开口，段白焰换好衣服，从楼上走了下来。

“你不要欺负竹沥。”他没想到姜竹沥下楼的速度会比他快，而且照现在的架势看，她似乎已经坐在这儿跟爷爷聊了一阵子了。

段白焰有些急，神色里透出一点不安：“她脾气好，你不要得寸进尺。”

段爷爷面无表情地踢他：“瞎说，谁得寸进尺？”

饭桌上，段白焰捋起衬衫袖子，帮姜竹沥挑鱼刺。

这是他在明含事件后培养出的新技能，剥虾、挑鱼刺、剥螃蟹，他都不敢假手他人，她迷迷糊糊的，他怕她弄不干净。

当着长辈的面，姜竹沥脸上发烫：“我自己来吧……”

段白焰没答应，一条鱼分两半，他将刺剔干净，把另外一半放在了爷爷的盘子里。

段爷爷故作严肃的神色，瞬间缓和下来。

姜竹沥甚至在这位老人家的表情里，捕捉到一丝惊涛骇浪的惊喜。

“段白焰。”

孙子：“嗯？”

爷爷一本正经：“你不是小公主吗？”

孙子：“……”

爷爷：“小公主不是从不挑鱼刺、剥虾、剥螃蟹吗？”

段白焰：“……”

他顿了顿，波澜不惊地拿起纸帕，擦掉手指上的汤汁：“我当段家的小公主当腻了，最近正打算换届让贤。”

段爷爷的动作停了停，以为他在九曲十八弯地向姜竹沥示爱，说她是他的小公主。

老人家非常上道，眼神在他和姜竹沥之间游移，充满暗示的意味。

然而下一秒，段白焰立刻板着脸否认：“不是她。”

姜竹沥的眼皮一跳。

他沉默了一会儿，转过去，轻声说：“她是姜宝宝。”

然而，姜宝宝这晚没跟濒临卸任的段公主睡在一起。

吃完晚饭，段爷爷拉着两个人看了会儿老年人频道，电视里重金寻子的民国妈妈哭得撕心裂肺，段白焰嫌辣眼睛：“爷爷，您的眼睛不疼吗？”

段爷爷淡定地劝他：“陪我看一会儿吧，我就当你尽孝了。”

段白焰：“……”

他闭上嘴，将果盘放在腿上，剥坚果。

姜竹沥想了想，跑上楼把之前买的保暖神器从行李箱里拖下来。

“这个，”她眨眨眼，向段爷爷介绍那个造型怪异的庞然大物，“可以把整个下半身都装进去，我看评论都说很暖和。”

段爷爷将信将疑，接过来，试着将腿脚装进去，狐疑地问：“这样？”

姜竹沥疯狂点头。

屋里装的是中央空调，每个房间的温度都恒定在二十多摄氏度，段爷爷估摸着，这玩意儿实用性不大。

然而他在里面待了会儿，里头暖洋洋的，他忍不住把手也塞了进去。再过一会儿，他将整条胳膊也跟着塞进去，像睡袋一样，整个人裹得严严实实的。

屏幕里的民国妈妈第三次爆发痛哭时，段白焰剥出小半碟碧根果果仁，再抬起头，他爷爷已经默默地在沙发上缩成了一团。

段白焰："……"

他放下果盘："爷爷，还吃吗？"

段爷爷的手脚都不能动弹，他看也不看段白焰，张嘴就是一句："喂我。"

段白焰："……"

挺好的，爷爷不讨厌姜竹沥，挺好的。

然而这种"挺好"，在两个小时之后，让他非常失望。

看着一左一右、南辕北辙的两个房间，段白焰微怔，然后非常受伤地问："爷爷，你不想要漂亮的曾孙女了吗？"

段爷爷："结完婚再说。"

本质上来说，他骨子里是非常传统的人，但他接受年轻人的思想，何况已经到了谈婚论嫁的阶段，他也不讨厌他们腻腻歪歪。

但是，段爷爷大义凛然道："既然回来过年，就不要欺负竹沥。"

段白焰懂了，小声说："那明年不回来了。"

不能抱着姜竹沥睡，他难过极了，还不如住温泉酒店。

"啧，你这话说得跟你妈似的。"段爷爷像颗暴躁的坚果，"无情无义，无理取闹。"

段白焰身子一僵，没有说话。

段爷爷嫌弃完孙子，抱着他的保暖神器，心满意足地上了楼。

姜竹沥穿着毛茸茸的家居服，揉揉段公主的手："晚安，早点睡。"

面容清俊、身形高大的公主垂眼看她，俯身将脸凑过去。

姜竹沥咯咯笑，"吧唧"一声亲在他脸上。

段白焰心满意足，拍拍她的脑袋，轻声道："好好休息，明天带你去滑雪。"

雪村度假区，包含着一个巨大的滑雪场。

接近大年三十，人流量达到了一年中最低的时候，他们到达，松软的白雪铺了漫山遍野，山坡上几乎空无一人。

姜竹沥摘下眼镜，兴奋极了："这么大一片，都是我们的吗？"

段白焰帮她拉紧冲锋衣，低声道："嗯。"

"那我要从最高的那个索道开始滑！"

段白焰微顿，跟她一起过去的路上，极力劝说她换个中级索道。

大学时遇到合适的假期，他们常常一起出去玩。滑雪蹦极、爬山徒步，能一起的旅行，两个人几乎都一起做过。

所以姜竹沥很久之前，就学会了滑雪，滑得比段白焰还要好。

达到索道顶端，她放下眼镜，跃跃欲试："我们要不要一起下去？"

段白焰不可能承认自己是个菜鸡，所以非常认真地犹豫了一下，踌躇着道："如果离得太近，我们的滑雪板很容易被搅在……"

"一起"两个字还未出口，姜竹沥拽着他滑了下去。

耳畔风声骤急，余光之外松林白雪，他只能看见"白皙的皮肤，和她帽子下北风吹乱的细碎毛发。

段白焰发了一秒钟的呆。

下一秒，他就被自己的滑雪板狠狠绊倒了。

雪地很软，摔下去的沮丧远远大于疼痛感，他在雪坡上滚了三百六十度的圈，以一个奇异的姿势，悲惨地看着姜竹沥绝尘而去。

段白焰："……"

段公主躺在原地，决定生十分钟的气。

然而不到五分钟，姜竹沥就回来了。

她镇定自若地滑回他身边，帮他捡起掉在一旁的手杖，瞪大眼睛看他："小白，你不要躺着不动，会着凉的。"

段白焰眨眨眼，闷声说："我站不起来。"

姜竹沥一拍脑袋，滑雪板的底端是为减小摩擦而设计的，雪坡整体又是弧形，一旦在坡上摔倒，就很难自己站起来。

她换了个方向，用索道的倾斜角度撑住自己的身体，认真地低下头，踩住他一侧的滑雪板：“我踩住你了，起来吧。”

段白焰的眼睛一眨不眨，没说话。

从他的角度看过去，她那副护具眼镜实在大得过分了，长发垂落，脸小小的，下巴白皙得像上好的瓷器。

见他不动弹，姜竹沥又问：“要不要我把你拉……呃！”

她话没说完，段白焰像雪地里蹿起来的一匹狼，毫无征兆地跳起来，恶狠狠地把她扑倒。

他咬住她的唇，呼吸交融，冷热交替。她吓了一跳，手疾眼快地摘掉滑雪板，下一秒，就被他带着一起从雪坡上向下滚。

“你这个神经病！”围巾被挣扎开，有细碎的新雪顺着脖颈掉进来，姜竹沥红着脸想推开他，然而越挣扎就滚得越快，“你是有什么皮肤饥渴症吗？段白焰！”

中级索道不长，滚了没几圈，两个人就停下来了。

姜竹沥被他按在雪地里，晕了两秒，抬起头，就看到撑在自己脑袋两侧的手，和他肩膀后一望无际的天空。

段白焰的胸膛起伏不定，滚烫的呼吸落在她的脸上。

他按着她，慢慢平定呼吸，眼睛深不见底：“竹沥，昨晚没跟你住在一起，我特别难受。”

“……”

“我们现在，”他舔舔唇，“来栽种一个孩子吧？”

说着，他还真的伸出手，伸向她的领口。

姜竹沥微怔，耳尖通红，抬手掐他的脖子：“你变态，啊啊啊！”

滑雪场依山而建，整体呈半弧形，索道的终点是一个巨大的悬空平台，被围栏围着。围栏之外，是一个无人的雪山山谷。

她一叫，对面的山谷发出轰隆隆的声音。

震惊的姜竹沥：“……”

她挣扎着想爬起来，看看对面发生了什么，却被段白焰强硬地按了回去。

他按着她，有模有样地伸出食指，压在唇上小声提醒：“嘘，小点声，对面雪崩了。”

姜竹沥惊呆了：“真、真的吗？”

“真的，不信我吼给你看。”他顿了顿，退开一段距离，朝着山谷大吼，“我——爱——姜——竹沥——”

对面的山谷：轰隆隆隆——

有点感动又有点震惊的姜竹沥：“……”

她挣扎着坐起来，看了半天，才看明白。

那个雪山山谷也是个景点，为了满足部分游客模仿日本小清新电影剧情的需求，特地开辟出来，供他们喊的。

“我知道了！你不要吼了！”她也跟着大声叫，“会——雪——崩——的！”

“竹沥……”他继续吼，“我们幕天席地，来生个孩子吧！”

“你要不要脸。”

两个人一声接着一声大吼，对面的雪轰隆隆地崩。

屋内暖融融的，段爷爷站在楼上，捧着一杯热水立在窗前。

清晨时分雪就停了，外面天光明亮，远处雪地里传来一阵一阵的笑闹声，带着山谷的回音，落到他耳朵里。

他沉默了一阵。

“熊恪。”他说，“你走吧。”

熊恪站在他身后，腰杆挺得笔直，没有动弹，也没有说话。

“一晃眼，这么多年了。”段爷爷眯着眼回忆，似乎有些感慨，“小白竟然也要成家了。”

熊恪抿着唇。

“我那个时候老是想着，不放心他，要在他身边放个靠谱的人。但是现在，”段爷爷转过来，“他长大了。”

他也要有妻子、有孩子了。

熊恪还是没有说话。

“或者，”他顿了顿，问，“你想留在段家？”

熊恪眉头微动：“段先生，您确定，小段先生他以后不会又……”

“不会了。”段爷爷摇头，“他现在有活下去的理由。”

熊恪的目光越过桌案，落在窗外洁白如新的雪地上。

“所以熊恪，如果你仍然想离开段家，现在立刻走。”段爷爷说，“再晚一些，也许我会后悔。”

熊恪沉默着，像是终于下定决心，退后半步，深深鞠下一躬：“段先生，珍重。”

许久，书房的门发出“咔”的一声轻响，被人打开，又重新关上。

从滑雪场回去，段白焰大概吸太多冷气着了凉，下午又小小地犯了一次病。

姜竹沥给他喂了药，把他裹得严严实实，塞进被窝。

段白焰的眼睛是内双，一旦生病，就衬得眼角那颗小泪痣格外可怜。他缩在被窝里，虚弱地低声叫：“竹沥。”

“嗯？”姜竹沥正在给他加毯子。

“生个孩……”

她气急败坏：“睡你的觉！”

解决掉不情不愿闭上嘴的“段公主”，姜竹沥下楼，翻出先前准备好的饺子皮和肉馅。

她刚刚包好两个饺子，段爷爷从楼梯上走下来：“咦，竹沥，你包饺子怎么也不叫我们？”

“我们只有三个人……”姜竹沥想了想，实话实说，“其实也吃不了多少。”

所以她干脆一个人动手了。

段爷爷捋开袖子，开始洗手：“带我一个带我一个。”

姜竹沥一开始以为爷爷是来玩的。

但包了几个，她惊奇地发现：“爷爷包得不错呢。”

段爷爷嘿嘿笑：“之前小白的奶奶还在的时候，我经常给他奶奶打下手。”

姜竹沥很好奇：“除了您之外，小白从没跟我提过他其他的家人。”

这问题问得九曲十八弯，段爷爷是只老狐狸，怎么可能听不懂。

他一边包饺子，一边笑：“因为小白的爸妈是两个浑球，搁我我也没什么好说的。”

姜竹沥：“……”

如果他是说自己儿媳妇浑，那她尚且能理解，但连带着他儿子也骂进去了。

姜竹沥不太能想象，这到底是对什么父母？

她主动把话题扯开了。

段爷爷年轻时去过很多地方，眼界开阔，能聊的事很多。

两个人一下午包完了所有饺子，姜竹沥洗了洗手："我上去看看小白。"

"去吧。"

她走出去几步，段爷爷把饺子放好，顿了顿，又忍不住叫她："竹沥。"

"嗯？"她回过头。

"对小白……对小白好一点。"不知怎么，段爷爷说后半句话时，竟然有些艰难，"他……以前，过得不太好。"

姜竹沥站在楼梯上，愣在原地。

段白焰这一觉睡了很久。

屋子里太暖和了，爷爷和姜竹沥都在身边，他被一种久违的安全感包围着，连梦境都变得温和。

他再睁开眼，已经入了夜，星辰如灯，雪山如梦似幻。

他动了动手指，手边传来一阵暖意。

段白焰愣了一下，按亮床头的夜灯："竹沥？"

昏昏欲睡的姜竹沥一下子醒过来。她坐在床边揉眼睛，像只乖巧的小羊羔："你醒了？"

"为什么不躺下来？"段白焰掀开被子，大方地发出邀请，"来。"

姜竹沥没有犹豫，钻了进去。

她刚刚不敢动，是怕弄醒他，然而现在她必须承认，还是被窝里面更温暖。

她身上暖暖的香香的，段白焰抱着她，呼吸平稳。

两个人很少有盖着被子纯聊天的时候，姜竹沥非常珍惜这个机会："小白。"

"嗯。"

"刚刚爷爷给我看了你小时候的照片。"

"嗯。"

她夸他："你小时候真好看。"

段白焰睁开眼，眼底慢慢浮起笑意。

他的声音有些低哑，显露出别样的性感：“然后呢？”

“你小时候好白。”她舔了舔唇，“那时候，你还经常穿短袖。”

段白焰愣了愣，眼中的笑意渐渐消散。

他不再说话，嘴唇莫名变得苍白。

“可是后来，”她絮絮叨叨，“我都没有再见你穿过短袖了。”

不是一天两天，她很早就注意到这件事了。

高中的时候，哪怕夏天三伏烈日，他跟男孩子们打篮球，也固执地穿长袖。

她知道他小时候接受过许多哮喘的治疗，没完没了，没能根治他的病情，却耗尽了他的耐心。他手上盘踞着无法消除的针眼和疤痕，性格一天天变得阴郁。

“从小到大……”她的额头抵住他的胳膊，声音降低，手藏在被子里，抚摸他的手臂。

针眼是摸不出来的，她的指尖慢悠悠地停在了他的手腕内侧。

“你是不是很讨厌，”黑暗中，她轻声问，“这个？”

窗台上堆积着厚厚的雪，空调往外吐暖气，床头的夜灯光线温和。

段白焰抱着她，恍惚了。

好像回到很久很久之前，他一个人蜷在影院里看动画电影，屏幕里的一家人围坐在壁炉前讲故事，折射出的就是这种暖烘烘的光线。

然而那个时候，屏幕里岁月静好，屏幕外他什么都没有。

“是啊。”许久，段白焰低头蹭蹭姜竹沥，低声道，“不喜欢。”

他不喜欢手臂上治病留下的针眼，不喜欢小时候自残似的，在手腕上留下的疤痕。

“我以前一直以为，”姜竹沥的脑袋埋在他胸口上，声音有些沮丧，“那个也是治病留下的。”

她摩挲他的手腕，那里有一道明显而陈旧的凸起。

只不过他平时戴手表挡着，夜里也很少露出来，加上平时穿长袖，她连他手臂上的针疤都很少看见，更别提手腕内侧的伤。

段白焰顿了顿，声音变得有些不自然：“哪个中二少年，青春期的时候没起过伤害自己的念头？更何况……”

“更何况我当时下手特别轻，压根就没……”她一直摸他的手，他被摸得有些不自在，想抽回来。

但姜竹沥没给他这个机会，她亲了上去，很轻很轻的一个吻，落在他的手腕内侧，像短暂地停留了一只蝴蝶。

段白焰脑子嗡嗡响，他想把她按住：“姜竹沥，你是不是想通了，想跟我幕天……”

“小白。”她放下他的手，小声道，“辛苦了。”

段白焰身形一顿。

“段爷爷跟我、跟我说了，你爸爸和妈妈的事。”她的手指在他胸前柔软的家居服上画圈，顿了很久，她有些难过地问，“我出国的时候，你为什么不告诉我？”

段白焰不自觉地绷紧下颌，屏住呼吸。

许久，他低声说：“我上小学的时候，爸妈闹离婚。”

“嗯。”

“我那时候生着病，他们急着分割财产，没有人管我。”

姜竹沥知道，他的哮喘就是在那时候变严重的。

她松开他的手腕，抱住他，声音很小：“嗯。”

“我妈走的时候，”他顿了顿，声音变得有些急，“我爸跪下求她，我在二楼站着，看着他们。”

“我妈她、她问我爸，”他说，“你为什么这么贱？”

姜竹沥微怔，然后抱他抱得更紧。

她好像拥着一只热乎乎的大玩偶，用力地顺他的后背。

“从那个时候起，我想，如果未来有一天，我身边还有人想要离开我。”他说，“我一定不会挽留她。”

他的呼吸有些急促，后半句话，他几乎说得咬牙切齿：“她要走，我就让她走。走了之后，再也不要回到我眼前来。”

风撞在窗户上，发出呜呜的叫声。

姜竹沥愣了半秒，段爷爷的故事只停在爸爸跪下求妈妈、妈妈依旧走得毅然决然，于是被敲碎玻璃心的爸爸也放弃儿子、出门旅行的情节上，段白焰具体怎么想的，段爷爷没有告诉她。

她想起当初她离开时，段白焰红着眼眶，一根一根地掰开她的手指。

她这辈子都忘不了那个场景，对她和他来说，都太近，也太痛。

时至今日，当她能从自己的情绪中慢慢走出来后，才开始后知后觉地回想，对他来说，开口和挽留，究竟是一件多困难的事？

他像他的父亲一样，在心里下跪了无数次，然而没有一次，能留住他的母亲。

姜竹沥小声地叹息："你从没有告诉过我。"

他摆在她面前的从来只有既定的事实与结果，他不愿意倾诉，她就找不到根源。即使她想要宽宥他，也不知道该从何谈起。

段白焰沉默了。

他误会了她的意思，良久，舌根发苦，低声问："怎么告诉你？告诉你我其实跨不过那个坎，我装作不在意是怕失去的时候输得太惨，哭得太难看？告诉你，虽然大家都过得不太好，没几个人的原生家庭是真正健康的，二十岁出头的成年人了，谁身上没插着两把刀，但凡是个正常人，都不会一直拿家里的事做寻求庇佑的借口，可我仍然希望被谅解希望被宠爱，希望被无条件地宽宥？"

一次性说了太长的话，他嘴唇发白地低低咳嗽起来。

姜竹沥默默地摸摸他的背。

长久以来，他明明是这样期待着，却又不断地告诉自己——清醒一点，段白焰，世界上没有这样的人，没有人能无条件地爱你，没有人能无底线地包容你的负面情绪。

他一边自我批判，先入为主地讨厌自己身上显而易见的缺点，又矛盾地进行自我封闭，期待未来会遇到一个这样的人。

"愚蠢的理想主义。"隔了这么多年，姜竹沥才算真正想通这一条。

他们的视角从来不平等，偶然也好必然也罢，他撞见过她的软弱与畏缩，所以他懂她的回避与畏惧。然而她从他那里得不到交流与自信，从来不能真正看懂他。

"段白焰，你像我一样缺乏自信、自卑、没有安全感，却比我好面子，比我胆子小，比我还要蠢。”此时此刻，姜竹沥窝在他怀里，几乎笑出泪，“为什么不能？我能啊。”

然而任何能被冠以爱情的主题，都是浪漫而愚蠢、理想化又不可预估的。

段白焰愣住。

“如果那时候，你能把你这么久以来害怕、不敢面对的事，都告诉我。”她顿了顿，抬头看他，声音和目光一样坚定，“我一定一定，不会就那样走得不明不白。”

“我会给你很多很多保证，不管它们有没有用。”姜竹沥眼眶发热，“我从来没有想要摆脱你，没想过走了就不回来，也没想过把你从我的未来计划里移除。”

段白焰不知道自己是不是在做梦，但他快要窒息了。

“我四年前，就想对你说这些话，我想向你解释，想跟你沟通。”姜竹沥一边笑一边哭，“但你太幼稚了，你根本不给我这个机会。你让我要么留下，要么滚。”

久而久之，她也开始一遍一遍地怀疑自己，也许她的渴求是错误的，也许她不应该期待他与自己沟通。

要她现在去想，那真是一段糟糕的恋爱。他们互相激发出了对方最难看的一面，两败俱伤，不死不休。

段白焰手足无措，用毛衣帮她擦眼泪：“竹沥……”

“前段时间，你在伦敦的那几天，我一直在想，”他的毛衣柔软极了，她在上面蹭来蹭去，声音软软的、闷闷的，“万一我们当年异地恋，会不会也输给这种距离。”

“不会的。”段白焰迅速接话，轻轻吻她。

“现在我想明白了。”她吸吸鼻子，冷静地道，“像段白焰这种低等级幼稚生物，只要我向他保证、让他有安全感，他就永远不会离开我。”

段白焰笑了，笑声清朗低沉。

从他儿童时代一遍又一遍地辗转于医院与冰冷的检测仪器之间，他的脾气变得越发阴郁暴躁、难以捉摸；到他少年时代，开始用镜头去记录喜怒、把所有的情绪都封闭在录像之中，一点一点地建立自己的安全区；再到他青年时代，因为想要挽留一个人而回过头去进行自我纠察，修改掉性格里与她难以相融的部分。

他和她一样，从始至终，想要听到的，竟然真的只有一句话。

“段白焰，不管你信不信。”她揉着眼睛，声音轻而郑重，“我无条件地爱你，我不会离开你。”

夜色黑沉得不见边际，窗外又开始下雪。雾气蒙上玻璃，大雪漫天飞扬，全世界一头栽进绵软的棉花堆，他们好像住在童话里。

他心头澎湃，俯首吻她：“我也是。”

“天涯海角，这一生，”他说，“你甩不掉我的。”

姜竹沥和段白焰在爷爷家过完年，才一起返回。

一过完年，餐厅接下几个大单子，三月初有一场婚宴和一场聚会，三月底要帮一中的话剧节送蛋糕，夹在月中的，还有一场杀青宴。

姜竹沥多看了一眼名单，觉得最后那张单子的主办人有点眼熟。

“你不是从去年冬天起，就没有工作了吗？”她掐着单子，好像一个捏住了丈夫把柄的恶毒小妻子，“杀什么青？”

“就是之前我去伦敦时，拍的那个小短片。”段白焰闷声笑道，“年假之前剩个尾巴，刚刚才搞完。新年新气象，正好趁着这个由头，把大家搞出来一起吃个饭。”

姜竹沥眨了眨眼。

他说：“你也一起来。”

“我不知道我有没有空。”姜竹沥犹豫了一下，低着头抠手指，“最近餐厅好忙。”

“竹沥。”段白焰顿了顿，说，“我希望你过来。”

姜竹沥微怔，耳朵乖巧地一动一动的：“好呀。”

年后除了餐厅的事务，她还在配合余茵做宣传，她的系列短片全部拍完，已经在宣发阶段。

为了余茵小姐姐，姜竹沥捡起了自己几欲弃用的微博。原以为此前被屠版的评论区仍然会是一片腥风血雨，没想到竟意外平和。

夏蔚出事之后，后续的事情一桩接一桩，她的死忠粉和何筱筱一样忙碌，没空再来拉踩别家。

从夏蔚那儿脱粉的妹子们甚至有一部分被姜竹沥圈了粉，每天在她的微博底下深情呼唤："之前不知道那些事情全是夏蔚搞出来的，等我知道了，小姐姐已经不发微博也不做直播了。这都好几个月了，小姐姐是退圈了吗？别啊。"

"之前好像有人说甜甜病了，什么病啊？病好了吗？为什么连个公告都不发？虽然她的主职不是这个，但我确实觉得甜药没有夏蔚敬业？"

姜竹沥哭笑不得。

余茵短片的口碑很好，引起反响的同时，也给她带来了一拨粉丝。

新的评论把旧的评论压了下去，她的评论区欣欣向荣，私信迎来了新一轮爆炸。

除了平面和短片，还有很多新的综艺邀请她参加录制。

她窝在段导怀里看了两天，才把私信刷完。

想来想去，姜竹沥抬眼问："小白，你觉得我做什么比较好？"

段白焰不假思索道："做段太太最好。"

"……"

她气鼓鼓地从果盘里抓起一把糖，塞到他的卫衣帽子里。

段白焰从善如流地捡起一颗糖，剥掉糖纸，攥住她的手腕，按着她亲下去。

"你别，嗯……"姜竹沥想跑没跑掉，自食恶果，眼中渐渐蒙上水雾。

一颗奶糖在两个人交换的热气中慢慢化开。

"甜吗？"他问。

姜竹沥的耳尖红红的，她毫无力度地威胁："你再这样，我明天不去接你了。"

段白焰顿了顿，默默地低下头，耳朵垂下来，有些委屈。

他现在好像一个没有地位的小媳妇，不仅在家没有地位，出门受人白眼，连参加宴会，都要家里的大佬张嘴放话，才会有车去接他回家。

"但也确实是这样，你做什么都可以。"他想了想，低声说，"当然，我更希望你做一个妈妈。"

他太想要一个女儿了，只要一想到姜竹沥小时候那个乖巧听话的样子，就喘不上气。

姜竹沥小细胳膊小细腿，双手撑住他的胸膛："但我现在不想。"

她完全没有准备好去做一个母亲。

段白焰哼哼唧唧的，这件事情没能达成共识，连带着这个原本可能很美妙的夜晚，都变得不完美了。

姜竹沥这段时间忙成了陀螺，第二天还有一场室外派对的甜品台要布置，洗完澡扑上床蜷成团，几乎是闭上眼就睡着了。

还想再干点其他事的段白焰："……"

他默默关灯。

明天，就是明天。

躺在床上，他恶狠狠地想，明天求完婚，他要把她按在这里，大战三百回合。

第十一章

嫁给我吧

姜竹沥最近的生活异常充实。

年后一切回归正轨，她还在犹豫要不要继续做美食直播，餐厅先给她涨了薪水。红十字会的反馈很好，加上余茵的短片炒热了自闭症的话题，给她带来一种久违的、所学的知识总算派上用场的成就感。

唯一一点点美中不足的，大概是后院的人太过饥渴。

姜竹沥觉得段白焰并没有放弃他超出常人的控制欲，只不过他换了表达方式，连撒娇都变得可爱了。

所以当她站在派对现场，再一次接到“小鲜肉”的电话时，她一边布置展台，一边笑：“我在布置甜品台，等我晚上过去，给你送一个大大大蛋糕呀。”

“嗯。”段白焰声音发闷，“是什么派对？”

姜竹沥环顾四周，阳光很好，天蓝得一点都不敷衍，惠风和畅，泳池波光粼粼，小姐姐们戴着遮住半张脸的墨镜，各有风情。

“看起来像是闺密们的单身派对。”

因为现场没有男孩子。

她的话音刚落，男孩子就出现了。

是一位身形高大的青年男性，穿着富二代参加派对的标配衬衫，额角一撮头发染成了银白色，墨镜短发大长腿，看起来风骚又瞩目。

姜竹沥愣了一下：“师兄？”

陈塘微讶，摘掉墨镜，像她一样意外：“竹沥？你怎么在这儿？”

问题问出口，他马上意识到，她工作所在的餐厅是明里市网红店的第一名，几乎抢了所有庆典的单。只要她回来工作，在派对上遇到她的概率就会很高。

姜竹沥好声好气地说：“小白，我先不跟你说了。”

段白焰刚想问她那派对上有没有男人，就冒出来一个男人。

他说：“你早点过来。”

姜竹沥有些潦草地“嗯”了一声，放下手机，就见陈塘大跨步朝她走来。

他们有一阵子没联系了，明含事件之后，段白焰把她当宝宝养了起来，宝宝是不会轻易见人的，陈塘也找不到她。

然而师兄其实一直非常关心她：“你的身体好些了吗？”

“给你看看。”姜竹沥乖巧地把脸捧到他面前，快乐得有些傻气，“我觉得我超级好。”

这样一仰头，光影迅速掠过，衬得她皮肤白如象牙。

陈塘下意识地伸手想掐，被她躲开了。

“我要结婚了，师兄。”话一出口，姜竹沥自己也有点恍惚。

半年前她似乎对林鹤说过一样的话，那时候的语境和现在完全不同，这次是真的，也不是为了劝退他。

陈塘嘴角一动：“所以？”

她眼睛圆圆的，超级认真地说：“小白说，家养松鼠是有主的，脸不能随便给外人捏。”

陈塘冷笑：“呵。”

等会儿他就去找个她看不见的角落，用力冲着这对男女翻白眼。

布置完甜品台，姜竹沥习惯性地掏出手机开始拍照，阳光流水般倾落在纸杯蛋糕上，翻糖折射出珍珠的色泽。

她看看泳池里那几个漂亮小姐姐，问：“这几个姑娘是你的客户吗？”

“嗯。”陈塘坐在泳池边，坐实她的猜想，“我给其中一位策划婚礼，跟她一见如故，她们的单身派对非要邀请我来。”

顿了顿，他搓搓头顶那撮银毛：“师兄帅吗？等你婚礼的时候，也找师兄帮你做策划？”

餐厅领班接收照片，给姜竹沥发回来一个“你真棒”的老年人表情包。

她响亮地“噫”了一声：“还是不要了吧，你这种婚庆策划对新郎威胁太大了，我未婚夫脾气不好，他会发火。”

陈塘眯起眼，他敢肯定，她在说“未婚夫”那三个字时，语气里有藏不住的得意与炫耀。

他突然就嫌弃起师妹来了：“怎么了，发火怎么了？发火还能打断你的腿？”

“他不会打断我的腿。”姜竹沥给段白焰也发了张甜品台的照片，头也不抬，美滋滋地道，“但他会打断你的腿。”

“……”

“姜竹沥啊。”陈塘真心实意地为她发愁，“你以后会不会被家暴？”

段白焰在准备晚上的宴会，一边夸她，一边让她帮忙挑礼服。

所以姜竹沥没心情搭理陈塘：“他打死你都不会来家暴我的。”

陈塘：“……”

单身二十多年，第一次受到这样的暴击，他想来想去觉得不行，师妹要上天了，必须报复回去。

“姜竹沥。”他万分郑重，“段白焰的精神状况不佳，他比你想象中还要偏执。”

师妹从善如流：“那有什么？我也不正常。”

“我接触过他的心理咨询师，我比你更清楚他的状况。”

“少骗人，心理咨询要签保密协议的，你那朋友敢告诉你病人信息，除非他不想混了。”

陈塘：“……”

他终于感到词穷：“我现在是不是只能祝你幸福了？”

姜竹沥立刻笑眯眯地说：“谢谢你。”

陈塘：“……”

两个人插科打诨到黄昏，陈塘嘴上说着不要不要，仍然身体力行地帮小师妹备选了几套婚纱。

“有空的时候，你可以来店里试。”顿了顿，他说，“下个月有位设计师要过来，如果你有自己的想法，也可以跟她讨论，然后你们一起做一条独一无二的裙子。”

姜竹沥的眼睛亮晶晶的：“谢谢你。”

陈塘又帮她挑出几个婚礼的备选方案：“婚礼也一样，如果你有自己的打算，可以你提点子，我们来落实策划。”

姜竹沥正想谢谢他，他微顿，抬眼看过来，残云如火，斜沉的落日在他身后烧成一片。

“竹沥。”他说，“我至今都认为，他不是最佳选项。作为一个人，性格有硬伤实在是再正常不过的了，但你们的搭配是地狱组合。”

晚霞连天，暮色逐渐沉下来。

晚风带起姜竹沥额前的碎发，她的睫毛垂着，眼角有温和的弧度，像只正在认真思索的猫。

沉默一阵，她揉揉鼻子：“谢谢你，师兄。”

“但我并不是因为没有遇见过别人，或是不敢尝试一段新感情，才留在他身边的。”

她肯定地说：“我爱他。”

隔了这么多年，她终于敢承认。他是她青春期最大的秘密，是她少年时代一切勇气的总和。

哪怕她懦弱、畏缩、不敢面对，是他的“改变”改变了她，让她能够站在这里，告诉所有人，她爱他。

暮色昏沉，倦鸟归林，夕阳的光芒瑰丽盛大，余晖宛如温柔细碎的金箔。

她脸上的表情太过肯定，透出一股小动物般的大义凛然。

陈塘笑着，心也跟着柔软下来，出口时，声音很轻很轻：“希望你幸福，竹沥。”

“我会的。”

结束工作，姜竹沥抱着蛋糕坐上了车。

高架上车水马龙，霓虹与路灯拉出漫长的光带。光线明灭不断，车辆像一个个小小的甲壳虫，在高架桥上缓慢地行驶。

天色刚刚擦黑，段白焰的电话就一个接一个地打过来。

姜竹沥软声安慰他：“我很快就到啦，你自己玩一会儿，不要急。”

段白焰心头的委屈汹涌澎湃，声音还低沉得好像耳语：“我一个人能玩什么？”

“就玩你的……”她猛地顿住。

为什么开口就这么奇怪？

“你不要急，”她只好歉意地说，“我让师傅开快点。”

段白焰低低“嗯”了一声。

他知道堵车没法催，但他心里烦躁得厉害。

此时此刻，他抱着玫瑰坐在大厅内，已经是第七次清点玫瑰花瓣的数量。

口袋里的小红盒子都快被他摸秃了，右眼皮不停地跳。

“人都要有第一次的，不要慌不要怕。”江连阙这次的年假放足了三个月，跨洋给他爱的鼓励，“等会儿你要是怕出错，我们就开着视频，我随时监控你的状态。”

“要是我说错了话。”段白焰语气凉凉地说，“你就穿越过来阻止我？”

“我就在你变回单身之后，虚情假意地安慰你。”

“……”

段白焰“啪”地放下电话。

他抬起头，再一次用目光上下检查宴会厅。

虽然打的是杀青宴的名号，但他根本没邀请什么人。他在圈内的朋友不多，为数不多的几个都来友情参演他的求婚小短片了，此时坐在厅内，一个个严肃得像是在准备参加葬礼。

“小段哥哥。”半晌，倪歌小声问，“等会儿你求婚，需要我们做什么吗？”

“比如？”

倪歌两眼冒绿光：“起哄啊，要竹沥姐一定答应你，给你一个爱的亲亲，然后你们在我们面前接吻那种。”

“不用了。”

段白焰邀请他们，原本也只是想给自己一点信心，再让他们做个见证。

然而此时的高架桥上堵成香肠，他倍感虚弱，将目光重新放到投影屏上，那里在放一个短片，一部只有四十多分钟的微电影。是他辗转许多地方之后，为她拍的。

很多恋人结婚时也会拍摄短片，作为背景放在婚礼现场。但哪怕是放在俗气的表达方式里，他仍然显得特别，因为他的短片时间跨度长达十年，而女主从稚气未脱到长大成人，始终没有更换角色，也始终不曾走出他的镜头。

时间推移，夜早已暗透，段白焰长久地沉默着。

下一秒，他的手机疯狂地振动起来。

跳了一下午的右眼皮仿佛终于在此刻得到验证，他深呼吸，按下接听键，助理呼吸不稳的声音立时划破夜色。

“高架、高架上，刚刚发生了连环追尾，姜小姐，好像还在车上没下来。”

夜色美丽，霓虹闪烁，警车不断响着，高速路上拉起长长的阻隔带。

姜竹沥被医生领上救护车时，脑子还不太清醒。

出事时她坐在后排，没记错的话应该是一场高速连环追尾的惨案，前面两车相撞，她的司机躲闪不及，也撞了上去。

幸运的是她系了安全带，只有额头被擦伤，不幸的是……姜竹沥困难地从车门夹缝里捞出手机，屏幕已经被摔得四分五裂。

“医生。”她可怜兮兮地说，“可以借我用用你的手机吗？我想打个电话。”

追尾的车多达十多辆，医生现在自顾不暇，连看也不看她：“你在那儿先坐一会儿，如果有什么头疼头晕出血不舒服的，就找旁边的护士。听话啊，乖乖的，车上有糖你自己拿着吃。”

姜竹沥：“……”

她慢吞吞地挪回去，眨了眨亮亮的眼睛：“护士姐姐，可以借我用用你的手机吗？”

护士姐姐现在也忙得要命，顾不上管她：“我外套兜里有部旧手机你看看还能不能用，你自己去车上拿，哪儿拿的等会儿哪儿给我放回去哈。”

姜竹沥拼命点头，蹲在车上翻了半天，才翻出她的旧手机。

的确不愧对这个“旧”字，屏幕碎得跟她那个有的一拼，好像撑开了一张陈旧而巨大的蜘蛛网。

碎成这样，点触屏当然也不大灵敏。她凭着记忆艰难地按数字，好不容易拨通，听筒里传来冰凉的提示音：“对不起，您拨打的电话正在通话中，请稍后……”

姜竹沥挂断，重新打。

护士姐姐的电话没有记录功能，她每次拨出都要重新按号码，拨到第十一遍，姜竹沥的委屈感岌岌可危。

就在她想要号啕大哭的时候，他终于接起了电话。

“竹沥？”

段白焰那边风很大，衬得他的声音发哑。

“小白。”夜风幽冷，姜竹沥被吹得脊骨泛凉，可怜巴巴地吸鼻子，“我这里出了一场小车祸，可能暂时没办法过去了。”

“我知道。”他极力低声抚慰她，“我正在赶过去。”

她微怔，赶紧拒绝：“不用不用，你不用过来，我没事，真的，等道路通行我立马就能过去了。”

“你别挂电话。”他没给她拒绝的机会，“我马上就到了，嗯？”

倒春寒冷风呼啸，姜竹沥坐在救护车的边边上，握着一部屏幕碎成渣渣的手机，茫然得像个孤儿院里等待认领的小孩。

“嗯。”她失望极了。

信息时代，高速连环车祸的消息像病毒一样，迅速占据各大新闻简讯平台。

各方记者闻风而动，狂奔上高架，小跑着来抢第一现场。

姜竹沥正发着呆，面前突然出现一支麦克风。记者小姐将镜头对准她，问题噼里啪啦地往外冒：“这位小姐，您刚刚也经历了车祸吧？死里逃生，能跟我们讲讲您的体会吗？”

姜竹沥难过地戴上帽子，把整个人的脸都盖进去。

什么体会？她想哭，没别的了。

“这位小姐……”见她不理睬，记者小姐忍不住凑上来。这一凑近不得了，她旋即发出惊叫，“你是前段时间拍那个自闭症短片的甜药？你是不是叫甜药？之前做直播的那个甜药？”

姜竹沥垂着头眨眨眼，眨掉睫毛上的水汽，打算爬回救护车。

“甜药，甜药小姐……”记者小姐喋喋不休，追着她问，“请问您作为一个公众人物，对这次的车祸有什么看法？”

——别再跟我提车祸了。

姜竹沥怀疑这两个字会在接下来很长一段时间内成为她的痛苦源泉，眼泪简直快要滚出眼眶，她用尽全力地兜着。

偏偏记者没完没了："您不要不说话，这种情况不说话反而影响您的公众形象，您……"

"这位记者小姐。"下一秒，记者聒噪的声音被一个清冷的男声打断，后者气势逼人，不容置喙，"你们圈子不是有这种行规吗？如果当事人不想接受采访，就不要继续打扰。"

姜竹沥微怔，松鼠似的从车里爬出来，停在门边。

记者小姐踢到了铁板，连声道歉，拽着电视台的大哥脚底抹油，瞬间开溜。

姜竹沥身形微顿，突然有些犹豫。

下一刻，段白焰伸长手臂，稳稳当当地将她从车上抱下来，好像拥住一只毛茸茸的小动物。

小动物沮丧极了，耳朵和尾巴都无精打采地垂着，好像被霜打过。

段白焰身上带着股凉意，他扒开她的帽子，在她额头上亲了亲，低声问："受伤了吗？"

"没有。"她的声音很闷。

"那我们回去吧，嗯？"他把她的两条胳膊环到自己肩膀上，手臂分别托住她的后腰和膝盖，"去谢谢给你创可贴的医生。"

姜竹沥垂着眼，有些别扭。

"怎么了？"他步伐微顿。

"我……"姜竹沥垂着脑袋，"我把带给你的蛋糕弄坏了。"

她失落极了，像小时候那个弄掉了香草味冰激凌的小姑娘。

"很大一个蛋糕，有四层，你不吃杧果，我特地把夹心换成了蔓越莓。"

他叹息："没关系。"

"我没办法给它系安全带。"她小声说，"所以刚刚撞车，它一整个撞在车玻璃上。"

奶油都被撞出来了，糊在车玻璃上。

他拍拍她："没事。"

"我……"

姜竹沥纠结极了，趴在他肩膀上，咬咬牙，视死如归地抬起头："段白焰。"

"嗯？"段白焰也抬眼看她，眉眼疏淡，目光清亮。

“你原本，”她认真起来，表情恶狠狠的，却仍然很可爱，像一只混黑道的松鼠，“是不是想跟我求婚？”

天色漆黑，路灯昏暗，月光宛如流水，缓缓从两人之间流淌而过。

段白焰微怔，然后笑了：“是啊。”

他准备了玫瑰花和短片，叫上所有他和她都认识的伙伴，把宴会厅布置成她喜欢的样子，那样等她走过，就好像提前走过红毯，结了一次婚。

姜竹沥委屈得要命，一口气堵在胸口上不去也下不来。

她憋啊憋，用力憋，还是憋不住。

“那两个撞车的人好讨厌啊！”她难过得爆炸，简直想躺在地上哇哇大哭，“晚高峰为什么要把车开得那么快？我的蛋糕谁来赔我？我的求婚也没了！让你求婚比让你上天还难！我这辈子可能都遇不到第二次了，呜呜呜……”

这一天到晚，都什么跟什么？

段白焰哭笑不得。

“腿有没有受伤？”他问，“能自己站吗？”

姜竹沥也觉得为这种事哭一场特别丢脸，但她期待这场求婚太久了，到头来竟然被这种乌龙的事情打断，她很生气，又不知道该去怪谁。

她闷声点了点头：“能。”

“那你站好。”下一秒，他微微躬身，轻手轻脚地将她放下。

然后他背过身，往前走了几步。

姜竹沥有些茫然，还没反应过来他要干什么。

“姜竹沥。”

路灯光影交叠，背后霓虹闪烁，车流汇成一片。

汹涌的人潮中，街灯仿佛串联的明珠，一直绵延到远山尽头。

段白焰退后半步，突然单膝跪下了。

“嫁给我吧。”

长街灯光如流水，人潮嘈杂，灯光昏暗，仍然有人迅速认出段白焰。

刚刚离开的记者小姐闻风而动，又跑了回来。

姜竹沥愣了一下。

段白焰怕高架上的风太大，她听不清自己刚刚说了什么，他穿着她下午为他挑选的正装，单膝落地，郑重其事地从口袋里掏出戒指盒打开，重复了一遍：“嫁给我吧，姜竹沥。”

姜竹沥仍然有些晕，但她隐隐觉得，好像不该是这样的。

他们应该有一个更隆重的场合，她也应该有条更飘逸的裙子，然后化一个很漂亮的妆，他们在万米高空中接吻，他的舌尖碰上来时能品出巧克力的甜味。

他会在那时一手扣着她的腰，一手精准地将戒指推到她的无名指上，映着玫瑰、暖灯，暗香浮动，情潮涌动，头顶星辰万千，全世界寂静得只剩她和他。

每一个细节都庄重而认真，值得作为范本被记住。

而不像现在，她的裙子被划开一个角，膝盖也磕破了，长发被风吹得四散，凌乱地在空中飞扬。额头上贴着连简笔画都没有的愚蠢的米色创可贴，眼眶红成兔子，眼泪将落未落。

完蛋了完蛋了，姜竹沥绝望地想。

她还是想哭，他已经跪在她面前了，她还是想哭。

段白焰一动不动，耐心地等她回神。

记者小姐躲在身材魁梧的摄影大哥背后，举着相机“咔嚓咔嚓”。

围观的人群中终于有人反应过来，满脸惊喜，一边尖叫一边挥舞双臂：“段白焰！啊啊啊，段白焰！我有生之年竟然能目睹段白焰现场求婚，啊啊！”

姜竹沥眼睛发酸，却耳尖地听见响声，她瞬间回神，连忙有些仓促地点头：“好……好呀。”

仿佛再慢一秒，他就会被人抢走了。

段白焰微微松了口气，取下戒指，握住她的手，慢慢地将戒指往无名指上推。

“你……你之前还送过我一枚订婚戒指。”姜竹沥不大能分清这些戒指的具体用途，又很怕把它弄丢，之前索性串在了项链上。

突然想起这桩事，她作势伸手要去取项链，小声问：“那我现在是不是要把那个还给你？”

她太紧张了，段白焰拍拍她的手：“也留着。”

交警还在疏散人群与车流，高速路却不复刚刚的水泄不通，车辆已经开始缓慢地行驶。

出车祸的地方拉了防护带，他刚刚过不来，将车停在远处。

被阻隔带和交警拦在另一头的妹子们冲着他尖叫，他置若罔闻地牵着姜竹沥的手，拨开光影，穿越汹涌的人潮。

“这个真的不用给你吗？我有可是你没有，你手上会不会很空？”他配合她的脚步，走得不快，她不需要赶他的步伐，“而且，好多人在叫你，你不理理她们吗？”

段白焰听见她提别人，步子不自觉地一停，他转过来，对上她亮晶晶的眼。

她就站在他身后，眼睛带点水汽，映着万家灯火，干净而无畏，像一头小鹿。

夜风在两人之间来回游荡，他突然释怀了。

虽然她现在的样子有点狼狈，但她没有被他吓到，也没有再无意识地后退。

“你不用管她们，先在车上坐一会儿。”段白焰有些雀跃，低沉的嗓音又温和下去两个度，“我去跟交警说一声，嗯？”

姜竹沥“嗯”了一声，乖乖地被他牵着放上车。

他关上车门，忍不住在她头顶揉了一把。

段白焰转过身，夜风拂过，衣角划出漂亮的弧度。

隔着交警的隔离带，有女孩子将两手放到嘴边，大声问他：“段白焰！你真的要结婚了吗？”

段白焰脚步微停，破天荒地回过头，回了句：“是。”

姑娘们失望极了：“那我们以后是不是不能叫你老公了？”

段白焰非常认真地想了一会儿，认为答案显而易见。

“对。”他的声音不轻不重，万分认真地说出了和上次几乎完全一样的话，“所以，请大家脱粉吧。”

他比以前有礼貌很多，已经学会用“请”字了。

开车下高架，段白焰一直在思考，要怎么向姜竹沥邀功。

路灯光线一道一道地在车内掠过，她好像还没从刚刚突如其来的求婚中缓冲过来，低着头看着戒指发呆。

段白焰忍不住又在她头顶搓了一把，低声问：“回家吗？”

姜竹沥脸上浮现出肉眼可见的犹疑之色。

宴会厅离这里的车程不到一小时，他猜到了她的纠结："或者，去宴会厅看看？"

"会不会很麻烦？"

"很快的。"他抿唇，捞出一条毯子盖到她身上，"你先睡一会儿，睡醒了，就到了。"

姜竹沥原本不想就这么听话地睡过去，他刚刚求过婚，在她看来是完成了一件不得了的大事，她应该给他安抚和鼓励。

可他的音乐实在太催眠，她没话找话，问他那是谁的歌，然而还没记住他的回复，她就迷迷糊糊地睡着了。

段白焰乐坏了。

等姜竹沥重新醒来，他已经开车驶入庄园。

冬天刚刚过完，旧的已去，新的还未到来。

正是百花凋零、青黄不接的季节，他行驶在庄园大道上，她一睁眼，入眼的就是流动的银白月光，与漫山遍野盛放的红白玫瑰。

四下无人，玻璃花房的墙壁薄若无物，巨大的花田看不到尽头，在流水的月色下向视野尽头绵延。

姜竹沥揉揉眼，有些难以置信。她抬眼看他，他开车行驶其间，侧脸俊美，仿佛一位正衔着人类小娇妻优哉游哉返回城堡，打算大干一场的吸血鬼伯爵。

她的声音很温柔："我醒了吗？"

委婉的表达比直接的夸赞更加受用，段白焰的嘴角微动："喜欢吗？"

姜竹沥趴在窗户上，眼睛亮得好像盛着星星："喜欢，超级超级好看。"

于是他将车开得更慢。

这段路用于观景，本就很长，等他开到宴会厅，姜竹沥已经彻底对时间失去了概念。

关系最好的几位好友挂念她的安全，竟然还没有离开。

姜竹沥愧疚极了："对不起，给你们添麻烦了。"

"那怎么能怪你？怪撞车的人啦。"倪歌笑嘻嘻地说，注意到她手上的戒指，跳起来抱她，“祝你幸福呀，竹沥姐姐！”

姜竹沥拍拍她的头：“谢谢你，我会的。”

临走之前，倪歌指着投影，疯狂暗示：“你一定要看那个短片，一定要看。”

姜竹沥在车上睡了一觉，现在无比清醒。

送走他们共同的朋友们，她在宴会厅前排乖巧地坐下，按照倪歌的指示，关灯开投影。

段白焰拣了个盘子，坐在旁边给她剥螃蟹。

屏幕前光芒荧荧，他喂她一条腿，她也掰一半塞进他的嘴里。

短片披着穿越的壳，讲了一个青春故事。

精英男主事业有成、有车有房，追他的人排成长龙，但他始终独来独往，不愿意接受任何一个向他示好的女性。

他的心里住着一个忘不掉、拿不起的初恋，对方远在天涯之外，那段感情他和她都做错了，也谁都没有做错，然而他和她也谁都不愿意让步，谁都没有先低头。

在他二十五岁的圣诞夜，他被天选中，重生回了自己的十七岁。

姜竹沥一边啃螃蟹腿，一边中肯地点评：“这种白月光设定，要么是渣男回头，要么是女配打脸。”

段白焰：“……”

她睁大眼睛问：“你没有这么俗气吧？”

段白焰：“……”

黑暗中，段导“啪”的一声掰断了螃蟹腿。

影片中的男主一觉醒来，猛地抬起头，阳光层层筛落，耳畔书声琅琅，他坐在教室里，穿着夏季校服，竟然回到了高二。

他抬头露出惊愕的表情时，姜竹沥不自觉也跟着愣了愣。

这少年是段导自己演的，他同时担负导演和男主的角色，镜头传承了一贯的小清新风格，像自带滤镜的日系纯爱电影。

重点是，他穿回校服，细碎的刘海落到眉眼间，眉眼疏淡，眼瞳幽深，真的很像她记忆里的样子。

少年在课间惊醒，云里雾里的，像是还没完全睡醒，皱着眉拍他前座的女生，语气带着一贯的不耐：“喂，我这是在哪儿？”

女生转过来——

尽管有后期加持，但清晰度还是明显变了，十年前没有高清，她的脸不如男主清晰，十七八岁的模样，长相有些青涩，皮肤细腻，脸盘圆小，漂亮得恰到好处，不难看出日后美人的影子。

她在镜头里露出巴掌大的一张脸，眸如点漆，有些傲娇地小声嘟囔：“我认识你吗？”

姜竹沥惊了。

“我十七岁的时候怎么长这样？不是，重点是，你什么时候拍的？！这个剪辑，这个剪辑又是什么黑科技？！”

段白焰没有说话。

她记得这个剧情，那时段白焰刚刚转学过来，她死死记着新同学身娇体弱疾病缠身，见他偷偷出去，她亦步亦趋地在雨里跟着他走了好远的路，却只换回他一句冷漠无情的——

“关你什么事？我们很熟吗？”

她又不是没有脾气，第二天对着他诅咒似的小声嘟囔了一整天“我认识你吗”，像只耿耿于怀、又尿兮兮的肥啾。

姜竹沥心情复杂地看着屏幕。

剧情向后推进，二十五岁的男主角迅速接受了穿越的事实，用二十五岁的灵魂重新定义十七岁的自己，像所有的重生剧情一样，重新做了所有选择。

开完家长会，女主一个人坐在器材室背后哭的时候，他站在她看不见的地方沉默很久，仍然没有选择走过去，却俯身放了一包纸；谢师宴时，女主坐在席间状似无意一直拼命朝他偷瞄的时候，他没有再进行漫长的心理活动，而是直接朝她走了过去。

姜竹沥一开始觉得这种剪辑和错位新鲜又有趣，但她笑着笑着，慢慢就笑不出来了。

影片过半，男女主角没有任何实质性进展，因为他们从来没有真正“同框出现”过。哪怕是剪辑黑科技，也没办法把二十五岁的他和十七岁的她剪辑在一起。

他们隔着十年光阴，隔空对话。

盛夏时节酷暑难当，蝉鸣澎湃，如同涨潮时的海水。

他和她一起离开谢师宴的宴会厅，他走在前面，她像只小动物，亦步亦趋地跟在后面，将明未明，正要开口告白的瞬间，他先她一步转了过来。

“姜竹沥。”

二十五岁的段白焰穿着高中的校服，她觉得他有点老了，但眉眼清隽地扮作少年，仍然让人心动，也让人眼眶发热。

他先她一步开口，语气笃定，没有迟疑：“我喜欢你。”

二十五岁的姜竹沥坐在黑暗里，默默地想，如果那时他真的说这样的话，她大概开心得不知道如何是好，会扑进他怀里。

可是屏幕内，男主角话音一落，不等她抬头露出惊喜的表情，他就穿越回了二十五岁。

他睁开眼，看到的依然是空无一人的公寓。圣诞赞歌由远及近，城市的初雪落满街道，他只身一人，在脑子里一遍一遍、不受控制地回想他和她分手时的场景。

他茫然极了，不确定此前种种是不是黄粱一梦，一个人在天台枯坐到天明。

破晓时分，他喝完冰箱里的最后一罐啤酒，捏扁铝皮罐子，买了最早班的机票。

他去伦敦找她了，去找了她的老师，了解他们分开这些年的所有的事，读她读过的书，走她走过的路，吃她吃过的食物。

段白焰还在兢兢业业地剥螃蟹，但姜竹沥觉得她不能再吃了。

这个螃蟹坏掉了，这个螃蟹辣眼睛。

下一秒，她在屏幕里看到了二十五岁的自己。

她大概知道他那些素材是从哪里拍出来的了，她的爱人是一个变态，先前用熊恪的名字在她家对面买了一套房，镜头对准她的厨房，拍摄她做直播时的一举一动。

“你那时候在我家对面，支着摄像头偷窥我，”姜竹沥难以置信，“竟然还换了四个机位？！”

段白焰心虚地摸了摸鼻子。

他低声认错：“我的错，我以后不这样了。”

姜竹沥很想原谅他，可是接下来，她开始频繁地出现在他的镜头里。

他们一起参加综艺节目，一起爬山，一起滑雪。

他像是一直在奔跑，跑过互相错过的时间，穿透此前无法超越的天堑，打破彼此设防的间隔，就是为了跟她同屏出现。

姜竹沥的嗓子发干，她用力拧着螃蟹腿。

短片的最后一个镜头，女主没有露脸。

男主迟疑地问：“也许我们不是最合适的，为什么你仍然选择我？”

晨曦穿透天幕，女主沉默很久，笑道：“因为，我还是十七岁的我啊。”

这句话她没说过，是倪歌的配音。

可是姜竹沥听懂了，等她回过神，眼泪毫无征兆地流了满脸。

——我还是十七岁，喜欢你的我啊。

第十二章

领证领证

短片放完，屏幕暗下来，宴会厅内陷入沉寂。

月光穿过门户，风轻轻带起白色的窗帘，段白焰不太能分辨出姜竹沥现在的表情，有些犹豫要不要开灯。

她很久没有说话，他几乎以为，她为这些年来他断断续续的偷拍暴跳如雷，正在憋一个大招，以将他暴击出局。

“小白。”最先开口的依然是她。

她的声音发涩，转身钻进他怀里：“谢谢你。”

尽管这种结果也在他的预料之中，而且是最上乘的结果，但当它真正出现，他的脑子里还是不受控制地炸了。

段白焰抱紧她：“这是我们的。”

顿了一下，他说：“它不会公映，但它属于我和你。”

姜竹沥埋在他的怀里点头。

“你去伦敦，是去拍这个了呀？”她吸了吸鼻子，认真地说，“我原先以为，你去开重口派对了。”

段白焰：“……”

他垂眼，没什么威胁力度地掐住她的下巴：“我在你眼里到底是什么？”

她的下巴抵在他的胸口，眼睛亮得惊人，声音软而轻：“是段先生。”

段白焰眉梢一挑，眼中光芒渐暗。

他对这个答案不太满意，她不够坦白，又太过委婉，需要换个场合，才能说出他真正想听的话。

姜竹沥知道他又起了坏念头。

这人早年被哮喘折腾得太惨，而后一遍又一遍地得到医生“要多运动”的嘱咐，这些年来谨遵医嘱锻炼身体，体能比四年前有过之而无不及。

红晕从脖颈开始蔓延，姜竹沥推拒他的肩膀：“是个变态……”

段白焰憋不住地低笑：“我们来生个孩子。”

“现在不行。”

“为什么？”

她反问：“你为什么这么想要孩子？”

“我们从零开始，重新养一个小时候的你。她又乖又懂事又听话，你可以把她打扮成小公主。”他不解，“这样不好吗？”

“还有另外百分之五十的概率，我们会得到一个小时候的你。”姜竹沥提醒他认清现实，“他爱哭爱闹又脾气不好，我们从早到晚的工作只剩下哄他哄他哄他。”

段白焰：“……”

他怎么把这个忘了。

“你总是把我想象得很坏。”他恶作剧般低下头，封住她的唇。

“那……那当然……”

她死到临头还在嘴硬，脑子里循环往复地重播刚刚那部小电影，小声嘟囔：“我们又不熟。”

段白焰威胁：“再说一遍？”

“我们……”姜竹沥红着脸，声音带水汽，脚趾不自觉地蜷曲，几乎已经伏倒在他肩头。

她嘴上却还在幼稚地重复十七岁的台词：“我们认识吗？”

心满意足的伯爵大人带着他的小娇妻重游了一遍白天的玫瑰庄园，中午一起留在这里吃饭。

半私人的庄园对外开价高昂，客人很少，得益于此，姜竹沥有机会坐在半球形的竹藤秋千上吃午餐。

小桌设在围栏内，正对人工湖，近处花影重重叠叠，天光云影共徘徊。正装一尘不染的服务员微微躬身，耐心地为他们介绍菜品。

提到“姜小姐”，段白焰认真地强调：“是段太太。”

服务员连忙道歉，修改称呼。

等服务员走了，姜竹沥才踢他：“国家不承认。”

段白焰笑着捉住她的手，摩挲那枚戒指：“那下午就去领证。”

这当然是胡话，这天是周末，民政局不上班。

不过姜竹沥本来对这件事也没什么执念，提上日程之后，这只是时间问题。

比起小红本，她更在意前一天那个被弄坏的蛋糕。她在里面加了很多覆盆子酱，觉得可惜。

“我下午想回去重新做一个蛋糕，就是昨天那样的。”姜竹沥已经吃得半饱，叉子无意义地在牛排上划来划去，“但四层太多了，我们两个肯定吃不完，你觉得做个缩小版和减掉两层，哪个比较好？”

“做个缩小版。”他帮她把没吃完的牛排切成小块，“这样的话，我就可以发到微博上炫耀。”

他突然想到什么：“我还可以参与烘焙的后半程。”

如果她做直播，他就一次炫耀个够。

姜竹沥眨眨眼，为他的小动作而多吃了两块肉：“那烘焙的前半程呢？”

“前半程我不在，下午要先去参加个重口派对。”段白焰非常记仇，从善如流，“不过你别担心，派对很短，我会早些回来。”

为他这句话，姜竹沥重新开启了“甜药”的账号。

她要让那些天天吼着为段白焰痴为段白焰狂、为他撞大墙的妹子看看他丑恶的嘴脸，求完婚睡到手就立马翻脸不认人，当着未婚妻的面就敢宣称自己要去参加重口派对。

“大家下午好呀。”时隔几月重新站在摄像头前，她的脸没怎么变，身形更瘦了一点点，有种恍如隔世的感觉。

“很久没见面了，你们有没有想我？”观看直播的人数迅速上涨，姜竹沥笑吟吟地说，“我很想念你们，所以今天我们来做个蛋糕，回忆甜蜜时刻吧。”

“啊啊啊，甜甜！我以为你成为豪门宠媳之后，再也不做直播了呢！”

“我是被微博视频吸引来的，还是第一次在 JC 看小姐姐直播呢，跟在屏幕里看到感觉完全不一样，离这么近也毫无瑕疵，这什么神仙颜值？”

姜竹沥忍了忍，没忍住："因为我开了美颜。"

弹幕上飘过一片："哈哈哈哈哈。"

"不是说这个啦。"

那个妹子的弹幕颜色很显眼，耐心地等大家笑过了，妹子又说道："我是说微博上那个呀，那个《十年一瞬》的求婚视频。"

弹幕飘过几条："谁给我科普一下，我漏掉了什么？"

"昨天天桥上那个求婚吗？那个好糊，连脸都看不清的。"

"我好想知道她说的是什么，《十年一瞬》真的是神仙微电影无误了。"

颜色显眼的妹子又解释道："就是那个视频呀，我觉得小姐姐现在的长相比过去还要好看呢。"

姜竹沥愣了一下。

然而她还是决定，先把蛋糕做完。

做到一半，段白焰准时返回，推门而入。他把时间掐得刚刚好，洗完手跑过来帮她画奶油。

段白焰的身形高大，穿着高领的灰色毛衣，一点也不避讳平板电脑的摄像头，将她放在自己怀里，大手握着她的手，在蛋糕最上面挤出歪歪扭扭的笑脸。

弹幕一片尖叫。

一直到晚饭之后，姜竹沥才突然想起："昨天那个短片好像被发到微博上了。"

等她打开微博，微博已经炸开了锅。

不知道是谁发的，发酵速度飞快，转发和评论"噌噌"上涨，势不可当地朝热搜上冲。

评论区五花八门——

"所以段导结婚是真的，昨天那个天桥求婚也是真的，现在锁死跑不掉了。不过看样子这些素材应该准备了很多年啊，难道高中时就觉得一定会在一起吗？这是什么神仙爱情？"

"《论一个直男导演的浪漫》这个短片再一次证明了，小白的团队真的是百万配音千万剪辑，不管怎么样，还是祝福他们吧。"

“啊啊啊，我不承认！姜竹沥配不上我们小白！她配不上！@姜竹沥和小白分手了吗？”

“楼上？我还觉得大猪蹄子配不上我甜药姐姐呢，段白焰的女友粉是都有什么病？”

段白焰在脑海中飞快地进行回忆。

昨天在场的，除了相熟的朋友们，还有庄园的工作人员和一些不算太熟的明星。他没有明确地说禁止外传，所以，大概……

“算了。”他放下手机，懒得追究，“传就传了吧。”

经过最近的事情，段白焰整个人都“佛”了很多，没什么能比她还在他身边更加重要，他已经修炼成仙，外物都可以不予理会。

姜竹沥咯咯笑：“你现在就像一个行走的‘人淡如菊’表情包。”

他又开始脱她的衣服：“你试试看。”

“你今天下午不是才参加过重口派对吗？”

“我精力过人。”

折腾一宿，姜竹沥第二天也忘了这回事。

她大幅度地减少了网络社交，看不到微博评论。

三次元的生活并没有受到任何影响，反而很多老同学看到视频，发消息祝她幸福，拜托她婚礼时一定记得邀请自己。

在此之前，姜竹沥不知道她竟然被这么多同学默默记挂着，这种祝福给她带来额外的幸福感，每天都开心得冒泡泡。

然而“十年一瞬”还在继续发酵。

段白焰远远低估了自己的知名度，圈内明星的祝福一波接一波，几乎再一次带着微博的服务器驾鹤西去。

有网友调侃：“这可能是段导这辈子最温情的四十分钟。”

视频播放次数多了，有人眼尖地指出：“段白焰那时的拍摄手法和风格，都跟现在很不一样。”

他这么一提，竟然真的掀起一波阴谋论：“段白焰的父亲也是导演，你们还记得吗？他们以前的风格简直是一个模子刻出来的，只不过段白焰这些年风格变了，才慢慢从他父亲身上脱离出来。”

“哇，你们看过段白焰最早的获奖电影吗？那年头通稿不多也就他和他爹玩这套，简直全世界都把他吹成天才，可别瞎扯了，他的作品都不是自己的。”

“这真不是阴谋论，小段导的获奖电影到底是谁拍的至今是圈内十大未解之谜，也就仗着段导退圈早，死无对证。”

阴谋论发酵速度更快，于是一位影评人大V有理有据地看完整部片子，根据这四十分钟，分析出了段白焰作为一位导演的成长史。

他早年的镜头运用和聚焦视角跟现在很不一样，难得找到一个始终如一的参照物，对比度一下子明显起来。

大V摇头晃脑道：“天才选手早年虽然跟父亲的风格相近，但明显比父亲稚嫩得多。他的成长速度很快，你们不该因为这个就煽动阴谋论。”

于是段白焰的黑粉迅速攻陷了大V的微博，问他是不是收了钱来挽回段白焰形象，跟段白焰的粉丝吵得不可开交。

姜竹沥气急败坏：“这一代网民都傻吗？创作风格变化不是很正常的？！人连性别都能变呢，还不准变一变镜头方向？”

她在他的书房里看到过一摞一摞的笔记本，像每一位普通的编导生一样，段白焰也曾经整夜整夜地反复看剧拉片。

她能靠近他的生活，所以她很清楚，他的天赋是被雕琢过的，只是这种鬼斧神工的强大动力究竟来自哪里，目前尚未可知。

“不要看了。”段白焰看到的评论比她更多，拍拍她的脑袋，“没事。”

他和他父亲的争议由来已久，错过了当年的最佳澄清机会，现在解不解释都很尴尬。

所以他打算冷处理。

但姜竹沥很怕他不开心，她也是隔了几天，才知道他那天的“重口派对”到底是干吗去了。

他们远离人世、醉生梦死的那段时间，《止战》冲到了春节档前三。

余茵刚刚接手一档爆红的网络访谈节目，想借着这个由头采访他，他特地去见了她一面，当面拒绝，也当面道谢。

他的故事里有太多姜竹沥的影子，他想隐藏一些。

然而他的小姑娘，现在正在费尽心思地夸他：“你比以前温柔，温柔好多好多。”

“我以前什么样？”他玩她的头发。

“不管是哪路前辈、找你有多重要的事，只要你不想出席，就让助理打发。如果他们打你的私号，你就骂脏话。”

“……”

他对自己感到一言难尽：“那确实挺凶。”

“所以你现在特别好。”她小声说，“应该得到奖励。”

段白焰捧着她亲了一口。

她乖乖地趴在他的怀里，试探着问：“我们去领证吧？”

姜竹沥现在完完全全属于他，他找不到比现在更好的时候。

段白焰抱紧她：“好。”

领证的过程比想象中要短一些。

离开民政局，骄阳强光迎面打下来。

姜竹沥仍然像个不谙世事的小姑娘，嘟嘟囔囔地低着头翻备忘录：“我们一起去买菜吧，家里没有叶子了。”

段白焰没问家里的阿姨干吗去了：“好。”

“你前几天说你想喝什么汤来着？山药排骨还是墨鱼？”

他垂眼看她，声音很温和：“墨鱼。”

“那我们一起去买。”她的小指钩着他，走出去一段路，舔舔唇，“不行，我还是觉得渴，要不你在这儿等等我？”

她没头没脑地环顾一圈，指着路旁的小超市：“你想喝什么？”

从走出民政局开始，段白焰就有些无措。

口袋里的小红本发烫，他把她带到路旁的阴凉里，抿唇：“你等等我，我去买。”

他的脑子有些乱，直觉自己必须得做点什么，但具体要做什么，没有人教他。

拿着水从小超市走出来，段白焰抬头，一眼看见坐在树荫下的姜竹沥。

阳光透过巨大的树冠，光斑摇晃着下落，缀满她的裙摆。

她没有看手机，安安静静地坐在原地，专心致志地等他回去。

他突然想起那年他们去山上度假，爷爷到车站送他，旁敲侧击地问：“你跟那姑娘什么关系？”

他怕爷爷纠缠，答得特别敷衍：“朋友。”

“哪种朋友？”

段白焰顿了顿，说：“一起吃饭的朋友。”

他从来没告诉过姜竹沥，为什么那年灯谜会之后，他的愿望是“帮我打饭”。

离开爷爷后的这么多年，他独自生活，家里的饭桌没有父母没有亲人，永远空荡荡的，没有人陪他吃饭。

于是在他眼中，“吃饭”变得异常私密，也异常郑重，只有最亲密的人，才能一起吃饭。

他应该在很早很早之前，就希望她能成为家人了。

段白焰微微闭眼，叹息，然后走过去。

“竹沥。”他将水递给她，“是这个吗？”

姜竹沥点头，接过去。

她乖乖喝水，用余光瞄他。他的目光安静而认真，在她身上燃烧。

“是我的错觉吗？”姜竹沥眨了眨眼，“你最近笑得很频繁。”

他的手指在她的掌心打转，沉吟半晌，低笑：“多年夙愿了结，喜不自胜。”

姜竹沥不太明白，但她握住了他的手，小声说：“恭喜你。”

十指相扣，段白焰突然改了主意：“我们走吧。”

天空蓝得这么敷衍，那些事情继续冷处理下去，是没有用的。

姜竹沥的眼睛眨啊眨的：“去哪里？”

“去征战最后一个沙场。”

他握着她的手，回过身，郑重地看过来：“记得把手握紧一点，段太太。”

段白焰接下了余茵的访谈节目。

尽管对他的反悔有些意外，余茵仍然将他安排在了最前面。

姜竹沥忧心忡忡地抱着图拉，在他面前蹭来蹭去：“你一个人去录节目，真的没关系吗？”

图拉现在已经很乖了，虽然偶尔还会不轻不重地咬段白焰，但大多数时候，它已经愿意完完全全地向人类敞开自己柔软的小肚皮。

段白焰也趁机伸手戳戳它白色的肚肚："你在怕什么？"

"怕他们骂你。"她的声音很小，又很生气。

她这么直接，段白焰反而不担心了。

他低笑道："骂我也没关系，我脸皮厚。"

姜竹沥抱着刺猬球垂着脑袋，一副闷闷不乐的样子。

她在过去很长一段时间以为，段白焰完全不在乎外界评价，后来才慢慢发现，他不是不在意，只是不表露。

他们都是负能量多到能把地球引爆的人，谁也没比谁好到哪里去。

"我陪你一起去吧。"纠结半天，她想出一个办法，"如果有人骂你，我就帮你骂回去。"

段白焰差点扬声大笑。

他垂眼看她，搓搓她的发顶："录节目那天，你不是要回学校送蛋糕？"

"那种事情可以换别的同事去做。"

他微微耸肩："可你很早就说，想要回去参加一中的话剧节。"

一中每年的话剧节都很盛大，节日当天，学校向所有市民开放。

姜竹沥小声嘟囔："话剧节哪有陪你重要。"

段白焰有点后知后觉地想，原来正常人的恋爱，是这么个神仙谈法。

他俯身，轻轻捏捏她的脸："我不希望你因为这个有压力。"

"十年一瞬"也好，他的父子之争也罢，姜竹沥都不该被牵连，她是无辜的。

"竹沥，你我都放松一点。"他轻声说，"我们可以保持全程通话，只要你不挂机就好。"

姜竹沥低着头，有一下没一下地轻轻戳图拉的小肚皮。

"等录制完节目，我就去找你。"段白焰拍了拍她，"嗯？"

姜竹沥的眼睛这才慢慢亮起来。

"好啊。"

话剧节当天，学校内张灯结彩，校门口熙熙攘攘，保安在门前维持秩序。

姜竹沥出示工作证，大门给她开启绿色通道。

话剧开场是下午两点，这时候校内人还不多，老师和家长们忙前忙后，她一个人在校内散步。

教学楼下，橱窗里五颜六色，贴满各个班级演出的海报。姜竹沥的脚步一顿，想起很久很久之前，她也曾经踮脚，在这里贴过自己班级的海报。

她眨眨眼，按亮手机："小白，你记不记得？"

他果然秒回："嗯？"

"高中时，我们那届话剧节，年级组长要求我们自己写剧本。"往年对此不设限，可以原创、可以改编，也可以直接用商业剧本。到了他们那届，年级组长却有了新要求，要所有班级原创剧本。

"班主任找不到人接活，就把写剧本的事情交给了我。"

段白焰低声笑道："记得。"

姜竹沥的语文功底很好，但她从没做过相关工作。

班上唯一有剧组经验的人就是段白焰，她把嘴皮子磨破了，天天缠着求他出演求他帮忙看剧本，他死活不愿意搭理她。

她一本正经地说："你那时候真的超级冷漠。"

"对，所以为了报复我，你干脆把我写成了男主角。"他对往事如数家珍，"全剧四分之三的台词是我在说，大段大段的对白，连标点符号都没有，我就像一个没有冷却时间的豌豆射手。"

姜竹沥的脸红了，她是故意的，她一直以为他不知道。

姜竹沥无力地抗议："你摆出那种架势，我还以为你肯定不会演。"

高中时期的段白焰是实实在在的"离群索居"，他远离一切群体活动，借着生病的由头逃避体育课和运动会，从不下楼做课间操，但凡人多的地方，就一定见不到他。

所以哪怕他连话剧节也逃掉，她都不会感到奇怪。

那年三月初春，她和段白焰再一次谈判崩盘。她问了三遍"演不演"，分别得到的回复是"不演""你烦不烦""呵"。

姜竹沥沮丧得像一只可怜伶仃的土拨鼠，下晚自习之后，一个人拽着书包带子，踢着石子往回走。

她走到校门口，正打算拐进车棚取车，漫不经心抬起头的一瞬间，却在校史柱旁看到一个黑黢黢的人影。

阳春三月，樱花刚刚开始崭露头角，花朵向下垂。

明月东升，花影重叠，少年身形高大，半靠在柱子上。他微微低头，一手插兜、一手拿着打印稿，路灯的光芒昏黄笔直，灯光下的他俊朗高傲，又清俊锐气。

姜竹沥的少女心，在那一瞬间被击成了渣。

她知道他手里拿的是什么，两个小时前，她打印了五十六份，亲手在每个人的桌子上都放了一份。

那是他们班的舞台剧剧本。

后来姜竹沥回忆段白焰的高中时代，他永远沉默寡言又不耐烦，只有不经意间露出来的那张侧脸，是无比认真的。她借此评估他的性格，认定他骨子里必然是温柔的人。

这么一想，姜竹沥也凶不起来了。

但她仍然不明白："所以你当时，为什么突然想通了？"

"因为……"他声音低沉，笑意飞扬，最后一句话尾音拖得很长很长，"怕你哭啊。"

剧场内灯光渐暗，话剧节在一片掌声中开幕。

姜竹沥坐在台下，精神高度集中。

段白焰的节目不是录播，是直播。开始前她怕他分心，挂了他的电话，切换界面，进入访谈的现场直播间。

这个节目本来就很火，这次的嘉宾又自带流量，直播人数还在不断上涨。

"大家好。"主持人微笑，按照台本做简单的开场白介绍，然后邀请嘉宾出场。

他们从段白焰最近的作品《止战》聊到稍远一些的《青果》，绕了个很大的圈子，最后扯回最近很火的《十年一瞬》。

"听说这部微电影，是您拍给未婚妻的？"

"是求婚短片。"段白焰一本正经地纠正她，又有些幼稚地强调，"我成功了。"

“恭喜您。”主持人善意地笑，微顿后，委婉地旁敲侧击，“但网上最近有一些评论，说您早期的风格与现在大相径庭。”

弹幕唰唰唰——

“职黑今天不上班！我要把所有黑粉都压下去！”

“啊啊啊，神仙夫妻情由我来守护！@白竹鼠视频站。”

“小白今天真是窒息可爱，别怕，妈妈会保护你的！”

果然还是喜欢他的人比较多，姜竹沥偷偷想。

不过她的小白，确实很讨人喜欢。

“对。”段白焰不假思索道，“我早期受父亲影响很大，不夸张地说，那时候是他手把手地在教我拍电影。”

姜竹沥微怔，这是他第一次在公开场合提起他的父亲。

主持人也注意到了：“如果我没记错，这是您第一次主动提起父亲？”

“是，因为我们的关系很不好。”段白焰抬眼，“他和我妈妈离婚之后，用退圈和环游世界逃避现实，我认为他是一个懦弱的人。”

弹幕一片哗然。

段白焰平时很难搞，以往接受采访，不管对方抛出什么问题，他都能在三个字以内结束。

他头一次这么主动，弹幕也跟着沸腾。

“虽然他与我们今天的访谈主题没什么关系，但我猜很多人想听，我不介意把这些事告诉你们。”段白焰顿了顿，语气很平静，“我小学二年级那年发烧到四十度，父母忙着打官司没人搭理我，爷爷送我到医院时，已经心脏衰竭了。他们离婚后，我的哮喘变得很严重，不过他们都活得很好很开心，一个组建了新的家庭，一个环游世界去了。”

姜竹沥眨眨眼，有些后悔，她还是应该去找他的。这样，他录完节目，她第一时间就能扑进他怀里。

“所以，”段白焰说，“根本就不存在‘段导帮小段导拍片子，让他拿去参赛，并且获奖’这种可能性，我和我父亲已经快二十年没见过面了，我没机会见他，也不想见他。”

剧场里的光线明明暗暗，旧的节目谢幕，新的话剧登台。

主持人报幕的声音穿透耳机，听见这个名字，姜竹沥微怔，忍不住抬起头。

不知道这是哪个班级，选送节目竟然是《恋爱的犀牛》，那个著名的、讲述两个爱情偏执狂的、马路与明明的故事。

饰演马路的男生站在台上，进行独白："没有父母，没有朋友，没有家人，没有事业，没有人需要我。我的人生是零，是空落落的一片。你可以花钱买很多女人同你睡觉，同很多很多萍水相逢的女人发生关系，但你还是孤单一人，谁也不会紧紧地拥抱你，你的身体还是与他人无关。我觉得我就要这样一年老似一年。"

耳机里，主持人若有所思地说："所以小段导是因为想要脱离父亲的影响，才慢慢从他的风格里走出来，形成了自己的风格吗？"

"不完全是。"段白焰抿唇，摇头，"高中时，我是一个很自闭的人。直到《止战》之前，电影对我来说，都是安全区。"

主持人感到新鲜："安全区？"

"嗯。"

对段白焰而言，创作是把自己锁在玻璃罐子里，获取了一个绝对安全的世界。周边环境高度可控，没有风险，他坐在安全领域内，听外面的人为他喝彩，为他鼓掌，把他捧上神坛。

而他安静、不动声色地窥探外界，对他们进行评估，然后做出"值不值得"的判断。

主持人乐了："自闭也没什么不好，玻璃罐子让你创作出了很优秀的作品。"

"那是在遇见我太太之前。"段白焰平静地摇头，"遇见她之后，我发现隔着玻璃罐子，我永远无法与她拥抱，也无法与她亲吻。"

于是他决定走出来。

耳机之外，马路的声音陡然加重："直到有一天我看见了你，我觉得你和我一样孤单，我忽然觉得我找到了要做的事，我可以使你幸福。你是一个值得我为你做点什么的人……"

主持人笑了："你上这个节目，是特地来秀恩爱的？"

姜竹沥心里一紧。

“是，也不完全是。”段白焰的眼中浮起笑意，“但既然有人拿这个质疑，我就从头解释清楚。”

“你不希望别人质疑你？”

“我不希望别人影响她。”他轻声说，“她怕我不开心，我怕她因为担心我而不开心，多像一个绕口令。”

弹幕炸开了锅。

主持人的眼神渐渐变得羡慕。

姜竹沥握着手机，听到剧场里的背景音开始放合唱——

“你是不同的，唯一的，柔软的，干净的，天空一样的。

“你是我温暖的手套，冰冷的啤酒，带着阳光味道的衬衫，日复一日的梦想。

“你是纯洁的，天真的，玻璃一样的……”

主持人问：“所以，是她改变了你？”

段白焰陷入了沉默。

这个问题，他在离开学校很多年、吃了足够多的苦头之后，才慢慢明白。

电影让他越发自闭，可无法解释的是，他也越发怀念过去。

也许与少女柔软的身体无关，他怀念窗外的银杏树，怀念操场上整齐划一的动作，怀念他自以为讨厌的喧闹声，甚至是小池塘里冬日里日渐枯死的那尾鲫鱼。

等他站在年龄的分岔路口，回过头才发现，他唯一一次无法倒流的青春都和一个人有关。

在那个人眼中，他是可爱的，是值得被喜欢的。

“我爱她。”再开口时，段白焰无比笃定，“是她让我成为现在的我。”

他爱她。

这样确凿，无可指摘。

话剧接近尾声，观众们情不自禁地屏住呼吸，一片寂静中，歌词缓缓落下最后一句：

“阳光穿过你，却改变了自己的方向。”

姜竹沥握着手机，渐渐感到难以呼吸。

“如果有一天，我又走回原点。”段白焰语气平静，却很郑重，“一定是因为，我和她，谁也没能真正放下谁。”

耳机里的话音落下，剧场里安安静静的，尘埃迎着阳光飞舞，所有观众不约而同地沉默下去。

姜竹沥抬起头，暖色的光线透过窗格，落在舞台上。

她恍惚了一下，仿佛回到十七岁。

她被留下来打扫卫生，剧场里的人都走光了，只有段白焰还要赖似的坐在舞台上，抱手望着她。他的目光安静地穿过空气，自始至终，从一而终。

而她的声音破开时光，清清脆脆的：“你别坐着不动，好歹来帮帮我，我写的剧本得了第一，你不夸我就算了，怎么好意思让我一个人打扫卫生？”

他强调：“是我演得好。”

姜竹沥刚想反驳，他又轻声说：“我以后，会有一个更大的舞台。”

姜竹沥身形微顿，突然就不想反驳他了，因为她也这么觉得。

“你呢？”段白焰说完自己，又问起她，“你以后想做什么？”

——你以后，会成为什么样的人？

“为什么要想那么远？”姜竹沥乐了，开玩笑似的，顺着他的话茬往下接，“不过，如果有人愿意拍我的本子，以后做个编剧也挺好。”

“为什么没有？”

他语气慵懒地说：“我来拍啊。”

第十三章

十年一瞬

段白焰的访谈播出之后，《十年一瞬》又上了一波热搜。

虽然他对外界的解释并不能堵住黑粉的嘴，但他找到了一个控评的合理理由，削减姜竹沥的担忧。

与此无关的争论声被压了下去，剩下的大多是祝福——

“实名羡慕，超级想要这种校园爱情，呜呜呜。”

“满满的‘狗粮’冷冷地拍，不过话说回来，小白在这部片子里少年感也太足了吧！比他以往拍平面、宣传看起来都要幸福啊！”

“只有我一个人觉得剧情特别少女心吗？这部微电影以后会不会被扩成电影呀？我们有机会在影院看到它吗？”

段白焰其实很少上微博，但问他会不会拍电影的人越来越多，他只好统一回应：“暂时没有拍电影的打算。”

奇怪的是，宣布婚讯之后，他的粉丝一点也没有减少。

百分之八十的妹子被神奇魔力吸入了“白竹鼠荧幕情侣站”，这个转化率让他感到惊奇。

所以妹子们对撮合他们也非常积极：“那小白接下来打算干什么？专心生孩子吗？婚礼去哪举行？会直播吗？能微博抽奖抽两位锦鲤粉丝现场送祝福吗？”

他抿唇笑：“这个我说了不算。”

于是妹子们转移阵地，又跑到了姜竹沥的微博和直播账号底下，问同样的问题。

然而姜竹沥没看见。

她这段时间忙前忙后，正准备去参加文明城市代言人的颁奖。

“我第一次听说这个奖，还是好几年前，江连阙去领过一次。”段白焰主动帮她找衣服，“那时候觉得这个东西特别蠢，但轮到你去领，我就不这么觉得了。”

姜竹沥没太听清他说了什么，她起床起晚了，在衣帽间跳来跳去：“你看看我的黑眼圈，都怪你！”

姜竹沥腰肢纤细，她这么跳来跳去，他真怕她脚底一滑就一头栽倒。

“慢点。”段白焰主动伸手扶住她，顺势捞过来亲一口，“那你再睡会儿。”

她没把他的话当真，躲开欲求不满的段导，从床头捡起昨夜幸存的衣服：“回来再睡，你送我去颁奖会场吗？”

“当然。”他说，“这是丈夫的义务。”

那妻子的义务是什么？

直到坐进会场内，姜竹沥还迷迷糊糊地想这个问题。

颁奖仪式并不长，代言人有七八位，她全程心不在焉。

倒是在座有一位携妻子到场的抗癌老中医，有理有据地说了很多，像是做宣传也像是秀恩爱，把她听得一愣一愣的。

段白焰戳戳她，在她的掌心挠来挠去，低声道：“等我们老了，我带你去所有导演奖的颁奖现场秀恩爱。”

姜竹沥被逗笑了，神情舒缓下来。

仪式很快结束，姜竹沥和段白焰不赶时间，想等别人先离开。然而眼看着会场里的人都走完了，他们两人慢悠悠地晃到楼梯口，楼梯口竟然还聚集着一大群人。

谢勉站得笔直，被一群记者围着。

“你今年只有十二岁呀？”一个电台记者拿着麦克风，问他，“你还在上小学，却被评为今年的代言人，你认为自己应该得到这个奖吗？”

姜竹沥皱了皱眉头。

谢勉虽然年纪小，星级志愿者的等级却很高，这次又被评进了文明城市代言人，身上自带新闻点。

然而这个说法带攻击性，问题不该这么问。

她刚想上前，被段白焰拽住。她回头看，他点了点头："看他怎么说。"

其他记者也跟着屏住呼吸。

"我认为应该。"谢勉不卑不亢、不疾不徐地道，"明里市有很多志愿者，我不是志愿服务时间最长的，也不是付出精力与资金最多的，但我和我的妈妈在志愿者和被支援者之间搭建了一个平台。"

"这个平台很重要。"他的声音清亮，"有了这个平台，我被评为代言人之后，就能带动更多的人来关注公益。如果他们投身进来，就能帮助到更多需要帮助的人。"

一群记者鸦雀无声。

姜竹沥有些惊讶。

"谢勉真棒。"她由衷地夸赞，"我在十二岁的时候，一定想不到曲线救国。"

段白焰搓搓她的手："下一届段公主，肯定会比他更聪明。"

姜竹沥犹豫片刻，又摇了摇头："如果是我自己的孩子，还是傻一点吧。"

活得聪明太辛苦了。

"没关系。"段白焰一边牵着她向前走，一边说，"怎么样都很招人喜欢。"

姜竹沥刚想开口，谢勉若有所觉，抬头朝她打招呼："竹沥姐！"

她抬起手，正要挥手，一阵剧烈的眩晕冲击而来。

"竹沥！"

昏过去之前，她听段白焰这么喊。

姜竹沥昏迷的时间非常短暂，几乎是段白焰拉住她的下一秒，她就醒了过来。

"我真的只是、只是头晕了一下。"他沉着脸把她抱上车，她心里泛暖意，又怕他太担心，"你不用这么着急。"

"那也要去检查。"段白焰帮她扣好安全带，"你还有别的地方不舒服吗？"

"别的地方？没有了吧。"

"好好想。"

"……"

姜竹沥有些无奈，只好努力掰着指头数："特别困算不算？我感觉最近越来越嗜睡，以前不睡午觉也不会觉得很困，但现在不睡不行。而且，明明夏天还没到，气温也没升高，却不怎么想吃东西，总觉得没胃口，还有……”

说着说着，她突然停下来。

段白焰一开始还一脸严肃地“嗯”“继续”地应声，她话语骤停，他奇怪地问：“还有什么？”

姜竹沥不说话了。

段白焰突然意识到什么，来不及多想，连忙将车停在路边。

阳光透过树影罅隙，穿透车窗，斑驳地落在两人身上。

他看看她的肚子，再看看她；看看她的肚子，再看看她。半晌，他犹豫着问：“你会不会……”

他把她怀疑的问题说了出来，她一阵抓狂，差点拔刀：“不可能吧，我们明明做了措施啊！”

“那措施本来就不是百分百靠谱。”

不管怎么说，两人还是要先去医院。

去医院的这段路，姜竹沥平时上班也会经过，却从没像今天一样，觉得它这么漫长。

段白焰沉默了一会儿，试探着叫：“竹沥。”

“……”

“如果真的那个，你生吗？”

“……”

姜竹沥想喝口水冷静一下，拧啊拧，半天拧不开矿泉水瓶。

段白焰连忙接过来：“我来。”

他把水递到她手边，她沮丧得像只被雨淋湿的猫：“我不知道该怎么对待他，我们必须对他负责。”

坦白地说，这也是她焦虑的一部分。

段白焰沉默着，将车停在医院停车场，往常都是家里司机带他来医院，他很少独自开车，找不到空位，绕了很多圈。

他牵着她上楼，帮她找到一个没人的座位，想就地将她放下：“你在这儿坐一下，我去帮你挂号，嗯？”

“你休息一下吧。”姜竹沥把水递给他，小声说出一直以来的猜测，“小白，你是不是仍然在担心，我会临阵脱逃？”

她的前科太多了，人格结构不是一朝一夕能改变的，或许他骨子里也没有信心。

段白焰没有说话，仰头喝水，喉结滚动。

“没有用的。”她像只不谙世事的小动物，一脸认真地主动指出，“如果我想逃离这段关系，就算我跟你结婚，把孩子生下来了，也照样会跑的。”

段白焰：“你刚刚才说，我们应该对他负责。”

“所以别生呀，不生就不用负责了。”

“……”

“小白。”她一本正经道，“你自信一点，我超级爱你，不会逃跑的。”

——所以你也没有必要，非得拿孩子来拴住我。

段白焰握着水瓶，沉默了一会儿。

“竹沥，你有没有听过一句俚语？翻译成中文，意思就是，我愿孤注一掷，也愿为之付出，不诉痛楚。”他转过来，医院走廊上铺开夕阳的光，映得他眼底也一片璀璨，“你大概不知道我多喜欢你，也是，我从没告诉过你，我是个不会说情话的渣男。但如果要我用一句话表达我的想法，大概就是这样。”

姜竹沥的心跳加速，她忍不住握住他的手。

“我在过去很长一段时间里，像你一样，也觉得自己这一生没有别的可能性了，我好像天生不具备爱别人的能力。”他轻声说，“我总怀疑自己会孤独终老。”

很长一段时间里，对他来说，爱是拥有、是占有、是不放手。

他从没想过会因为一个人，爱上人间。

姜竹沥的眼睛一眨不眨地望着他。

“你很担心我们没办法好好爱他，我知道，也能理解。”他回握住她，捏捏她的手，“但我们这种担忧没有尽头，你总有一天要下定决心。”

下定决心走出去，离开玻璃罐子，接受新的成长。

姜竹沥想了很久。

日暮时分，晚霞铺满天际，凉风和暮色浸染天空。

“如果是一个女儿，”许久，她轻声说，“我要培养她做一个作家。”

然而没有女儿。

段白焰的信仰崩塌了，他握着医生的手，再三确认："真的吗？"

医生遗憾道："真的。"

"儿子呢？"他不甘心，"男孩子也可以，男孩子也很好啊。"

医生："不是性别问题，您太太没有怀孕。"

医生补充："但她确实太累了，不管是白天的事还是晚上的事，都应该节制一点。"

"谢谢医生。"太丢人了，姜竹沥只想赶紧溜，"我们走吧，小白。"

段白焰不想接受现实："可是医生……"

"走吧走吧。"姜竹沥的耳朵通红，她超级超级小声地在他耳朵边说了一句，"实在想要的话，我们可以现在回去造一个。"

段白焰一听这话立刻就精神了。

他们向医生道过谢，十指相扣地走出诊室。

夕阳的影子投射到地板上，两条无形的尾巴勾勾搭搭地结成一个爱心。

"喂，我说你们两个，如果备孕的话……"医生早年看过奇葩新闻，大概是觉得这对年轻的小夫妻也长得很愚蠢，又极其好心地吊着嗓子，提醒了一句，"就记住，不要避孕了啊！"

回去的路上，段白焰脸上的笑挡都挡不住。

姜竹沥脸红成了番茄，懊恼地推他："你还笑！"

"我怎么不能笑了？"

"我又没怀孕，你开心什么？"

"虽然现在没有，但很快了呀。"说完，他又傻乐起来，在脑子里幻想自己可爱动人、会追着她喊爸爸的软绵绵的小女儿。

他的心态可真好……

姜竹沥见他没有失望、没有难过，也跟着放松下来。

走出去一段路，段白焰突然想起什么："你没有反悔吧？"

姜竹沥乖巧地摇头："没有。"

他松一口气："怎么突然想通了？"

"因为被人告白了呀。"姜竹沥有些狡黠地眨眨眼，睫毛上的金光抖落，

“别笑话我，这至少证明一件事，你不是为了睡我才哄我。”

段白焰一直不明白，她到底把他想象成了什么魔鬼：“你可真是个逻辑鬼才。”

“你刚刚在医院里，”姜竹沥被逗乐，“说的都是实话？”

“嗯。”

“那你喜欢我，是不是比我喜欢你要早？”

段白焰顿了顿，含混道：“也许吧……”

他一直以为自己是因为撞见她哭、认定她是同类才动心，然而现在想起来，他第一次动心，明明能追溯到他们初次见面的时候。

他清晰地记得，那天他第一次去一中，熊恪帮他提着书包，送他下车。

外面雾气蒙蒙，他忍不住将手伸出伞外，惊奇地发现，天上下的不是雨，竟然是红线。

他满心好奇地跟熊恪告别，踏上学校的楼梯。密密匝匝的红线里，视线逐渐开阔，慢慢地由远及近，红线中走出一个神奇的姑娘。

姑娘长得白净秀气，个子矮矮的，衣服都湿了也看不见胸，活像一个小可怜。

但小可怜也是可爱的，因为她元气满满又难掩尿气地喊着要保护他，他一边在心里不屑地想着“我可是宇宙暗黑破坏王谁保护得了我”，一边口嫌体正直地被死死困在那场红线雨里，再也没能走出来。

“我那时候想……”

云朵在天边散成鱼鳞状，光影越发柔和，像文艺电影温柔的开场。

段白焰顿了顿，转过来望着她：“这个人，就是这个人……

“我未来的一生，都要与她有关。”

火烧云的光芒映在他的脸上，眼中光芒流动，他好像一个从来没有受过伤害的纯良少年。

姜竹沥心下一动，突然又生出想哭的冲动。

然而她抬起头，还是想笑给他看，表情在光线中一寸寸绽开：“既然你跟我讲俚语，那我也送你一个故事。”

“小时候没人陪我玩，我没事干就拼命读童话书，有一次，读到一个狮子和女孩的故事。”

“狮子对人类女孩一见钟情，女孩对它说，你要扒光尖牙，不然当我们亲吻时，你的牙齿会弄伤我；你要剪去利爪，不然当我们拥抱时，你的利爪会割破我。”她吸了吸鼻子，“狮子毫不犹豫地照做了，敲掉尖牙，剪去利爪，放弃了一切，来爱它爱的那个姑娘。”

段白焰静静地望着她：“嗯。”

“结果，女孩和她的父亲见狮子没了尖牙和利爪，立刻用棍子把狮子打跑了，狮子再也不敢来。”姜竹沥小声说，“我觉得狮子特别可怜。”

段白焰赞同：“这不是童话，这是聊斋。”

“对，我小时候就一直在想，如果是童话，那它应该这么写，”她转过来，眼中熠熠生辉，“在狮子打算敲掉利齿的时候，少女亲吻它，说……”

她凑上前，捧住他的脸。

他垂下眼，在心里默默地想，夕阳太漂亮了，他的小姑娘漂亮得好像一座宝藏。

“我爱你，什么样子的都爱。”而现在，他的宝藏认真地捧着他的脸，声音柔和而坚定，“我爱你，是因为我爱你，不是因为我期待你。”

段白焰只恍惚了一秒。

她就微微合眼，朝他吻了过来。

他吻了她那么多次，她的技巧丝毫不见长进，两只手按着他的下巴。

段白焰忍不住想，如果爱情的样子可以被描摹，时光就应该停在这一刻。

这些年来，她包容他的棱角，他妥协她的个性。

他们经历过恋爱、矛盾、争吵、分离、重聚，最后仍然能够互相理解，相爱的程度不减当年，这才是最好的时刻。

他抱住她的肩膀，也开始回吻她。

唇齿辗转，他的灵感大爆发，突然想到什么，他微微从她唇上撤离：“我现在突然想到《十年一瞬》该怎么拍了，我们的故事真的集结了好多元素，有玄幻，有爱情，有重生，还……”

姜竹沥放开他，表情恶狠狠的，眼神却带着委屈：“你能不能专心点？”

她很少主动吻他，他稍稍分心，她的信心就溃不成军，红着眼角指责他：

“段白焰，你什么时候变得又骚又皮？”

“这也是我们的事呀，怎么能算分心？我连主题曲都想好了，就写我曾……嗯，你亲就亲别咬我……”

天边霞光粉得好似少女的面颊，天空被城市灯光浸染，漫天彤云似金光初开。

唇齿辗转，姜竹沥迷迷糊糊地竟然也开始想那首歌。

她觉得，她知道他想说什么。

——我曾拥抱太阳，也曾一吻到天荒。

第十四章

婚礼迟信

从中学时代起，姜竹沥就很喜欢海，所以她憧憬海边的房子，也憧憬海岛婚礼。

然而前一晚操劳过度，从转机之后到巴厘岛的这一路上，她都不怎么想跟段白焰说话。

段导殷勤极了，一会儿倒水，一会儿盖毯子，如果不是安全带拦着，他甚至想把她放在自己怀里亲亲抱抱。

姜竹沥半醒半睡，小声地拒绝："你别动我。"

她一边说着，一边抬手拍他，明明没怎么用力，落下去却是"啪"的一声脆响。

段白焰的皮肤白，一拍就迅速浮起一团红晕。

他说："你打我。"

姜竹沥捋开袖子伸出胳膊："让你打回来。"

段白焰垂眼，长长的睫毛压下去，他来回观察并对比她和自己的肤色，沉吟片刻，低头在她的胳膊上吻了一下："还是你比较白。"

他的唇很烫，印上来痒痒的，姜竹沥想把胳膊收回去，却被他按住。

"等飞机落地。"他低声说，"我还有别的礼物要送你。"

姜竹沥瞬间清醒："还是不要了吧……你昨晚送我的可不止一个亿。"

段白焰微怔，轻咳："不是那个。"

他说："我送你一个婚礼上才能送的东西。"

两人提前抵达巴厘岛，第二天晚上，要先举行一场欢迎晚宴，欢迎亲朋好友们的到来。

晚宴上觥筹交错，陈塘也没有缺席，笑吟吟地走过来跟她碰杯：“小师妹。”

她笑着打招呼：“师兄，你一个人来的？”

陈塘嫌弃地说：“你们这种人，自己脱单了，就恨不得给身边所有的朋友都介绍对象。师兄一个人很快乐，师兄一个人巨开心。”

“我的意思是，小白圈子里的小姐姐们，颜值都很高。”她说，“这么棒的社交场合，不打算顺路交个小女朋友？”

她这么一说，陈塘突然想起来：“颜值高的小姐姐我没见到，但我见到一个颜值高的小哥哥。”

“哈？”

晚宴在海边的一家酒店举行，会场是半开放式，他们此刻站立的地方靠近外沿，夜色沉寂，头顶撑着巨大的紫藤萝花架，花朵在四周热烈地开成瀑布，花瀑布外灯影摇晃，浪花拍岸。

陈塘环顾四周，目光顺着花架滑过，在花架尽头看到一个颀长的人影。

那人个子很高，背对着这边，姜竹沥看不清他的正脸，只能辨认出他骨架宽大，不像传统的东方人。

“就那个人，我们刚刚说了几句话。”陈塘摸摸下巴，问，“他是谁？”

姜竹沥摇摇头：“我也不认识，大概是小白的朋友。”

“我跟他聊了几句，他说他很不喜欢段白焰的电影，还写过很多文章声讨段白焰，在文中指控他过于冷酷。”陈塘晃了晃酒杯，笑得不怀好意，“所以我觉得，这人应该是个好人。”

姜竹沥的脑袋上缓缓浮现出一个问号。

她还想开口，就见段白焰跨出大厅，朝着那个人走了过去。那个大个子转过来，手掌落到段先生的肩膀上。

她心里一紧，以为这两个人要打起来，结果段白焰竟然只是神情别扭地和对方打了个招呼。两人交流了几句，就一起其乐融融地回了大厅。

姜竹沥：“……”

看起来好像还挺和谐的。

花架下灯影幢幢，段白焰带着大个子友人绕了一圈，四处寻找，这才找到藏在花海里的姜竹沥。

段白焰带着大个子友人走过来："向你介绍，这是我太太，姜竹沥。"

段白焰用的是英文，姜竹沥抬起头，确认自己之前的猜测。大个子先生长着一双蓝色的眼睛，漂亮得像晴天的海面，他确实不是一位华人。

"蓝眼睛先生"很有礼貌地笑着向她打招呼。

姜竹沥连忙回礼，打完招呼，又立刻想起："请问您怎么称……"

"他不必有姓名。"段白焰打断她，"哼，我的黑粉，要什么名字。"

这句他用的是中文，然而"蓝眼睛先生"听懂了，还哈哈大笑。

听段白焰叙述完前因后果，姜竹沥才知道，原来当时网上那个帮段白焰澄清的大V，就是这个"蓝眼睛先生"。

不过……

当初在电影节上批评段白焰，气得小段导当着全世界的媒体把麦克风砸了出去，并且在会场外与人扭打，直至两人双双摔进喷泉的人，也是他。

"我所说的，都是我认定的事实。""蓝眼睛先生"耿直地解释，"小段导冷酷无情是真的，但他在父亲的事情上清清白白，也是真的。"

段白焰冷笑。

姜竹沥哭笑不得，又觉得这两个人有点可爱。

他说完这句话，陈塘眼里冒起绿光："你这个两点论很有前途啊。"

"蓝眼睛先生"不太能理解"两点论"，有些茫然："什么？"

"就是……"段白焰的眼神凉凉地扫过来，陈塘不理他，拽着"蓝眼睛先生"往另一个方向走，"从你们的角度理解的话，它的意思大概是指，一件事物像硬币一样有两个面……"

两个人的声音渐渐远了。

海风扑面而来，姜竹沥愣了两秒，笑吟吟地握住段白焰的手："小段先生，我们也出去散散步吧。"

段白焰沉默地颔首。

两个人沿着海岸线往前走，沿岸的沙子很细，姜竹沥脱了鞋拿在手里，追逐不断变幻的海浪。

段白焰伸出一只手牵着她，将她扶稳。

夜色浓稠，走出去没几步，姜竹沥隐隐约约看到前方不远处，两个渐行渐近的人影。

她愣了愣，揉了揉眼，语气犹豫："小白。"

"嗯？"

"前面那两个人……是西西和熊恪吗？"

熊恪沿着海岸，大跨步地往这边走着。

他跨的步子看起来很大，但速度慢得要命，程西西穿着一条蓬松的小白裙子，提着裙摆在后面追，没几步就追上了。

下一秒，姜竹沥清晰地看到，程西西笑嘻嘻地握住熊恪的手。

而熊恪没有放开她。

开始筹备婚礼之后，姜竹沥没怎么见过程西西。

小闺密上一部网剧小爆一把，资源突然好了起来，每天忙得脚不沾地。

在确认姜竹沥安全无虞之后，程西西安安心心地把她放在了段白焰的狼宅子里，没再怎么管过她。

所以姜竹沥竟然都不知道……

"他们现在已经这么亲密了吗？"她眨眨眼，嘟囔着握住段白焰的小指，"我们不要回去了？"

段白焰没有意见，两个人并肩往回走。

姜竹沥的视线里浮现出酒店影影绰绰的灯影，脚边浪花推土机似的来来去去，头顶满天繁星，她突然有些感慨："我们明天就要结婚了呀。"

他强调："我们已经结婚了。"

姜竹沥笑着推了他一下，正欲开口，段白焰突然捂着胸口躬下身。

一切来得猝不及防，她短暂地愣了半秒，飞快地扶着他就地坐下，把他的口袋上上下下翻了个遍。

都没有药。

他被她提醒了太多遍，出门不再作死，乖乖地把药放在每一件衣服的口袋里，可是刚刚出门散步，他没有带外套。

段白焰一手扶着姜竹沥，另一只手死死地扣住自己的喉咙，手背上青筋突起，嘴唇迅速泛紫。

“小白。”酒店离这里并不远，姜竹沥努力让自己冷静下来，她不确定他现在能不能听清她在说什么，“我回酒店给你拿药，你就在这儿等等我，可以吗？”

段白焰的额头上迅速凝聚了巨大的汗珠。

他的病没有小时候那么严重了，尚且有缓冲的时间，只不过说话仍然断断续续的：“我没……没事，你去……”

姜竹沥来不及多想，攥住裙摆，飞快地跑到酒店，又飞快地跑回来。

等她回来，段白焰已经被熊恪放倒了，熊恪用四十五度的角度撑着他的背，像过去十几年一样，将药按到他的鼻端。

浪花拍打着礁石，气势汹汹的。

段白焰满头大汗，呼吸逐渐平稳下来。

姜竹沥连忙从熊恪怀里接手段白焰，把他放到自己怀里。

“段导。”程西西攥住大熊先生的手臂，眼睛紧张地眨啊眨，“你现在好点了吗？”

段白焰平复呼吸，顿了顿，哑声道：“没事……谢谢你们。”

然后他安抚般握住姜竹沥的手。

“刚刚好危险。”程西西以前没见过他犯病，小声问，“哮喘治不好吗？”

“理论上来说，早期是可以的。”熊恪看了她一眼，低声解释，“但小少爷错过了治疗的黄金期，只能靠药物控制。”

姜竹沥没有说话，撑着段白焰，默默地帮他按摩后背。

然而程西西的关注点已经开始跑偏：“你为什么总是叫段导‘小少爷’？”

熊恪难以接话，她却很认真：“我跟你说，你可能不知道，这个称呼很封建的。”

程西西思考片刻，又壮着胆子好奇地问：“你是不是还管段爷爷叫‘老爷’？”

熊恪僵硬地保持着刚才的姿势，头顶冒出一个巨大的感叹号。

气氛突然轻松下来。

段白焰短暂地休息了一会儿，带姜竹沥返回宴会厅。婚礼前一晚新郎新娘不住一起，欢迎晚宴结束之后，她要跟父母下榻另一家酒店。

车停在门口，明叔叔和母亲已经在车上等候。

姜竹沥走出去几步，又不放心地跑回来，敲敲段白焰的车窗。

司机降下车窗。

“小白。”

段白焰抬起眼：“怎么了？”

“我跟你一起走吧。”姜竹沥的两只手抠在门上，提议，“等到清晨，再偷偷从你的住处离开。”

他的父母都太不靠谱，熊恪现在又不在他身边，她担心他半夜犯病，身边连一个能照顾他的人都没有。

段白焰微怔，觉得她像是举起加农炮，往他的心脏开了一炮。

他捂着自己稀巴烂的小心心，打开车门，让她坐上来：“你坐下说。”

“我想来想去，还是不放心。”姜竹沥钻进车后座，担忧地摸摸他的额头，“万一你晚上犯病，身边有个人会好很多。”

段白焰看着她，心情有些微妙又有些复杂，一时间不知道该怎么回应。

“你是不是喝了太多酒……”她低着头，捏着他的手碎碎念，像个唠叨的小老太婆，“还是因为在海边吹了冷风？也可能是穿得太少了，等回到酒店，我给你煮一点热热的东……”

段白焰垂眼看着她，毫无征兆地吻了上来。

她的眼睛突然睁大。

浅尝辄止的一个吻，他的唇像一片羽毛，从她唇上离开，又在嘴角碰了碰。

“你太好看了。”段白焰离她很近，解释道，“我忍不住。”

姜竹沥的眼睛睁得很大。

“比起父母……果然还是这个病更折磨人。”他叹息，“疾病才是最消磨人意志的东西。”

少年时代大量的检查与药物治疗，把他骨子里的温情都消磨掉了。

“但我还是很幸运。”他的声音很轻。

顿了一下，他转过来轻拍她的手：“我没有你想象中那么脆弱，如果半夜发病，我会第一时间叫前台服务。”

姜竹沥还想说什么。

“竹沥。”他低头，唇在她的手背上一碰，“给我一个机会吧。”

“让我给你一个完整、完美的婚礼。”

姜竹沥失眠了，回去之后，她给段白焰发消息，如果身体状况不佳，婚礼时间再往后推一推也可以的。

可他在这件事情上意外地固执。

她昏昏沉沉的，这一晚几乎没怎么睡，一大早就被捞起来化妆、换衣服。

礼服是定制的，来自一位很难预约的设计师，白色的大裙摆，大刀阔斧的剪裁，细节处精致又可爱，穿起来大方漂亮，是她和他都喜欢的类型。

婚礼的过程太烦琐，踩吉时、敬茶，姜竹沥按照流程走过一遍，最担心的还是段白焰的身体状况。

一直到车上，只剩他们两个人，她才觉得自己重新活了过来。

“段先生。”姜竹沥像模像样地压低声音，不安分地去拽他的手指，“你今天的身体还好吗？”

段白焰的眼里浮起笑意：“你说呢？”

他穿着高定正装，西装挺括，看起来很精神，其实他也一宿没睡。

说不清是兴奋还是别的什么，他靠在床上翻自己搬家换婚房时找到的、以前的旧信封，不知不觉就看了一整夜。

“我觉得我很好。”段白焰说着，指尖落到她的眼角，“但你看起来有些困。”

眼睛外围能靠化妆补救，眼睛里面却不能。

她眼里的疲惫泄露，有些不自在地将视线转移开，她小声嘟囔：“结婚太麻烦了……”

“嗯。”段白焰赞成，“这辈子就这一次，以后再也不结了。”

举办婚礼的地方靠近海边，姜竹沥和段白焰亲手计划了婚礼的每一个部分，整体风格偏森系，选用的糖盒是卡通造型，一只陶瓷松鼠和一只陶瓷大尾巴狼。

请柬和签到台的方案拗不过段爷爷，最后还是选定了他之前的设计，段白焰不死心地在内页加了两个浅浅的手绘动物影子，封面下方写着一排小字——关于一只松鼠和一匹狼的故事。

程西西拿到请柬时，曾经大笑："太可爱了！"

真的置身场内，姜竹沥又有些紧张。所有的目光凝聚在她一个人身上，她每一步都走得很小心。

直到段白焰牵住她的手。

他的手很热，姜竹沥的耳尖发烫，她突然听不到司仪在说什么了。

像之前安排好的那样，他们逐一进行婚礼环节。

父母的致辞被缩短了，司仪干脆额外给段白焰预留出一个小小的发言环节。他看起来心情很好，春风得意，仪表堂堂，仿佛还是少年模样。

段白焰接过麦克风，朋友们都不约而同地屏住呼吸，听他说。

"我原本准备了很多话，很长的腹稿，但是现在……"他拿着麦克风，目光若有似无地在姜竹沥身上扫过，她安静地望着他，腰肢被礼服勾勒得很细，眉眼弯成月牙状。

"你站在我身边的时候，我背的稿子全忘了，想先讲一件旧事。"

即使拿着麦克风，他的声音也不大，声音低沉，像一位诉说心事的少年。

"我高中的时候，有一年，你过生日，当时我们流行在班上传那个信纸……传着写祝福语，最后一个传到我，但是我不在。"

姜竹沥眨眨眼，立刻想起来了。

就是那天她气鼓鼓地发消息威胁他，要去告诉老师，他回了一句："我跑着，来追。"

"其实我当时……"段白焰顿了一下，"是给你写了祝福语的。"

姜竹沥的眼睛一亮。

"我单独找了一张信纸，没跟其他人写在一起。"他说着，还真的从口袋里掏出一张边缘泛黄却保存得很好的信纸，"只是后来，因为种种事情没能给你，拖到现在。"

姜竹沥小声地接话："因为你是个超级别扭的人。"

段白焰含笑睨她一眼："我现在读给你听。"

满座宾客屏住呼吸，四周安静得落针可闻。

“姜竹沥。”他声音柔和，“没想到你这么快也要十八岁了，这两年我看你喝了很多牛奶，偶尔还偷偷吃木瓜，但是多么遗憾，你依然没有胸。”

席间传出低而细碎的笑声，笑完之后，又被小段导二十五年来从未有过的真诚感动。

姜竹沥好气又好笑，很想当着这么多人踢他一脚。

下一秒，他说：“但没有胸也是好的，你的可爱并不会因此减少，何况你的青春期已经快要过去了，不必频频为此烦恼。胸小能减少很多疾病，说到疾病，我被顽疾困扰了很多年，你大概也了解一些，疾病令人痛苦不堪，希望你永远没有机会与那些毫无人性的机器打交道。”

姜竹沥不知道他写起信来竟然是这么个调调，觉得有趣极了。

他高中时是个文艺青年，现在依然是。这些句子看起来很幼稚，如今读起来竟也不违和。

姜竹沥抱着捧花，心慢慢安静下来。

那是段白焰的心意，也是迟到十年之后，种在纯真的年代里、终于结果的红豆。

“我猜你过去的十八年过得不算太好，当然这也只是猜测，我并没有无意间撞见什么不该看见的画面与情境，也没有冷漠无情地走开。请你相信，我由衷地祝愿你平安喜乐、福寿双全，我的朋友。”

他还在继续读：“但是我也希望你能记住，这是我这辈子第一次这么认真地给人写信，希望你好好保存。接下来每隔十年，我都会去找你检查，看你还有没有留着它，如果你弄丢了，我们就绝交。”

宴会厅内的气氛越发愉悦，程西西已经笑瘫在熊恪的肩头上。

姜竹沥也想笑：“你闭嘴吧，把麦克风还给司仪，好吗？”

段白焰重新将信折起来，一动不动地看着她。

“我当时想给你。”他说，“但是在送出去之前，突然后悔了。”

“为什么？”

“因为怕你弄丢。”他的眼睛深沉得像一片海，语气认真，“我不想跟你绝交。”

宾客们又慢慢安静下来。

姜竹沥知道，这就是他之前说的，婚礼上才能送的礼物。

她有些感动，眼睛眨啊眨："你读完了吗？"

"还有最后一句。"

和风阵阵，空气中花香四溢。

窗外阳光正好，大片的日光倾泻在他肩头，模糊而温暖。

他放下麦克风，上前一步，在宾客们低低的呼声中，俯身对着她吻了下去——

"时光无法永驻，但你我生生不息。"

第十五章

蜜月海岛

一到圣托里尼，姜竹沥就感冒了。

蜜月旅行进入尾声，她却觉得自己的身体状况越来越差。她将这归结于段白焰太不节制，但段先生坚持说，是因为她太瘦。

“你要再多吃一点肉。”他第无数次充满暗示地向她重复，“把你的胸吃回来。”

姜竹沥用镇子上买的木偶小人砸他。

天将明未明时，她又一次被渴醒，迷迷糊糊地从梦中醒过来。

地中海的小岛景色宜人，海水湛蓝，悬崖酒店建了巨大的落地玻璃，海面上风平浪静，太阳还没升起来，海鸥盘旋，有小货船来来回回地运送物资，昼夜不停。

段白焰从她身后抱着她，把脸埋在她的颈窝里，整个人暖乎乎的，像一个巨大的发热玩偶。

姜竹沥的心里本来很平静，但一回头看到这样一张脸，她突然就想哭。

她想也没想，反手一巴掌打到他脸上，发出清脆的“啪”的一声。

好好睡着觉，莫名其妙被打醒的段白焰一头雾水。

他慢慢睁开眼，下意识地低头亲亲她，声音慵懒低哑：“怎么了？”

“我又醒了。”姜竹沥难过得毫无缘由，“肯定是你昨晚让我吃了太多肉。”

段导敢怒不敢言。

他默默地爬起来给她倒水，冷热调开，才递回去：“当心一点。”

姜竹沥的火气瞬间消下去：“谢谢你。”

她小口小口地喝水，喝完之后，愧疚感又像潮水一样涌上来：“对不起。”

段白焰舔了舔唇："没事。"

她应该是没睡醒，但一想到哪怕小娇妻脑子不清醒，也一直想着扇他耳光……

段导又非常心塞。

姜竹沥乖乖地把水喝完，段白焰一动不动地站在身侧。

段白焰帮她把杯子放回去，看天色还没大亮，想再爬回去躺一会儿，然而还没掀开被子，就被小娇妻拦住："你等一下。"

"嗯？"

姜竹沥艰难地纠结了一会儿："我有点难过。"

"怎么了？"段白焰坐到她身边，专注地望着她，拍拍她毛茸茸的脑袋，"哪里不舒服？鼻子还是不通气吗？要不要去医院看看？"

"我……"姜竹沥自己也说不清楚在难过什么，有点紧张地拽住他，"我刚才梦见你了，梦见你把我绑在一座无人岛上，只有我们两个人，你没日没夜地运动，我不停地给你生孩子，你还是不肯放过我。我哭着求你，你凶巴巴地说除非我死掉，不然就生孩子生到死。"

段白焰的心情很复杂，无语凝噎。

"不怕，不怕啊。"他凑过去抱住她，轻轻拍她的背，"段白焰没有那么凶残，段白焰超级喜欢姜竹沥，段白焰不是变态，段白焰不生二胎。"

后两句竟然很押韵。

姜竹沥伏在他的肩头，阴郁的心情稍稍缓解，他也跟着放松下来。

天幕破开一角，海上一轮红色的太阳慢慢露出小小的边缘，晨光投射到窗帘上。

段白焰抱了她一会儿，问："还睡吗？"

姜竹沥摇头："不睡了。"

顿了一下，她又谨慎地问："那个，小白……"

"嗯？"

"对不起，但我还是不开心。"她真心实意地感到抱歉，"我没有骗你，我真的不知道为什么，可能是醒得太早了……就、就是……"

"你也许是太累了。"他亲亲她，"我们改签机票和其他行程，在海边多住几天，好不好？”

姜竹沥点点头，答应下来。

段白焰安静地抱着她，阳台开着门通风，太阳一点点升起来，海浪拍岸的声音远远传来。

“小白……”过了半天，她又说。

“嗯？”段先生不厌其烦地说。

“其实……我刚刚就想说，”她小心地提出，“你能不能，再让我打一巴掌？”

“……”

“说出来很抱歉，我刚刚神志不清，打了你一下，但打完之后，我的心情好像真的好了一点，真的……”

太阳完全升起来时，酒店开始营业。

春季是最适合旅行的季节，恰恰错开欧洲旺季，姜竹沥订到伊亚最热门的悬崖酒店，直面爱琴海，视野开阔，房间自带室外的露天热水泡池，据说能看到最完美的日落。

最美妙的是，夫妻店主热情异常，段白焰一走下楼，就收到了诚挚问候：“啊！”

房东太太不会说英语，一脸惊奇地虚掩着嘴，将句子打在手机上，翻译成英文出示给他：“段先生！你的脸怎么啦？！”

段先生波澜不惊：“蚊子咬的。”

姜竹沥跟在他身后下楼。

圣托里尼以蓝白色建筑出名，色彩鲜艳的衣着最容易出挑。她穿了条红色的连衣裙，裙摆刚好到膝盖上面一点点，长发编成鱼骨辫，落在胸前，像一团行走的火焰。

段白焰忍不住伸手摸摸她。

两个人落座，房东太太将新鲜出炉的餐包装在垫着印花纸的小竹筐里，笑眯眯地端到他们面前，然后把另外两个托盘里的食物分别摆开，将煮鸡蛋、水果沙拉、熏鱼、酸奶和卖相精致的果派放到桌上。

姜竹沥笑吟吟地道了谢，拿起小勺子，低着头往浓稠的希腊酸奶里加料，蜂蜜、果酱、切块水果，一个都没放过。

段白焰欲言又止。

她察觉到了，停住动作，抬头问："怎么了？"

他抿唇："没事。"

姜竹沥有点困惑，还想开口再问，下一秒，房东太太跑回来，一小束玫瑰从天而降，正正落在她怀里。

是香槟玫瑰，娇艳欲滴，还带着露水。

她愣住。

"刚刚忘记了。"房东太太掏出手机翻译，当着段先生的面偷偷压低声音，笑得非常促狭，"是你的先生，让我们为你准备的。"

姜竹沥眨眨眼，回过神，目光落到自己的别扭的先生身上。

段白焰正埋头与餐包战斗，假装什么都没发生，一副欲盖弥彰的样子。

姜竹沥乐了，夸他："谢谢你，我的先生是全世界最棒的先生！"

风从海面上拂过，带着温暖的水汽，在餐厅内吹开一片明媚的光。

店内坐着各个国家的客人，也许没有完全听懂她刚刚在说什么，但纷纷被她明朗的声音吸引，目光逐一落过来。

段白焰一愣，耳根莫名地红了起来。

两个人在伊亚镇逛了一上午。

中午吃完饭，他们慢悠悠地坐着公交车从伊亚去伊莫洛维里，打算体验一下岛上的悬崖栈道，然后直接步行去费拉镇的桑托酒庄。

圣托里尼海水清澈，蓝白建筑在阳光下像是会发光。

姜竹沥中午又吃了肉，摸着小肚子转过街角，见一堆错落相叠的蓝白小房子里，摇摇晃晃地走出一队小毛驴，耳朵尖尖的，尾巴长长的，首尾相接地跟着主人，乖巧得不行。

姜竹沥一愣，突然不往前走了。

段白焰回过头，看看驴，再看看她："想坐吗？"

在圣托里尼，驴也是交通工具之一，很多外地客人会短暂地骑它代步。

然而姜竹沥站在原地，摇了摇头。

看着冰激凌流口水的小朋友都嘴硬说自己不喜欢吃甜食，段白焰的眼底浮起笑意，他轻声劝她："那个不贵。"

"不是因为价格。"姜竹沥想了半天，指着它们甩来甩去的尾巴，煞有介事地说，"我是觉得，这个动物有点眼熟……你不觉得吗？"

段白焰云里雾里，像模像样地思考了半天，仍然一头雾水："不觉得。"

日光温柔，小毛驴们摇摇摆摆地从她面前经过。

最后一只尤其瘦弱，脾气却大破天，路过姜竹沥面前时，竟然微微停了停，抬起它长长的睫毛，看她一眼，鼻子里发出轻嗤："哼。"

"我知道了！"姜竹沥当机立断，严肃地指出，"它像你啊！"

段白焰："……"

日光悠长，两个人一人骑着一头小毛驴，慢悠悠地朝伊莫洛维里行进。

圣托里尼岛不算太大，伊莫洛维里到首府费拉的路段是整个悬崖步道最精华的地段，著名的地标建筑蓝顶教堂也在这附近。

段白焰加了些钱，过了伊莫洛维里，直接让小毛驴领着他们去教堂。这座教堂曾经上过国家地理杂志的封面，后来成了所有中国游客必经的打卡点。

两个人爬上小山坡，站在能够俯瞰整个蓝色教堂的地方合影。

阳光好像蜂蜜，背景里的蓝白建筑互相交叠，海水碧蓝，如同巨大的琥珀。小毛驴的蹄子百无聊赖地在地上蹭啊蹭，姜竹沥的裙摆飞扬。

照片"咔嚓"一声定格。

"我要把它发到微博上。"正经的单反被扔在脚边，段白焰甚至没有收起长长的自拍杆，低下头就开始迫不及待地编辑，"跟前几天的一起，刚好凑齐九张。"

姜竹沥凑过去看："你的微博里现在全是蜜月的照片，妹子们不会有意见吗？"

"当然不会。"段白焰理所当然地说，"有意见的早就脱粉了，没意见的全成了情侣粉，巴不得我多发图。"

结婚之后，他对微博的使用频率逐日升高，过去一年半载也不肯发一条，现在恨不得一天发三条。条条文案不同，但核心亘古不变：我老婆真好看。

他把喜欢表达得这样明显，姜竹沥原本觉得，她应该感到开心的。

但她也不知道自己怎么了，就是拼命想怼他，脱口而出：“可你以前明明一直嫌弃自拍杆幼稚，现在又用它用得这么开心，你不觉得你很善变吗？”

段白焰捧着手机，愣了一下：“这风马牛不相及的两件事，是怎么无缝衔接起来的？”

“就……”姜竹沥被他一打断，突然就想不起来，自己刚刚为什么要怼他了。

她站在原地，茫然地挠挠头，半晌，憋出一句：“我也不知道。”

段白焰无奈地笑着走过去，摸摸她的头，“你怎么了？哪里不舒服吗？”

她一下子又炸了：“我说了我不知道啊！”

段白焰沉默了三秒。

她微怔，嚣张的气焰像漏气的气球似的，以肉眼可见的速度消失。

“对不起。”姜竹沥绝望地捂住脸。

段白焰哭笑不得，轻声问：“生理期快到了？”

但是……问完这个问题，他又疑惑，以前生理期，也没见她这么大脾气啊……

“我……”姜竹沥心想完蛋了，她现在又想哭了，“我不知道……”

她刚刚吼完人，就一副泫然欲泣的样子。

段白焰好气又好笑，更多的是觉得她可爱：“明明是你怼我，现在搞得好像是我在吼你。”

姜竹沥更加愧疚了。

段白焰终于憋不住，笑出了声。

“这点小事，怎么也值得不开心？”他耐心地躬下身，捏捏她的脸，再在她的脸颊上亲了亲，“没事的，怼就怼吧。”

姜竹沥可怜巴巴地说：“真的？”

“真的。”顿了一下，他舔舔唇，“那个……竹沥。”

“嗯？”

“你要是实在心情不好……”他试探着说，“要不你、你再打我两耳光？”

"……"

姜竹沥没有打。

他把脸凑过来的时候，她忍不住就亲上去了。

她的嘴唇碰到他的脸颊的瞬间，旁边两头毛驴突然开始尥蹶子，发出巨大的嗤鼻声。

姜竹沥："……"

段白焰："……"

两个人果断地放弃了毛驴代步，沿着悬崖栈道，步行向费拉小镇前进。

这地方离费拉已经没多远了，悬崖栈道沿途店铺林立，竖立着一排装修漂亮的餐厅和工艺品店，他们一边逛，一边向下走。

他们抵达桑托酒庄时，太阳已经逐渐开始向下偏移，云朵被染成红色，白色的建筑也渐渐染上红光。

作为圣托里尼岛最大也最出名的酒庄，桑托的位置一直很难订。靠窗的座位是段白焰之前抢到的，巨大的露台宽敞漂亮，正对着爱琴海。

海风吹拂，他坐下来，将点单放到姜竹沥面前："看看你想喝什么。"

到了爱琴海之后，姜竹沥几乎没再碰过酒。桑托以葡萄酒出名，她翻着点单，跃跃欲试。

然而就在开口点单的前一秒，一股神秘的力量阻拦住她，酒名在嗓子里转一圈，脱口时就鬼使神差地成了一句："我还是不喝了。"

"起泡酒呢？"

"也不要。"

段白焰有些意外，她平时酒量不错，不知道为什么，最近避酒如蛇蝎。

但他也没有勉强，招呼服务员，除去点单，另买了一小箱白葡萄酒，万一她哪天后悔，也能喝到。

付清账，两个人坐在窗边等日落。

段白焰一天二十四小时恨不得时时刻刻喂她吃东西，这次也不例外，额外帮她点了小食、果汁和水果。

姜竹沥在一堆炸成小卷的饼干、绿色蔬菜和生洋葱圈里小心翼翼地扒来扒去，把所有的小番茄都挑出来吃掉。

段白焰微顿，手指托在酒杯上，默默地观察她："你最近的口味似乎变了不少。"

"也没有吧，我就最近突然觉得酸的东西很好吃，可能是因为季节……"

段白焰看着她，一动不动，目光意有所指。

她陡然停住，坐在原地，后知后觉地回过神来。

她这个月的生理期……是不是一直没有来？

两人面面相觑地陷入沉默。

顿了顿，还是姜竹沥摸摸鼻子，先开口："你先别急着高兴……也、也不一定。"

毕竟之前也不是没发生过乌龙，她满眼真诚地说："别开心得太早。"

段白焰摸摸下巴，这话怎么听着有点怪？

"岛上也有药店。"他想了想，说，"我们回去之后查一查。"

姜竹沥疯狂地点头。

"你还有别的地方不舒服吗？"

"没有了……"姜竹沥想来想去，突然想起，这一次感冒，因为症状不严重，她连感冒药都没有吃。

万一真的是怀孕了……她后知后觉地抹一把冷汗，幸好没有吃。

暮色沉沉，酒庄内小小的挂灯逐渐亮起来，不知不觉间，客人们已经聚满整个厅堂。

日光逐渐敛去，风从海上来，带着一点点凉气，吹乱了姜竹沥散在额前的刘海。她的鱼骨辫垂在胸前，影子投到光洁的地板上

她出神地看着落日，段白焰出神地望着她。

海面一望无垠，风平浪静。

观景台上聚满人群，琥珀金的霞光洒在粼粼的海面上，夕阳的余晖盛大而安静，滚圆的太阳顺着海平线一点一点地向下沉，像温柔的灯火，或不可思议的美梦。

"竹沥。"段白焰突然出声。

"嗯？"她回过头，脸颊红润，眼睛温柔明亮。

他握住她的手，以十指相扣的姿态，虔诚地亲吻下去：“我很爱你，无论未来发生什么，都不会改变。”

她微怔，然后在风中笑了，轻声说：“我也是。”

如同之前在伊亚一样，夕阳完全落下去后，观景台上的游客们互相鼓掌，像是在不约而同地为白天的结束表达感激，感谢阳光的恩赐。

暮色四合，海风习习，身后的海面广袤而平静。

太阳已经下去了，圣岛上的小店开始亮起一盏接一盏的灯。出了桑托酒庄，段白焰背着姜竹沥，在栈道上不急不缓地走着。

“小白……”姜竹沥的两条手臂环在他的脖颈间，他提着她的背包和他买的那一小箱白葡萄酒，走出去一小段路，她难为情地小声说，“你还是放我下来吧……”

“我放你下来了，”段白焰的声音清越中难得地带了点轻快的笑意，“你等会儿又睡着了怎么办？”

姜竹沥窝在他的肩膀上，耳根一下子红了起来。

嗯……

刚刚在桑托酒庄，落日进行到最后一段，因为周围的人都小心翼翼地屏住呼吸，而海面又平静，姜竹沥她……靠在椅背上睡着了。

而且她睡得特别熟，周围的人欢呼和鼓掌都没把她吵醒。

直到段白焰凑过来抱住她，她才迷迷糊糊地醒过来，一睁眼，就听到他低沉的笑声：“竹沥，醒醒，我们回去睡，嗯？”

然后她不由分说地被他背了起来。

“我……”入夜之后星辰如灯，姜竹沥有些苦恼，“我也不知道刚才怎么了……”

他笑：“也许是小竹沥困了。”

姜竹沥微怔，耳根的红晕迅速爬上面颊。

两个人坐岛上的公交车回到住处，姜竹沥抱着睡衣往浴室里去。等她洗完澡，才发现睡衣拿错了。

“小白！”浴室里的水声停下，姜竹沥叫他，“我的睡衣好像拿错了，你能帮我递一下衣服吗？”

房间里鸦雀无声。

姜竹沥奇怪，又叫了一声：“小白？”

还是没有人回应。

姜竹沥心里疑惑，难道这大半夜的，他又跑出去了吗？她把浴室的门推开一条缝，将脑袋探出去，左看看右看看，发现段先生根本就坐在床头没有挪窝。

姜竹沥：“……”

他似乎在沉思，面朝着浴室的方向，单手撑着下巴，一动不动，表情凝重。不过，姜竹沥现在的关注点是……

“段白焰。”她扶着门，笑得喘不上气，“你一米八的个子，穿我的衣服不嫌紧吗？”

段白焰听见她的嘲笑声，立刻回过神。

他一脸茫然：“什么？”

姜竹沥笑眯眯地指了指他。

段白焰微怔，顺着她的指尖看去，看到自己穿着粉白色的睡衣，兔子的耳朵长长地垂下来，肌肉紧绷，快要把扣子撑开了。

段导沉默三秒，面无表情地说：“我这就脱下来给你。”

一直到换回衣服，姜竹沥还在笑。

他把她按在床上吹头发，暖风吹来，发丝在眼前飘飞。

她笑够了，仰头看他，眼睛睁得大大的：“你刚刚在想什么，想得那么出神？”

段白焰的神情有些不自然，顿了顿，他低声说：“你确定要听？”

姜竹沥疯狂点头。

“我刚刚……”段导低咳一声，“刚刚在想，女儿出嫁的时候，要给她准备多少嫁妆。”

姜竹沥：“……”

“我、我无法想象……”段导手足无措，语无伦次，“我们的女儿，得好看成什么样子啊？”

他一本正经地说："她应该嫁给一位王子。"

他的表情真的好严肃，姜竹沥强忍着狂笑的冲动："那你有没有考虑过稍微现实一点的问题？"

段白焰不懂："比如？"

"先不论八字还没一撇，我未必真的怀孕了。就算真的有了，概率百分之五十对百分之五十。"姜竹沥问，"万一是个儿子怎么办？不养了吗？"

吹风机还在响，段白焰就地愣住。

他愣了好久好久，非常非常勉强地说："那……也……也养吧。"

后半夜，姜竹沥明显感觉到段白焰的情绪非常低落，滑梯似的一溜到底。

结合她最近喜酸、情绪起伏不定、异常暴躁等种种迹象来看，段白焰绝望地想，完蛋了，她肚子里一定揣了一个像自己一样的混世魔王。

段导的心都碎了。

然而姜竹沥的心比他碎得更加厉害，她最近的情绪变化很大，比过去更加敏感，看他这副样子，她无法控制地在脑子里演小剧场。

于是段导将睡未睡之间，再一次被一巴掌拍醒了。

段白焰："……"

他伸长手臂抱住她，声音低哑："又梦见我逼你生孩子？"

"没有。"姜竹沥的声音很小，她难过地谴责他，"我梦见我们的女儿出生之后，你就跟我离婚了，然后你给她找后妈，后妈还虐待她。"

这个剧情……

段白焰心情复杂地想，是不是因为他今晚说女儿要嫁给王子，所以她干脆在梦里自动把后妈和七个小矮人都备齐了？

"你跟我在一起，只是为了孩子。"姜竹沥悲伤地得出结论，"你不爱我，你只是想要一个美貌的女儿。"

段白焰哭笑不得，将脸埋进她的颈窝："没有，我爱你。"

姜竹沥挣扎："不要拿你那张丑脸对着我，我不想看到你的丑脸上泛起微笑。"

段白焰有点委屈，可她这个样子又实在太可爱。

他努力憋着笑，把自己丑脸上的微笑收起来：“行，我丑，我不笑。”

下一秒，他又讨好似的在姜竹沥身上蹭蹭，梦呓般轻声说：“但你很好看，你多笑笑。”

姜竹沥微怔，激荡的内心慢慢偃旗息鼓。

“竹沥。”他抱着她，声音很低很轻，“我喜欢她，是因为她来自我和你，她是我们爱情的证明。”

“她意味着一种……”段白焰不知道该怎么解释，“新生活。”

“恰恰是因为这种新生活与你我都有关系，我才喜欢她。”他说，“她是独立的，但对我们来说，她的意义远不止一个孩子这么简单。如果这个‘家人’中没有你，她的光芒也会变暗。”

满天繁星，深夜之中，只能听到惊涛拍岸声。

姜竹沥陷在他怀里，他的心跳平稳地落到她的耳畔，她慢慢地眨着眼，一颗心都静了下来。

段白焰有些累了，慢慢又睡了过去。

“晚安。”

姜竹沥看了他很久很久，超级超级小声地唤他：“老公。”

翌日一大早，段白焰起床的第一件事，就是缠着她再喊一声老公。

“我都听见了。”他敢肯定，“你别想抵赖。”

姜竹沥抱着脑袋藏在被窝里，假装什么都没发生：“你胡说！我没有！”

段白焰笑着拍拍她：“你要是累，就再休息一会儿。我下去跟房东太太说，让她晚一点准备我们的早餐。”

姜竹沥轻轻“嗯”了一声。

段白焰下楼，房东太太正坐在吧台前跟人聊天，不断发出惊呼，一副很吃惊的样子。

段白焰走过去跟她打招呼，说完早餐的事就打算走，还没转身就被她拉住。她有些焦急，在手机翻译上打字：“段先生，你们离开圣岛之后，要回雅典吗？”

“嗯。”段白焰点头，“就这几天。”

“回不去啦，回不去啦。”房东太太急急地敲字，“希腊境内这几天海陆空集体大罢工，飞机都停运啦，你们赶紧改行程吧。”

段白焰一愣，向房东太太道过谢，一边查航班一边往房间走。

他登录网站才看到新闻，希腊的空管人员为了抗议前段时间通过的CAA重组方案，要举行四天大罢工。

段白焰陷入了沉思，他原本的计划是回雅典之后，就带姜竹沥去做全身体检的。

可是现在……段白焰推开房门，姜竹沥已经起床了，正站在浴室里刷牙。见他进门，她看过来，一双眼黑白分明。

“告诉你一个坏消息。”他关上门，“我们暂时没办法回雅典了。”

姜竹沥背着一只手，眨眨眼：“那我告诉你一个好消息？”

段白焰面露不解，下一秒，他就立刻反应过来。肾上腺素激增，他紧张极了，听见自己“扑通扑通”的心跳。

她伸出手。

段白焰低头，看到了那支验孕棒。

两道杠。

狂喜过后，段导迅速地逼迫自己冷静下来。

他掏出电脑，一边压抑喜悦，一边抖着手修改接下来的行程。

姜竹沥探头，奇怪地问：“我们不去雅典了吗？”

“不去了。”段白焰抿唇，“我去续个房，我们在圣岛住满三个月再走。”

姜竹沥愣了一会儿，才反应过来。

她哭笑不得：“虽说孕妇要到孕中期身体才能稳定下来，但也没那么夸张吧……飞机应该还是能坐的。”

段白焰不放心，看到验孕棒的瞬间他就想把姜竹沥像玻璃小人一样捧起来了，万分之一的险也不想冒。

“但我还挺期待希腊复活节的……”姜竹沥捧着脸，眼睛眨啊眨的，“他也超期待。”

段白焰垂下眼，正看到她的手指落在肚子上。

他无形的尖耳朵再次不受控制地冒出来，长尾巴卷着小白旗摇来摇去，勒令他举起双手即刻投降。

段白焰立刻起身，面无表情地走出去："我去问问房东太太，能不能先帮我们联系个医生，在岛上做体检。"

姜竹沥在他身后大笑。

房东太太得知这个好消息后也惊喜极了，连连表示恭喜，并热情地为他推荐岛上的医院。

第二天清晨，两个人一起出发，去抽血做检查。

结果很快就出来了，姜竹沥的确怀孕了。

但眼下，她更关心另一个问题："我能坐飞机吗？"

"如果身体状况稳定，是可以的。"医生说，"你的孕酮值在安全范围内，如果没有生其他病，坐飞机应该没有问题。"

段白焰仍然不放心："可以在这里做一个体检吗？"

最早的飞机在三天后，医生建议他们回到雅典之后，再做彩超和心电图。

于是两个人又在圣岛上住了几天。

出发那天，段白焰紧张得不行。姜竹沥的早孕反应很轻，甚至觉得自己可以冲出去跑马拉松，但他恨不得找个玻璃罩把她罩起来。

好在两人平安落地，他们抵达雅典时，正好是复活节的前一天。

希腊公民大多信仰东正教，复活节前会进行四十天斋戒，禁食肉类和带血动物。而斋期之内，又以"圣周五"最为严格，这天是"主受难日"，人们在这一天不从事任何工作活动，专心致志地沉浸在失去主耶稣的悲痛中。

"我听说，今晚大家会拿着蜡烛聚集到附近的教堂，参加象征性的耶稣葬礼仪式。"姜竹沥在手机上搜旅行攻略，期待地搓手手，"我们也去凑热闹吧。"

段白焰皱着眉，想也不想就拒绝："不行。"

"为什么？"

"那种活动，一听就有很多人。"

万一磕到碰到怎么办？

姜竹沥抱着他在路上买的大兔子，闷闷不乐地在床上打滚。兔子玩偶也是复活节的传统，除此，他还买了很多奶油蛋卷以及红色颜料绘制的彩蛋。

滚了几圈，她停下来："那我们今晚做什么？"

没孩子之前，无聊的时候还能造孩子玩。现在孩子也有了，生活突然变得好无趣。

“我约了医生。”检查越早做越好，他的话音刚落，电话就响了起来。

他接起来，听了没几句，眉头慢慢皱了起来。

姜竹沥也跟着变得紧张，竖起耳朵听他说话。但他没什么台词，只是断断续续地“嗯”了几声，礼貌性地对对方表达感谢，然后不明不白地说了句“我明白，我可以理解你”，最后挂了电话。

“怎么了？”

段白焰走过来，摸摸她：“医生放鸽子，让我们明天再去。他说，他为上帝之死悲痛欲绝。”

姜竹沥舔舔唇：“那，我们也去看葬礼仪式吧？”

段白焰没有说话，拨开巨大的兔子玩偶，把她从床上挖出来。两只手臂撑在她的身侧，他一动不动，居高临下地看着她。灯光从侧面打下来，映得他的眼睛黑漆漆的。

半晌，他问：“想去？”

他的声音低沉发哑。

姜竹沥眨眨眼，迟疑地咽了咽口水。

她犹豫了一下，捏着自己的衣服领口，小心翼翼地指出：“那个，因为怀孕早期身体状况不稳定，所以我们真的不能……”

他打断她：“叫一声老公听听。”

翌日一大清早，酒店来送汤。是当地著名的汤，由羊杂和一些动物内脏熬煮而成，象征复活节的斋期结束，大家可以开始吃肉了。

姜竹沥一边喝汤，一边兴奋地拿着自己的红蛋去敲段白焰的红蛋，她敲了好几下，谁的蛋都没碎，她有些失望。

“咦。”姜竹沥坐在餐桌前，像模像样地感慨，“我明明听说，男孩子们的蛋蛋都很脆弱呀。”

段白焰“哼”了一声：“你先生我，金刚不坏。”

早餐结束，两个人优哉游哉地出门。

虽然希腊境内海陆空已经罢工四天示威过，但之前的问题还未得到彻底解决，途经主城区，两人遇到一场小小的游行。

段白焰现在看到这种声势浩大的队伍就害怕，即使他们不会攻击路人，但他格外担心姜竹沥。她现在是一名玻璃纸片小女孩，他恨不得把她捧到手里。

段白焰的外套黑压压地落下来时，姜竹沥蒙了一下：“你干什么？”

他沉着脸说：“保护你。”

“你的外套会隐形？”

“不会。”

“……”

他一本正经地撑着外套，把她连人带脑袋地裹进去，仿佛只要撑起外套隔绝她的视线，外面那些喧嚣就不存在了。

姜竹沥的身形微顿，她伸出手臂抱住他。

等他们到达医院，时间已经接近中午。

医生刚刚经历过昨晚失去耶稣的悲恸，现在又沉浸在耶稣复活的喜悦中不能自拔。为了等待参加晚上复活节之夜的宴会，他一整天都没有预约病人，唯一一位，就是姜竹沥。

医生带着姜竹沥先抽了血送去做化验，然后找女医生帮她做心电图，最后才去做彩超。诊室里没有其他女性，他心情好，干脆邀请她的家属也一起进来。

“你看，多健康的子宫。”医生兴致勃勃，将机器屏幕转给他们看，“而且，有两个孕囊，可能是双胞胎喔。”

段白焰愣住。

医生继续说：“不过现在连六周都不到，还看不清胎心胎芽，所以要等到……”

“你等一下。”段白焰蒙了一阵，打断他，“双胞胎？”

“很可能是。”医生点了点头，“不过现在才六周，也不能完全确……”

段白焰的兴奋感从指间慢慢流向心脏，然后才剧烈地冲击到大脑。

段白焰不想听他叨叨了，现在想出去放鞭炮。

姜竹沥抬起手，握住他的一根手指，扯了扯他。

她小声说："你冷静一点。"

段白焰舔舔唇，稍稍冷静了下来。

但他看到机器，又立刻意识到另一个问题，问话的时候声音都在颤抖："两个孕囊的意思是，异卵双胞胎吗？"

异卵双胞胎，有很大的概率会是一男一女。

段白焰幸福得快要晕过去了。

下一秒，医生一盆冷水泼醒了他："不，在孕早期，双胞胎的超声都能见到两个孕囊。即使异卵，也有可能性别相同。"

段白焰的动作瞬间停住，他愣了一会儿，才反应过来。

也就是说，除了龙凤胎的可能性……他有一定的概率，会同时得到两个女儿，或者，两个儿子？

诊室里短暂地沉寂了一会儿。

医生云里雾里，不太懂这位东方男人的笑容为什么突然凝固在了脸上。

姜竹沥大概能猜到段白焰在想什么，正想开口，却被他抢先一步："我会养的，就算是两个儿子，我也会养的。"

姜竹沥："……"

这大义凛然的语气，听起来真的好勉强喔。

做完检查，他们向医生道过谢，一起离开医院。

复活节期间希腊很多店铺不开门，但不少公共景点免费开放了，游人反而更多。

段白焰护着她穿过人潮，姜竹沥好笑："接下来还有十个月，你要把我当玻璃小人保护十个月吗？"

段白焰想了想，也不是不行。

有江连阙之前足足三个月的"年假"例子在前，段白焰觉得他完全可以把这个蜜月度够十个月，直到小朋友出生。

所以他抿唇，当机立断道："我们在雅典住到三个月再走，好不好？"

姜竹沥想来想去，斟酌再三："好。"

下午阳光很好，酒店附近的公园正在举行复活节活动，段白焰晚上订了一家网红店的烤羊，黄昏还未到来，两个人干脆去公园散步。

路过小店，段白焰给姜竹沥买了一根巨大的棒棒糖。

她刚刚接过来，他转过身，一个金发碧眼的小男孩就直直地撞到他身上，手一松，手中的氢气球飞了起来。

段白焰微怔，第一反应怕是来碰瓷的，第二反应是赶紧帮小男孩拽住气球绳，在他哇哇大哭之前，放回小男孩的手中：“拿好了，嗯？”

小男孩接过来，眨眨眼，用段白焰不太能听懂的语言回了一句短语。

他猜，也许那是谢谢的意思。

段白焰微微叹气，半躬下身，神情有些不自然地拉起小男孩的手，拽住气球绳，在小男孩的手腕上绕了两圈，系了一个不松不紧的蝴蝶结。

小男孩的眼睛顿时瞪得圆溜溜的，半晌，他后知后觉地兴奋起来，短语一句接一句地往外冒。

段白焰听不懂小男孩说什么，但他看懂了小男孩眼里的兴奋。开心的情绪与民族无关，他摸摸小男孩毛茸茸的头：“去吧。”

一地的夕阳里，小男孩转身跑远了。

姜竹沥抱着巨大的糖坐在旁边看完全程，得出结论：“你变温柔了。”

他把她捞起来：“是吗？”

“如果是以前的你，看到这种小孩，根本不会搭理他。”姜竹沥很肯定，“说不定你还会故意去抢他的气球，然后看着他坐在地上号啕大哭，他哭得越厉害你越开心。”

段白焰看着她：“我是变态吗？”

姜竹沥扑闪扑闪睫毛，壮着胆子点头。

段白焰心情复杂，默默地牵住她。

走出去一段路，他若有所觉地摸摸鼻子，低声说：“因为我以前没有儿子……”

所以他现在情不自禁地想着，如果自己对其他的小朋友好一点，将来其他人可能也会对他的小朋友好一点。

姜竹沥的体内现在住着两只杠精，她忍不住杠他：“你现在也没有。”

“那可不好说。”他警惕地看着她的肚子，咽咽口水，迟疑又有些后怕地道，“万、万一呢。”

两个人在雅典住足了三个月。

度过孕早期，姜竹沥的精神稍稍好了一些，她仍然不太爱吃肉，但饭量开始增加，一天的食量慢慢从三顿增加到八顿。

段白焰："……"

这个食量翻倍是不是有点夸张？

另一个显著的变化是，姜竹沥不会再在半夜打醒他。

但段白焰并没有因此舒服多少，因为现在他的生物钟，会在每天半夜三四点勒令他醒过来。

夜深人静，屋内一片寂静。

一到三点半，段白焰准时睁开眼。

屋子里安静得只有呼吸声，他下意识地低头看看怀里的小娇妻，果不其然，她也正睁着眼看着自己，黑漆漆的眼睛眨啊眨，眼中一片清明。

段白焰莫名有点心疼，拍拍她的脑袋："你稍微等我一下。"

他起身点亮夜灯，走进小厨房拿出两枚苹果削好，切块放进盘子，然后折身回来。

他的动作很熟稔，甚至没有超过三分钟。

"谢谢你。"姜竹沥接过来，小动物似的叉起苹果小口小口地啃。

房间里响起轻微的声响，段白焰摸摸她，重新起身走进小厨房，像之前的每个深夜一样，打开火用牛奶煮燕麦，按照营养师的方子，每天在里面添加不同的干果和坚果。

等燕麦煮出锅，姜竹沥刚好吃完那一小盘苹果。

"你不饿吗？"燕麦热气腾腾的，她坐在小桌前，企图通过跟他一起分享食物来抵消半夜进食的罪恶感，"煮了很多，要不要一起吃？"

"我不饿。"段白焰把锅里剩下的燕麦换成小火保温，"我看着你吃。"

三个月，姜竹沥的小腹已经开始微微隆起，八周复查时确认了双胎妊娠，她的肚子里真的有两个小朋友，虽然暂时性别不明。

从抵达雅典开始，她每天半夜都会被……饿醒。

这种状况一直持续到现在，她每天都要醒一次寻觅食物，段白焰也跟着她醒过来。

吃掉一碗燕麦，姜竹沥觉得整个人都活了过来："我们什么时候回国？"

"明天或者后天。"

她的身体状况稳定下来，段白焰第一时间联系了国内的医院和孕妇课程。回国之后，他们可以保留在希腊的检查材料，再在国内医院重新建档。

不过，说到这个……

"爷爷问需不需要找人来照顾你。"

"不用了吧……"

"我想也是。"

段白焰很早之前就考虑过这个问题了，在他放弃纠结"两个小朋友到底是男是女"之后，这两个孩子让他的精神重生了一次。

他成了一位父亲，开始以大人的角度思考问题，重新估量双方的父母是不是还有什么可利用的剩余价值，然而最后总结出的结论是——

没有。

于是他和姜竹沥愉悦地达成共识，不需要家里的老人帮什么忙了。

飞机披着一身霞光，在国内机场落地。

段白焰刚刚走出闸机，司机的电话还没来，段爷爷就先打来了："小白，你们在哪儿呢？怎么这么多人出来也不见你们？我在四号门啦。"

段白焰微怔："爷爷？"

他一抬头，看自己就在三号门前，赶紧护着姜竹沥往那边走："我爷爷好像还是来了……你慢点。"

两个人走过去，段爷爷远远地迎上来，眼睛笑成了一条缝："竹沥。"

然后是一大堆关于"蜜月好不好玩呀""希腊热不热呀""段白焰是不是还像以前一样狗呀"这一类的寒暄。

段白焰被晾在旁边，一开始没觉得有什么。

但段爷爷拉着姜竹沥没完没了，他忍不住了："爷爷，你先让竹沥坐下吧。"

段爷爷这才后知后觉地一拍脑袋："瞧我这记性。"

三个人一起上车，段爷爷兴奋极了，翻着小本子碎碎念："你们告诉我怀孕的消息时，我第一时间就把孙子孙女的名字都起好啦。”

姜竹沥连忙解释：“还没完全确定是不是龙凤……”

“没事，我起的名字，男孩女孩通用。”

姜竹沥没忍住，把小本子接过来。

不知道为什么，她总是下意识地觉得，爷爷似乎更有文化一些。

“这些女孩的名字，我从小白爸爸那一代起，就琢磨着要用了。”段爷爷见她看得入神，自豪地解释，“结果你们奶奶生了个臭小子，臭小子又生了一个臭小子，连着两代都没能用上。”

姜竹沥惊了，他家连名字都是祖传的？

“等一下，”段白焰突然捕捉到一个信息，“什么叫连着两代没用上？我的名字不是您起的？”

“当然不是。”段爷爷脖子一昂，“为了这些名字，我把古书都翻烂了。这么些好听的名字，怎么能给男生用？”

段白焰不明白，段家祖传的这是什么魔鬼基因，为什么都看不起男生？

“但我……”段白焰皱眉不解，“我觉得我的名字也不是很随意啊。”

虽然父亲从没跟他解释过，但他一直认为，这么特别的两个字，一定有什么不得了的出处。

“怎么不随意？”段爷爷睨他一眼，“你的名字，当时就是你爸翻高中化学课本起的。”

段白焰：“哈？”

他难以置信：“那我爸的名字……”

老爷爷云淡风轻：“是我用姓名生成软件生成的。”

姜竹沥生产那天，段白焰一个人回到墓园，给明含上了一炷香。

如果明含能听到，他和她姐姐应该有千言万语想和她说。

整个生产过程出奇顺利。

医生也没见过这么顺的顺产，姜竹沥没吃太久的苦头，但孩子出生之后，她的眼泪止不住地流，停都停不下来。

段白焰急了，以为她疼。

然而不等他开口，医生就先崩溃了：“不准哭！不要情绪波动！把眼泪憋回去！你生得这么顺利你哭什么啊？快憋回去啊，会出血的！”

姜竹沥被吓蒙了，于是段白焰转身去吼医生：“你吼她干什么？你有本事来吼我！”

彼时产房内外一片混乱，直到护士推着两辆婴儿车给他看，才止住暴躁段导熊熊燃烧的火气。

两个婴儿一男一女，手掌都还没有完全张开，红通通的。

段白焰所有的火气瞬间偃旗息鼓，心头甚至浮起一丝丝手足无措的情绪。

刚刚被他吼过的医生走过来摘掉口罩，看着这位红极一时的鬼才段导脱掉名人光环、站在门口想笑不敢笑，医生两手环胸，轻声道：“你想笑，就大声笑吧。”

段白焰没理他。

他想先去看一看姜竹沥，但又不想把两只“球”扔在这里。犹豫之际，段爷爷兴奋地冲过来，左看右看，问：“哪个是女孩子？”

段白焰毫不犹豫地指了一个。

然后爷爷兴奋地、精准无误地抱走了小男孩。

段白焰心满意足地抱起小女儿。

姜竹沥过了一会儿才完全清醒过来。她仍然觉得累，但睁开眼见他只抱着一个小宝贝，顿时紧张起来：“小小白呢？”

段白焰摸她脑袋的手微微一顿，他哑然失笑：“在爷爷那里。”

“我以为你把他扔了。”

“没。”

她小声地强调：“你对他好一点。”

段白焰垂眼望着她，没有来由地，想起自己清晨去上香时，落在墓碑上的一道晨曦。

旧的逝去了，新的还在未来。

他突然眼眶发热，俯身吻上她的额头，低声道：“那当然。”

“我们以后，是一家四口。”

番外一

天生一对

大学毕业之前，姜竹沥和段白焰约定，一起去山上度假，完成毕业旅行。

然而出发前夕，出现了一个让她郁闷不已的意外，明明好好听课，也好好做作业了，可有一门选修的成绩比她想象中低十多分……

姜竹沥离开学校的教务处，觉得自己的心情坏得像天气。

下午下了一场雨，天还没有放晴，暑气早已不见了踪影。凉风拂面，地面泛着潮气，鲜嫩的青草气息从泥土里泛起。

她将牛皮纸文件夹放在车筐里，骑着车往回走。心塞地走到宿舍区门口，还没靠近，她就听到两个路过的女生低声交头接耳——

“刚刚那个男生长得好帅，怎么以前好像没见过？”

“他不是我们学校的，你当然没见过。隔壁戏剧学院的校草，应该是来找女朋友的。”

“咦？有女朋友了吗？我们学院的？快快，下次上公共课的时候指给我看看，让我看看是个什么仙女！”

“哈哈哈，没机会了，是我们大四的学姐，今年已经毕业了……”

…………

两个人渐行渐远。

姜竹沥微怔，不自觉地加快骑车的速度。

她走到宿舍楼下，果不其然，段白焰正站在那儿。他背对着她，仰望宿舍楼，脸微微侧着，下巴绷得很紧，她只能看见他的嘴角。

姜竹沥把车停在他的身边：“小白。”

他顿了一下，转过来。

“你等很久了吗？”她跳下车，把车锁好，“对不起，我刚刚在路上，没听到你给我打电话。”

段白焰垂眼看着她锁车，半晌，才低声问：“你去哪儿了？”

他的嗓子有些哑，声音低而轻，脸上没什么表情，偶尔也会让人觉得温柔。

“去教务处拿成绩单。”

段白焰点了点头：“行李都收拾完了吗？”

毕业的学生们一个接一个地离开学校，他本来帮她准备好了车，想将她毕业后要带回家的书和衣服、行李，都一起带回明里市。

所以他还有后半句“如果没收完，要不要我帮你收”没说出口。

他觉得，她肯定能知道他的心理活动。

“收完了。”姜竹沥当然猜不到他在想什么，乖乖地点头，“我前几天把学校的行李打包寄回家了，另外那个中号行李箱现在放在宿舍里，我们可以等毕业旅行出发前，再过去拿。”

段白焰低低地“嗯”一声，目光绕一圈，落在她泛红的耳尖上：“为什么不开心？”

“什么？”

段白焰抬头看她，眼睛黑漆漆的：“你不开心？”

姜竹沥没想到会被他看出来，有些局促：“就是……大四的成绩单发下来了，有一科选修的分数比我想象中低很多……把我的平均分都拉下去零点三分。”

段白焰特别想跟她说，一科而已，又不是专业课，何况才零点三分，国内的企业根本就不在意学生的平均分。

但话一出口，仍然是一句不痛不痒的：“嗯。”

姜竹沥以为他要亲亲抱抱举高高了，等半天没等到，有点失望：“我明明认真做作业也认真考试了，她还给了我很高的平时分……好想去找那个老师理论啊。”

她失落的样子，像一只垂着耳朵“嘤嘤嘤”的小动物。

段白焰绷着一张脸，很想安慰她。他的手指微动，手臂抬起一个小小的弧度，他犹豫片刻，又慢慢放回去。

就这么循环……

直到最后，他也没有把手抬起来。

一直到毕业旅行出发那天，姜竹沥低迷的情绪才慢慢回升。

山中的空气很好，阳光破开晨雾，光斑从树梢跳跃着滚落。大巴穿过公路，路旁草木成林，充满夏天的气息。

到山脚的路途有接近四个小时的车程，山高路远，段白焰怕她无聊，在巨大的背包里装满了小零食和饮料。

姜竹沥接过他的包，眼睛顿时亮了起来："这是你给我准备的吗？"

段白焰面无表情地说："不，我给自己准备的。"

"但是，"姜竹沥知道他傲娇，"你吃得了那么多吗？"

段白焰不假思索道："怎么不能？"

她仿佛在自取其辱。

姜竹沥小小地"哦"了一声，自觉地滚开了。

段白焰立刻紧张起来。

那些东西确实是给她准备的，但他要怎么跟她说，才能……化、化解现在尴尬的局面？

他看着她，舔舔唇，犹豫了又犹豫，手拿起来又放下……

他就这么纠结了一路。

一直到两人下了大巴车，上了段爷爷派来接他们上山的车，甚至已经到了山上的小别墅，段白焰那一背包零食都没能送出去。

前几天刚下过雨，山间空气清新，空气中裹挟着花香。段爷爷给他们准备的别墅是独栋，依山而建，周围草木繁茂，是夏日避暑的好去处。

姜竹沥在车上睡了一觉，精神抖擞地东看看西看看。别墅配有厨师，开饭之前，她将小包挂在椅背上："我去洗洗手。"

段白焰波澜不惊地点点头，余光追着她跑。

她没有去洗手间，而是转身出了门。门外的水管对接山泉水，竹筒形状的金属水管，落出来的水珠清清凉凉的，落在手心，晶莹如同珠玉。

嗡——

段白焰的思绪猛地被拉回来。

他下意识地去看自己的手机，然而屏幕黑漆漆的，没人给他打电话。

嗡——

手机还在振动。

段白焰终于反应过来，拿起姜竹沥挂在椅子上的包，掏出手机，上面跳动着一个名字："教务处。"

既然不是私人电话，那……

他没有多想，接了起来："喂？您好。"

"你好，请问是心理学院 201× 级的姜竹沥同学吗？"

"她不在。"段白焰开始在心里琢磨，姜竹沥的胆子小，不敢骂老师。那他是不是能借着这个机会，把那个给她打低分的选修课老师骂一顿？

他沉声道："您有什么事可以告诉我，我会代为转达。"

来吧，敢提成绩，他就激情地辱骂对方。

"是这样，前段时间教务在线系统出错，姜竹沥同学上学期有一门分数被登记错了，后台今天上午才把分数修正过来。"教务处老师的态度很好，"我们想向她确认一下，是不是已经向国外的学校寄送了最终的成绩单，还需不需要重新开具成绩证明……"

段白焰沉默了一会儿，垂下眼："你说什么？"

"呃，前段时间教务在线……"

"不是这一句。"段白焰微顿后说，"国外的学校？"

这回倒是老师蒙了，把班级学号反复检查几遍，摸不着头脑："没错啊，他们学院只有一个叫这个名字的同学。她之前确实来教务处确认过毕业证和大四的成绩单，说要补齐材料才能拿到国外学校的正式录取……喂？喂？"

段白焰挂了电话。

姜竹沥贪凉，在屋外玩了会儿水，才回到屋内。

空气中弥漫着食物的香气，菜已经上齐了，段白焰坐在原地，没有动筷子。

姜竹沥坐下来，忍不住夸赞："这是玉竹老鸭汤吗？好香。"

"嗯。"段白焰抿着唇帮她盛汤，勺子沉到底，清亮的汤汁裹着馥郁的香气，在空气中散开。

她接过来："谢谢你。"

瓷碗有些烫手，段白焰没给她，一言不发地放到她的面前。

姜竹沥吃饭很秀气，他的用餐习惯和她一样，安静而沉默。

但是这次……一顿饭还没吃到五分钟，已经是段白焰第四次抬头看她了。

她和往常一样，吃东西时像鼓着腮帮子藏坚果的毛球仓鼠，一副很容易就能养活的样子。然而，一想到在不久之后她会离开自己，她的饭桌边会有别人，她进食时小心又专心的样子会被别的狗看见，段白焰就觉得满腔邪火无处释放。

山中的食材新鲜得不得了，姜竹沥完全没注意到他的情绪，正全心全意地与面前的蟹黄小鱼丸斗智斗勇。她用筷子夹丸子，缓慢地往自己的碗里挪，挪挪挪，眼见就要掉进碗里了……

"竹沥。"餐厅里安安静静的，段白焰突然开口。

姜竹沥的手一抖，丸子"啪"的一声，滚到盘子外，在木桌上划出一道长长的汤汁痕迹，才慢慢停下来。

姜竹沥："……"

段白焰赶紧奉上工具："汤勺给你。"

她抬手接汤勺，手指不小心碰到他的手指，凉凉的，像没有温度的玉石。

三伏盛夏，铄石流金，出发之前城市里就已经热得令人窒息，哪怕山间林木旺盛、潮湿恒温，他的手也不该这么凉。

"你冷吗？"姜竹沥有些意外，顺势握住他的手，"怎么这么凉？要不要上去加件衣服？"

——是啊，我不光手冷，我的心里也超级冷，你快点跟我解释一下去国外的事，然后来抱抱我，不然我就在地上打滚了，呜呜呜。

段白焰心里这么想着，面不改色地将手抽回来，嘴像玉竹老鸭汤的主角一样硬："关你什么事？"

她都要走了，她连要走的消息都不告诉他。

她不爱他，哼。

姜竹沥：“……”

这人是不是有什么毛病？

等到出发去野营那天，段白焰的心情终于稍稍好了一些。

他想念姜竹沥做的便当，期待她下厨：“想吃青菜。”

这家伙很少直截了当地表达需求，他的声音微低，就像在撒娇。

他帮她洗菜。

姜竹沥原以为大少爷四体不勤，五谷不分，没想到他竟然能把每一种青菜都分得清清楚楚：“土豆洗完之后，要切块吗？”

姜竹沥正在熬汤，没有多想：“要切，记得切小一点。”

她穿着围裙，阳光从侧面打进来，晕开一片暖洋洋的光影。

段白焰的目光随意扫过去，突然有些移不开眼。

这样好像分工明确的新婚夫妻……

但一想到姜竹沥要背着自己出国留学，他又想就地打滚了。

美食主播的一大要义，是图片一定要好看，所以姜竹沥格外擅长摆盘。

她将两份便当分进一粉一蓝两个饭盒，饭团捏成小熊猫的形状，芹菜和香干切碎做成小菜，菠萝、火龙果块和玉米粒垫着生菜叶放在角落里，剩下几个格子分别用来放咖喱鸡块、土豆牛肉和段白焰最初提到的小青菜。

段白焰的目光跟着那两个盒子转，背包里已经塞满了装备，他还是主动提出要拿着那两个盒子：“我来拿，我来拿。”

姜竹沥：“……”

这神情，仿佛揣着两个孩子。

她一直到最后也没有问，他期待的究竟是吃，还是和她一起做饭这个环节。

风和日丽，天山共色。

他们开车深入山林，越往里走，景色越发宜人。

正午日光充沛，熊恪将车停在一片空草地上，前有清溪，背靠青山，山坡广袤绵延。

段白焰牵着姜竹沥下车。

他们过去的时候，已经有七八个大学生模样的人在溪边安营扎寨，看起来跟他们差不多年纪，每一个都活力满满的。其中有个高马尾、桃花眼的姑娘，主动跑过来跟他们打招呼，问他们需不需要帮忙扎帐篷。

段白焰淡定地坐在帐篷的废墟上："不用。"

桃花眼姑娘也不在意，笑容明朗："我们在烤烧烤，食材很多，你们是两个人吗？等会儿要不要过来跟我们一起吃？"

段白焰刚想拒绝，姜竹沥先开了口。她觉得不能辜负人家姑娘的一片好意，于是主动说："谢谢你，但我男朋友有哮喘，烧烤可能会有很大的烟尘，他不能碰。"

桃花眼姑娘恍然大悟，顿了顿，又笑："没关系呀，你可以自己过去拿食物，再带回来给他。"

姜竹沥微怔，段白焰发出叹息："大概也不行。"

坦白说，"我男朋友"这个标签，让他的心情跟着好了几个度。

于是他也温柔下来，捏捏姜竹沥的手，低声说："她最近扁桃体有些发炎，还没有完全恢复，不能吃辛辣的东西。"

他们像一对相互照拂的小夫妻。

桃花眼姑娘咯咯笑："你们好默契！"

段白焰点头："对，我不能闻，她不能吃。"

山风吹拂，他微微顿了一下，最后一句话很轻却很郑重，像是说给她听，也像是说给自己听："我们天生一对。"

吃完晚饭，熊恪把望远镜搬下来组装好。

入夜后山上昼夜温差变大，四周黑漆漆的，没有一点光，只有山坡上几个帐篷还固执地亮着灯。

夜风凉，夜空无尽延伸，星河寂静遥远。

"竹沥。"段白焰坐在望远镜前，舔舔唇，想教她认星星，"你看那个，你知道那颗星星叫什么吗？"

姜竹沥看也不看："夏季大三角。"

段白焰惊了："你连看都没看，就知道我指着哪里？"

她顿了顿，小声说："你高中地理只学了一年半，也就只知道一个夏季大三角。"

段白焰："……"

夜色渐深，草丛中渐渐浮起星星点点的黄绿色光芒，山间云雾缥缈，满天星辰，仿佛伸手可摘。

星河完全升起来后，他们便一起去放孔明灯。

姜竹沥期待这个项目很久了，她兴冲冲地拿着马克笔在灯上写愿望。段白焰离她很近，探头过来看。

"不能看。"她立刻紧张地捂住，"看到就不灵了。"

段白焰冷笑："呵。"

他现在怀疑，她是不是在灯上写了什么骂他的话，类似"段白焰生不出小公主"这一类的。

夜幕沉沉，而星河璀璨，巨大的夜空下，庞大的星系将人映衬得渺小如同尘埃。

他们去河边放灯，山风鼓起衣袖，吹乱了姜竹沥的长发。

她忍了一路，最终还是没忍住，偷偷瞄了一眼段白焰的灯。

段白焰也学她，死死地捂住不给她看："呵。"

姜竹沥："不看就不看。"

她和他同步，微微躬身将灯摆平，然后慢慢放开手。

段白焰的眼睛一眨不眨地盯着灯。

山间的夜景如梦似幻，孔明灯逐渐升空，像一团小小的橘红色光晕，将她的脸庞映照得格外温柔。

他透过火光，依稀辨认出，她那一面写的是"希望段白焰平安喜乐，福寿双全……"。

段白焰愣在原地，还来不及品味感动，立刻看到下一句："努力成为一个正常人！融入正常人的世界！不被社会遗弃，不被集体排挤！"

段白焰："……"

夜深露重，两个人收拾好望远镜和之前草率地扔在地上的背包，早早地回到帐篷，钻进各自的睡袋。

星光落在山坡上，远处的笑闹声逐渐消失，疾风吹散灯影，世界都变得安静了。

帐篷内没有光源，段白焰看不见姜竹沥的脸，只能一动不动地盯着她的方向，靠呼吸来确认她的存在。

她的呼吸声很小，慢慢趋于平稳。

段白焰以为她已经睡着了，小声道："竹沥。"

"……"

"你知不知道，我刚刚在孔明灯上写了什么？"

姜竹沥还没睡熟，可他确实只敢在这种时候说实话，哪怕被她记起，也能推诿说是她做梦。

她迷迷糊糊地问："什么？"

山林间起伏的星光如同潮水，萤火虫的光芒在地面上铺开，绵延着，涌动着，有如和风滚过麦浪，世界磅礴，他和她偏安一隅。

段白焰探过身，不轻不重地吻着她柔软的手背上。

——神啊，请再给我一些时间。

番外二

段导的带崽日常

两只幼崽飞快地长大。

段白焰本来以为他也继承了段家奇怪的“讨厌小男孩”的基因，不会太喜欢段嘉树，还特地给自己做了很多心理建设，也读了很多带两个孩子的育儿攻略，一遍遍地提醒自己“不要重女轻男”“不要偏心”“一碗水端平”……

可这种担心，在饲养两只幼崽的过程里，飞快地被打消了。

段家两只小团子刚开始学走路时，段白焰看着段嘉树松开姜竹沥的手，小小的一只，摇摇晃晃地朝自己走过来，突然觉得紧张。等他冲过来扑进段白焰的怀里叫爸爸，段白焰又感到眼眶发热。

明明已经跟这两小团相处过不少时日，不再是产房里初为人父的喜悦无措，可是当他真正体会到生命成长与血脉延续，仍然忍不住为这种不可替代的奇妙的感觉而发出喟叹。

“你说我爸妈当时到底是怎么想的？”压抑住澎湃的心情，文艺青年段导这种时候还不忘指责自己不负责任的父母，“幼崽这么可爱，他们说不要就不要。这么无情，他们是机器人吗？”

姜竹沥犹豫了一下，想说会不会是他小时候不可爱呢……

但她最终还是起身环住他的脖子，给了他一个大大的拥抱：“没有关系呀，你现在有新的家了。”

段白焰伸手回抱住她，听到她的声音带着点笑意，在他的耳边说：“我们都会很爱你。”

段白焰非常感动，并对姜竹沥的话深信不疑。

他没有一个好父亲，但他觉得，自己一定能做一个好父亲。

这种连他自己也不知道从哪儿冒出来的自信，没多久就被打破了。

起因是姜竹沥的餐厅培训，要出差半个月。

看着哼哼唧唧不想跟她分开的段先生，她笑着给了他一个告别吻："我很快就回来了，会给你们带礼物的。而且我看过培训的日程安排，课程很宽松，应该有很多时间可以跟你视频通话。"

那也不行，段白焰和他的老婆，一刻也不能分割。

他很想跟她一起去："那嘉树和嘉楠哭着喊妈妈怎么办？"

姜竹沥微笑着拍掉他的手："你清醒一些，他们已经快上小学了，比你还懂事，不会哭着喊妈妈。"

段导没办法，只好不情愿地留下来，一个人带崽。

带崽有什么难的呢？他想，他们都是大孩子了，他们会自己玩的。

结果半天还没过去，他就遇到了人生中第一个难题——做饭。

新年刚刚过去，家里的私厨年假还没放完，姜竹沥又出差去了。段白焰看着坐在餐桌上嗷嗷待哺的两个崽，信心十足地捋起袖子，决定让他们感受一下伟大的父爱："来，爸爸亲自下厨给你们做饭，你们想吃什么？"

两个小朋友对视一眼，不约而同地回忆起被黑暗料理支配的恐惧。虽然他们都觉得很夸张，但段白焰是那种敢把鸡蛋不剥壳就放在锅里炒的人。

诡异的是这家伙还特爱做"母爱教育"，每次茶余饭后他就把两个小家伙抱在腿上讲过去的故事，都要讲起姜竹沥孕期时发生的事，然后夸大她的辛苦，以教导他们好好对待母亲。每次到了末尾，他都要特别强调一句："我那时候每天半夜爬起来给你们的妈妈做吃的，我那么用心地照顾她，你们也一定不可以欺负她，要好好保护她。"

两个幼崽深以为然之余，又始终被同一个可怕的问题困扰着：妈妈整个孕期都在吃爸爸做的食物，她是怎么活下来的？

眼下，段嘉树和段嘉楠都陷入了沉默，不知道该怎么跟爸爸说，他们不想吃他做的任何东西。

半晌，段白焰察觉到异常："你们不想吃我做的饭？"

段嘉树犹豫了一下，想说实话又怕伤害到老父亲脆弱的自尊心，斟酌道："爸爸，我和妹妹下午约了小伙伴出去玩，现在做饭的话，花费的时间可能会很久……我怕迟到。不如看看冰箱里还有什么速食？”

段白焰很感动，小小年纪就这么会照顾老父亲的自尊了，值得奖励。

所以他也没生气：“好啊。”

段白焰打开冰箱，里面装着满满当当的肉类和蔬菜，都是姜竹沥过年时购置的，她有空时会亲自下厨，不过大多数时候，家里的日常饭菜是私厨在做。

段白焰寻找一圈，除了果冻、布丁、巧克力类的零食，只找到一份没开封的速食八宝饭。他转过身，问两个幼崽：“八宝饭你们吃吗？”

只要不是爸爸做的，吃什么都行。

两个幼崽对视一眼，疯狂地点头。

段白焰很多年没见过这种速食八宝饭了，家里过年时也吃这个，但好像都是现做现吃。他没什么吃速食的经验，拆开塑封，用刀将一整块的八宝饭切成不偏不倚的两份，分别送到两个小团子面前，一脸慈爱地提醒：“慢点吃。”

幼崽齐刷刷地说：“谢谢爸爸。”

可段嘉楠的勺子刚落下去，就觉得有点不对劲。

好像太硬了。

沐浴在老父亲慈爱的眼神里，她硬着头皮用力戳，怀疑是不是自己的力气太小，为什么连饭都戳不动。

段嘉树那边显然也遇到了同样的困扰，他试着咬了一口，皱皱眉头，再试着咬一口……

不行了，这次他真的得说实话：“爸爸，这个饭有点奇怪。”

“怎么了？”段白焰拿筷子过来想尝一口，立刻发现这玩意儿很硬，他连挑都挑不起来。

陷入沉思的段白焰：“……”

段导沉默三秒，终于想起自己忘了什么。

他云淡风轻地弓下身，将两盘八宝饭都拿起来：“我想起来了，这东西好像要热一热或者蒸一蒸再吃的……”

在两个小朋友幻灭的眼神里，他若无其事地提醒：“不要告诉妈妈。”

最后，段白焰带着两个幼崽出去吃饭。

陪着他们在外面疯玩一天，晚上回家，他调好热水，打发两人去洗澡：“要不要爸爸帮你们洗？”

家里雇了人帮忙照顾小朋友，段爷爷不放心，也往这边塞了不少各种各样的陪护。

段白焰其实不担心他们出什么事，但育儿书上说过，什么时候都不能忘了培养父子（女）关系。

段嘉楠乖巧地摇头：“不用，我自己可以。”

段白焰夸她：“楠楠真棒。”

段嘉楠开开心心地抱着毛巾跑掉了。

段白焰站在原地，耐心地等儿子说话。

等这小家伙也回应完毕，他就解放了，可以去床上躺着给可爱的老婆打电话了，一直视频到她睡着。

然而段嘉树表情纠结地沉默了半晌，扯住段白焰的衣服下摆：“爸爸，我想让妈妈来给我洗澡。”

段白焰：“……”

——你想什么呢？我也想让你妈妈给我洗澡，不看看这家里谁做主，轮得到你吗？

但段导想了想，握住小儿子的肉手，蹲下身跟他平视，很有耐心地问：“嘉树是不是想妈妈了？”

这两个小孩树立性别意识很早，几乎是从段嘉树能独立洗澡起，姜竹沥就没再怎么进过他的浴室。实在有需要，会让段白焰或者别的男人进去帮他。

“是很想妈妈。”段嘉树点点头，想到什么，又伸出胳膊捋开袖子，展示膝关节处那个小擦伤给他看，“但主要是因为这个，我怕洗澡时会疼，想让妈妈帮忙看着。”

段白焰下午就看到那个擦伤了，跟段嘉树、段嘉楠一起玩的是他们在幼儿园的小伙伴，这个年纪的小孩玩起来多少有点疯，磕磕碰碰、摔跤都是常事，一旦一群人玩到一起，就更容易出事。

下午段嘉树摔倒时段白焰就帮他捋开袖子检查过了，好在是冬天，他穿得也厚，没怎么受伤。回来之前段白焰买了消炎的药水，本来打算在他洗完澡之后再给他涂的。

没想到，这小屁孩竟然提出这么无理的要求。

段白焰跟他讲道理：“妈妈现在在出差，肯定没办法帮你洗澡。爸爸呢，也有工作要做，走不开。我让家里其他人来陪你洗好不好？他们不会弄疼你的……”

段嘉树不高兴了：“不嘛，我想要妈妈，他们跟妈妈怎么一样？妈妈脾气又好又温柔，做饭好吃，帮我洗澡穿衣服的动作也一直很轻……我从小就跟她感情很好啊，爸爸又不是不知道，我……”

“好的。”段导云淡风轻，将这个妄图跟他抢老婆的愚昧幼崽提起来，“那爸爸不工作了，爸爸帮你洗。”

小短腿瞬间离地的段嘉树：“……”

难得有这么亲密的亲子互动时间，父子俩艰难地洗完了这个澡。

离开浴室，段白焰看看表，竟然已经快十点了。既然是上培训课，那姜竹沥也不能休息得太晚，他心里有点急，想赶紧去跟可爱的老婆聊聊深夜人生。

可他刚刚坐到床上打开平板电脑，段嘉树就抱着吹风机，拖着长长的线跑了过来：“爸爸，爸爸，帮我吹头发。”

段白焰真的想不明白，就这么两根小破头发，有什么好吹的？

看看人家段嘉楠，养个女儿多省心啊，长得好看还乖巧，吃得不多话也少。

“你跑慢点。”他在心里叹了口气，把儿子抱起来，“怎么一路拖着线过来？也不怕被绊倒。”

段嘉树眨了眨眼：“你是不是要跟妈妈聊天了？”

段白焰：“……”

段白焰：“大人的事小孩少管。”

他的话音刚落，平板电脑那头接通了，姜竹沥的脸浮现在屏幕前。她也刚刚洗漱完，穿着浴袍，头发湿漉漉的，背景里是光线柔和的酒店卧室。

刚一接通，她就听见这句话。

姜竹沥以为段白焰在背后偷偷凶儿子：“喂，不是说好了，对待儿子要像对待女儿一样温柔吗？”

段导有苦说不出：“我觉得我已经很温柔了。”

他爷爷要是看到现在的他，指不定得吓成什么样。

姜竹沥想了一下，觉得也是，跟过去比起来，现在的段导简直是脱胎换骨。但她仍有些不放心，于是小声地提醒他：“你对他好点。”

段白焰哭笑不得，段嘉树听到声音，立刻扑过去：“妈妈！”

姜竹沥故作惊奇：“这么晚了，嘉树怎么还不睡？”

“我想见妈妈呀。”小幼崽的眼睛很黑很圆，亮晶晶的，很有他亲爹以前告白时形容的“眼里落着星星”的感觉，“我就说爸爸一定会跟你视频的，果然被我猜对了。”

姜竹沥乐了：“是呀，要不要叫妹妹也过来？”

“妹妹刚刚睡啦，妈妈有话要对她说吗？我明天会转述给她听的。”

姜竹沥被逗笑了：“好啊，那你问问她想要什么礼物，想要小风铃，还是小手袋？”

段嘉树说：“妈妈要买礼物吗？我也有吗？”

“是呀，你的选项比妹妹还多一项，你可以挑……”

…………

卧室里充斥着儿子和老婆的欢声笑语。

段白焰在旁边欲言又止好几次，怎么都插不上话，只好想办法把烦人的儿子打发走：“嘉树，时间太晚了，该睡觉啦。再不睡觉，大灰狼要出来抓小朋友了。”

这已经是三岁小孩都不信的话了，段嘉树摇头：“我还不困，而且我想妈妈了，想再跟她聊一聊。爸爸以前不是说，大灰狼只抓对妈妈不好的小孩吗？”

段白焰：“……”

他可算知道了什么叫搬起石头砸自己的脚。

“但是嘉树。”段白焰温柔地威胁他，“小孩子看视频看太久，会瞎掉喔。”

段嘉树微怔，真的有点被吓到，陷入了“要不要再跟妈妈聊一会儿”的犹豫之中。下一秒，平板电脑里传出姜竹沥的笑声：“他骗你的，别信他。但现在确实不早了，嘉树，你得去睡了，如果想聊天的话，明天白天也可以来找妈妈呀，妈妈一直都在的。”

段嘉树立刻兴奋起来："那好，我明天来找妈妈。"

"嘉树晚安。"

"妈妈晚安。"段嘉树趴在屏幕前，认认真真地说，"我爱你呀，妈妈。"

姜竹沥从摄像头里看到段白焰越来越郁闷的脸，心里乐坏了："我也爱你呀，嘉树。"

好不容易赶走话多的儿子，已经快十一点了，段白焰有点不高兴，生崽养崽真的会影响二人世界，早知道他就把这个项目推迟到三十岁之后了："你要不要也去睡？"

姜竹沥一边做睡前护肤，一边摇头："时间还早，我们也可以再聊一些成年话题。"

"可是很晚了……"

"没关系。"

姜竹沥停顿一下，学着段嘉树的语气，隔着屏幕，笑意满满地轻声说："我也爱你呀，段先生。"

因为这句告白，段先生一连几天心情都非常好。

姜竹沥还得两三天才能回来，年假结束之前，他带两个幼崽去逛超市。早上出门看到段嘉楠乖乖巧巧地坐在沙发上，段白焰突发奇想，朝她招手："来楠楠，爸爸帮你梳头。"

段嘉楠觉得很新鲜，连忙跑过来。妈妈不在家的这段时间，一直是家里的阿姨在帮她打理头发和衣服。

段白焰将段嘉楠放在腿上，低声问："爸爸先把你的头发打散好不好？"

段嘉楠奶声奶气地说："好。"

段白焰将她那束简单地束成马尾的头发打散，问："妈妈平时都给你梳什么头？"

段嘉楠想了想，认真地说："妈妈会用彩色的皮筋扎小辫子，会盘丸子头，会编电视剧里那种从发尾开始编的麻花辫。如果我穿汉服的话，她还会帮我绾很多我也叫不出名字的发髻，还有……"

"可以了，可以了。"段白焰突然有点后悔，妈妈果然无所不能，爸爸果然啥都不会。他想了想，决定选最简单的："爸爸给你扎两个小鬏鬏好不好？”

段嘉楠乖乖地点头，倒也没有为难他：“好呀。”

她将镜子竖在面前，看着亲爹小心地将她的头发分成两撮，然后……从背后，拿出了一根，长长的，毛衣针？

段嘉楠：“爸爸，你手上拿的是什么？”

“毛衣针。”段白焰云淡风轻地说，“梳子太粗了，我怕分不开你柔软的长发。”

段嘉楠：“……”

姜竹沥结束课程培训，回家那天，一家三口站在门口欢迎她。

除了箱子里的礼物，她回来时路过餐厅，还顺路给两个幼崽带了点心，一盒红豆椰汁糕和一盒杧果豆腐冻。

两个幼崽已经接近半个月没吃过妈妈做的食物，欢天喜地、一左一右地拽住妈妈。姜竹沥乐坏了，捏捏这个的鼻子，拍拍那个的脑袋：“你们两个在家，有没有好好看着爸爸？”

段嘉树打报告：“爸爸没有出去乱跑，也没有欺负图拉。”

段嘉楠也很积极：“爸爸可乖了，还企图给我们做饭吃。”

“企图”这个词用得过于灵性，姜竹沥早就见识过段先生的黑暗料理，对此倒也见怪不怪，没有多问，让两个幼崽先去解决点心：“少吃一点喔，等会儿还要吃晚饭。”

两小只齐齐地应好，转身跑掉了。

段白焰见她只准备了两份甜点，像条大狗似的蹭过来：“我的呢？”

姜竹沥的眼中浮起笑意，她踮起脚，在他的侧脸上轻轻亲了一下。

他将下巴压在她的肩膀上，小声说：“我一个人，带了整整半个月的崽。”

姜竹沥顺水推舟，夸赞：“你真棒。”

段白焰毫无自知之明，一本正经地说：“我没有一个好爸爸，幸好我的孩子有个好爸爸。”

“你要点脸。”

晚饭之前，姜竹沥打开冰箱检查食材，突然想起什么：“嘉楠刚刚说，你还给他们做了饭？”

段白焰心虚，答得含混不清：“嗯。”

姜竹沥感到稀奇：“做了什么？”

她知道段白焰是不会做饭的，孕期时他每天半夜准时准点起来给她做消夜，只是把燕麦煮熟，就私下偷偷练习了半个多月。这事她隔了很久很久才知道，他能认清五谷蔬菜，可他在烹饪上是绝对的零天赋，只有在面对她的时候，他才愿意去尝试。

“就……”段白焰老实交代，“我一开始想给他们吃八宝饭，速食的那种。”

“嗯。”

“结果忘了加热。”

“……”

“后来又想给他们泡米糊。”段白焰摸摸鼻子，“结果不小心泡成了……淀粉。”

姜竹沥捂住脸。

段白焰赶紧解释：“但我真的没想虐待他们，尝试了两次都失败之后，我就带他们出去吃了。”

他有点忐忑：“你会怪我吗？”

“为什么要怪你？”姜竹沥好气又好笑，到头来还得安慰他，“没关系的。”

停顿一下，她语气温柔地说：“我相信嘉树和嘉楠靠着一身正气，也一定能活下来。你说是不是？”

段白焰：“……”

后来，段嘉树和段嘉楠开始读小学。

某次作文比赛，段嘉树的作文《妈妈出差后，爸爸为何那样》以高度的生动性与纪实性，一跃成为一等奖的满分例文，被全校师生互相传阅。

而文章中事件记述的当事人段白焰先生，在整整一个月后的家长会上，才读到这篇文章的全文。

文中写了儿时妈妈出差时，那顿令他难忘的八宝饭以及后来妹妹出门前，爸爸用毛衣针给她梳的头。

文章措辞生动，金句频出——

“在我们家，爸爸只是用来找妈妈的搜索引擎，从小到大，爸爸对我说过最多的话是，别哭，爸爸带你找妈妈。

“别人家的父爱如山，我家的父爱如山……崩地裂。

“爸爸给我倒水，永远是滚烫的开水；妈妈给我倒水，永远是温柔的凉白开……

“有危险时，爸爸是超人；没有危险时，爸爸就是危险。”

…………

段白焰看着作文，五味杂陈，欲言又止，不知道该把段嘉树扒出来打一顿，还是奖励他一下。

尴尬的是，这篇文章被放在学校的官网上，没多久就被“白竹鼠情侣站”的粉丝扒出来了。段白焰刚结婚时更新微博秀恩爱的频率很高，恨不得全世界都知道“老子跟初恋结婚了”。后来有了段嘉树和段嘉楠，段白焰不想让他们出现在大众的视野里，发微博的频率才慢慢降下来，连简介都改成了“忙着带崽”。

他平时的画风就是喝茶、养崽、撸老婆，只有在新电影上映的时候，才会上来营业。

这导致所有人都很好奇，他那两个宝贝崽崽到底是什么样子。所以这篇作文一出现，轻而易举点爆了段白焰的微博评论区——

“小嘉树觉得爸爸有点危险，可我觉得好可爱怎么回事？呜呜呜……”

“我仿佛能透过这八百字的作文，脑补出八万字的婚后日常。”

“啊啊啊，求你了，带着崽崽来参加亲子综艺节目吧！”

…………

段白焰哭笑不得，发微博说他很早就和妻子商量过这个问题，不想让两个崽太早出现在公众视野内，将来要做什么，等他们自己可以做选择的时候，再做决定也不迟。

大家深感遗憾之余，也纷纷表示理解。唯一感到可惜的是，暂时见不到这两个漂亮的崽崽了。

然而拥有漂亮崽崽的段导，现在正在认真研读儿子的作文。他在热搜上看到被粉丝们做成表情包的句子，才发现自己粗心大意，没有读完，那文章最后一个折页里，竟然还藏着一段他没有读到的大结局。

“爸爸喜欢摄影，喜欢漂亮的构图，喜欢在雨天跑出去瞎溜达，还很喜欢欺负家里的刺猬图拉。他喜欢很多很多东西，喜欢我，也喜欢妹妹。

“不过在我家，他还是最喜欢妈妈。”

书房里阳光灿烂，窗户大敞，空气中浮动着冬樱的冷香。段嘉树和段嘉楠放学了，两个人在院子里打打闹闹，从这头跑到那头，两个崽的笑闹声顺着风，混着姜竹沥“跑慢点”的嘱托，传出去很远很远。

风吹动纸页，段白焰微怔，继续看。

“尽管我的父亲幼稚、笨拙，不会做饭，总是跟我抢妈妈，但我非常爱他。

“因为我知道，他也在很努力地做爸爸。

“人生天地间，生命短暂、瞬息、倏忽即逝，盛年不再来。”

段嘉树一笔一画，写得很认真：“但这种爱热烈、绵长、生生不息，直到永恒的尽头。”

——我一直这样确切、坚定地相信着。

番外三

有点可爱

01

段白焰的婚礼当晚，程西西喝多了，赖在熊恪的怀里不肯起来。

熊恪找到房卡，两手抱着她踢开房门，将她扔上床。刚想起身，又被她死死地拽住领口，用力拉下去。他毫无防备，猛地向下倾，手疾眼快地撑住她背后的床，才没有直接亲上去。

程西西失望极了："你怎么没亲上来？"

她的脸色绯红，神志不大清醒，她颇为遗憾地将手伸向他的衬衣扣子，软声嘟囔："你是不是雄风不……"

"振"字还没出口，一股大力提着她的双肩，硬生生地将她从床上提起来。

程西西一脸蒙，只觉得耳旁刮过一阵风。等她再清醒过来，自己已经被人像拎小鸡似的拎到了墙角，熊恪站在她的面前，忍无可忍地低吼："立正！"

程西西慌慌张张地照做，愣了两秒，偷偷用余光看他。

熊恪站在她斜对面四十五度的地方，挺胸抬头、目视前方，看起来严肃极了，大概是生气，额头上的青筋都凸起了。

半晌，程西西小心翼翼地问："这、这是什么新的游戏吗？"

"站好！"他皱着眉吼，发命令时字正腔圆，"贴紧墙！挺胸抬头！不要东张西望！"

程西西被吼蒙了，后知后觉。

他们现在在干什么？军训？

有病吗？一男一女半夜在酒店里军训？

"这个游戏不好玩，我们换……"

她的话说到一半，被他冷漠无情地打了回去：“不准乱动！再动转过去面壁！到你清醒为止！”

“我挺清醒的，我背一个党章给你听听？”

熊恪板着脸没说话。

程西西凑过去，戳戳他：“熊恪？”

熊恪还是板着脸。

程西西无措地站在原地，眼眶以肉眼可见的速度迅速变红，然后她……“哇”的一声，哭了。

一开始是干打雷，后来见他没有过来哄她，她开始真情实意地哭，眼泪断线珠子似的掉下来：“喜、喜欢你有错吗？哪、哪有你这种人，平时看着怪老实，一喝酒就露出原形……大半夜的，跑到女孩子的房间里来——”

她起了一个好高好高的调，然后突然停住，开始大喘气。

熊恪不忍心，目光扫过来。

“把人从床上提起来，军训！”程西西泪眼蒙眬，“你还是个人吗？你不就是仗着我喜欢你……”

接着是程西西剧烈的颤音：“就算你雄风不振，我也喜欢你……”

她一个人坐在那儿，哭得那叫一个惨。

熊恪不懂人类怎么可以发出这种哭声，有些愧疚，又有些好奇，想安慰安慰她，腹稿打了八百字，出口只剩一句干巴巴的：“别，别哭了。”

程西西不理他，继续哭。

熊恪手足无措，他人生的前三十年跟女生打交道的次数屈指可数，对付“不听话”的女生，最简单的方法就是罚站、罚蹲和罚做俯卧撑。

但这些方法显然不能用在程西西身上，她一掉眼泪，他就想缴械投降。

“别哭了。”他绞尽脑汁地安慰她，“不讨人喜欢不是你的错，是我的错。”

程西西愣了愣，哭得更凶了。

她明明属于长相精致小巧的那一挂，哭起来却一点都不梨花带雨，菱形的嘴唇微微张着，眼泪顺着脸颊一颗一颗向下，一滴一滴地聚集在尖尖的下巴上。

熊恪看着她的嘴唇，酒气突然冲开理智。

他掐住她的下巴，吻了上去。

程西西睁大眼，瞬间安静了。

于是熊恪得出结论，这种时候，接吻比罚站、罚蹲、罚做俯卧撑有用太多太多了……以后可以多用。

02

恋爱后，程西西越发觉得，跟熊恪在一起真的非常费劲。对付这种不懂浪漫的男人，她还得手把手地教他发糖。

两个人坐同一班飞机回国，程西西指导他："第一件事，把你的微信备注名改一下。"

熊恪将信将疑，想掏手机，才意识到关机了。

"那没事，备注等下了飞机再改。"程西西宽容大度，"我们先做第二件事，你把你每天随身带着的那个小笔记本给我。"

熊恪依言照做，从口袋里掏出一个手机大小的笔记本。

程西西翻开空白页，飞快地在上面写了一行字，然后"啪"的一声合上，塞回他手中："以后不知道怎么做的时候，就看看这个本子。"

熊恪迟疑地点点头，翻开本子，看到上面只写了一句话——今天要做的事：想她、夸她、宠她。

他微怔，抬起头，正对上程西西的目光。

"现在你亲我一下。"她抬眼看他，目光清冷，一本正经，"就算是把今天的份给宠完了。"

熊恪微怔，板着脸低咳："可是这里好多人。"

这人没救了。

程西西面无表情地推开他，将眼罩拉下来戴好，整个人蜷进毯子，转过去不看他。

熊恪有些茫然，空姐过来发放晚餐，抬手想拍程西西，被他拦下。

他犹豫了一下，在她耳边轻声问："你要吃什么？"

她闷声拒绝："我不吃晚饭。"

飞机上的食物太油了，她连果汁都没胃口喝。

熊恪皱眉：“你有胃病还不吃饭？胡闹！”

程西西不为所动。

熊恪不知道自己哪里又惹到她了，想来想去，低声问：“你是不是胃不舒服？”

她还是不搭理他。

他不知道该怎么办，手臂抬起来又放下，抬起来又放下。最后鬼使神差地摸出她刚刚写过字的那个本子。

想她和宠她……现在暂时做不了。

脑子里灵光一闪，他沉声说：“程西西，你今天这条裙子很好看。”

程西西没有戴耳塞，闭着眼清楚地接收到他的声音，心里开心得冒泡泡，轻哼：“还有呢？”

他说：“没有了。”

一盆冷水当头泼下。

怕她误会，熊恪赶紧又解释：“你今天换裙子了，所以我夸夸裙子。”

程西西：“哈？”

所以，那人呢？穿裙子的人呢？

“我今天还洗了澡化了妆呢，我也脱胎换骨了，你怎么不夸我人长得好看？”

熊恪不明白：“那不是客观的事实吗？”

这回换成程西西愣住。

他仍然不解：“既然是客观的事实，为什么还需要我再强调一遍？”

程西西终于反应过来。

他这句话后劲巨大，像加农炮似的，把她的小心心击得稀巴烂。

“需要的！”程西西坐起来，两眼亮晶晶的，“你以后就夸这个，每天夸一遍，换着花样夸，这就是教科书答案，你哪天夸得不对我跟你急。”

熊恪看她这么兴奋，更困惑了，这股困惑慢慢地竟然转变成了深重的同情。

“程西西。”他叹了口气，严肃地说，“你老实告诉我，你从小到大，是不是没人夸过你好看？”

“哈？”

“你很好看，真的。”他一脸怜爱，手掌从她的头上抚过，像老父亲一样，“你自信一点。”

“不会说话就闭嘴好吗？算我求你了。”

03

后来某日，两个人一起出去吃饭。

程西西站在电梯前分辨楼层，陷入每个强迫症患者都会面临的难题：“吃什么好呢？烤肉太油，韩料太腻，烤鱼又太咸……”

熊恪及时提议：“不如先上去看看，逛到哪家吃哪家。”

“好呀。”程西西快快乐乐地跟着他一起进电梯上楼。

商城内部是半开放构造，午饭时间，不断有站在店外招徕顾客的服务员，微笑着向他们递出菜单。

程西西收了一摞，都不怎么喜欢。

绕完整个第三层，两人乘扶梯上第四层。

有熊恪在身边，她觉得熟悉的世界都变新鲜了，忍不住扒着电梯往下看，没看两眼，就被熊恪拉回来。

他低斥：“你今年三岁？”

程西西默默地垂下脑袋。

“三岁小孩都知道，不要扒着电梯往下看。”熊恪只好放软语气，“掉下去怎么办？”

她不说话，头顶的软毛一动一动的。

熊恪有些无措，两个人走下电梯，他下意识地握住她的手：“看路。”

手掌相合，程西西像触电一样，整个人都亢奋起来。

走出去一段路，熊恪再想放开，就发现……她胶水似的死死地握着他，他放不开了。

熊恪张了张嘴，想让她松手。

可是视线下移，就看到她红红的耳尖。她牵着他的手左顾右盼，假装什么都没发生，一副认真挑选吃饭地点的样子，红晕却不受控制地在她白皙的皮肤上肆无忌惮地狂奔，一路从脖子蔓延到了耳朵。

女朋友好像……

熊恪的喉结微动，无意识地也握紧她的手。

有、有点可爱？

04

程西西的工作是演员，生活里也时不时犯一犯戏瘾。

一次参加剧组饭局，她在酒店大堂与熊先生狭路相逢，立刻兴奋地迎上去："咦，大熊，你晚上也在这儿吃饭？"

熊先生的声音低沉："嗯，我也有个饭局。"

"你的饭局跟我不会是同一个吧？就那种偶像剧情节……"程西西立刻仰起头，一脸期待，"十八线小明星和霸道总裁低调恋爱后在饭局上重遇，小明星是个没资源的可怜小透明，处处被恶毒女配压一头，霸道总裁就拼命打脸，帮她出恶气。"

熊先生："……"

熊恪抿着唇不说话，她一个人说个不停："说到这个，我还真的没见过这个剧组的投资人呢，大熊，你不会就是他吧？"

熊恪沉默一会儿，垂眼时接触到她期待的目光，心里莫名其妙地涌起一股负罪感，仿佛自己辜负了她的期待，无论如何都不该回绝这样可爱的姑娘。

"不是我。"他顿了顿，低声说，"我来谈的项目是重工业，跟你们的圈子完全不沾边。"

程西西笑意飞扬："我知道呀，我就是想多听你说两句话。"

熊恪愣了一下。

"叮"的一声，两个人并肩抵达十七层。

程西西乖乖地朝他挥手，两眼弯成小月牙："我走啦，大熊，下次见。"

"我送你过去吧。"熊恪下意识地挡住电梯的门，鬼使神差地半悬起手臂，虚护住她。

酒店十七层往上是商业区，入夜之后，巨大的玻璃落地窗能看到这座城市最完美的夜景。

服务员引他们往包厢走，走廊地板上铺着厚厚的毯子，走起来没有声音，远远的能听见包厢内传出“哈哈哈”的笑声。

程西西拽拽他，小声说：“就到这里吧，谢谢你。”

顿了一下，她意有所指地在他的掌心挠了挠：“我这个饭局应该不会太久，如果时间撞得上，等饭局结束了我们再聊呀。”

熊恪微微抿唇：“好。”

嘴上是答应了，可他的手并没有从门把上放开。包厢的门虚掩着，明亮的灯光流泻出来，觥筹交错，笑声四起。

最先注意到他们的人是程西西的助理许斐，她笑着起来开门：“瞧我们这儿刚刚还说呢，西西总算过来了。”

她拉开门，程西西连忙一脸抱歉地走过去，向大家说对不起。

熊恪站在原地没有动，像一堵高大沉默的墙。

导演笑着招手：“来，西西，跟投资人打个招呼。”

这年头有钱的都是大爷，程西西顺着导演指的方向，看到一个坐在一堆姑娘里笑成花的公子哥。她一边在心里猜这又是哪个煤老板家的孽畜富二代，一边努力让自己笑得好看一点：“您好，我是程……”

“西西”二字还没出口，她见公子哥笑着抬起头，目光相撞的一瞬间，他的笑容硬生生地僵在脸上。

她还没明白这是发生了什么，就见公子哥脸上的笑意一秒敛尽，他迅速放下手里的红酒杯，紧张地舔舔唇，面向门口起身，像耗子见了猫一样乖巧。

然后……公子哥挺胸收腹，严肃地立正了。

程西西：“……”

其他人：“……”

程西西有预感似的，眼皮猛地跳起来。

果不其然，下一秒——

“哥哥……哥。”熊一诺表情悲壮，语气凝重，字正腔圆，谨慎得好像在向首长打报告，“你怎么在这儿啊？”

他明明也没干什么违法乱纪伤天害理的事，可是在这种饭局上遇见，竟然有种被自家哥哥抓奸在床的错觉。

程西西：“……”

哥……哥？！

包厢里一时间陷入死寂。

半晌，这一片寂静里，半靠在门上的男人终于不急不缓地开了口。

熊恪抿着唇，声音低沉，气场很足，带着威压："楼下遇到你嫂子，我顺路，送她上来。"

05

饭局上，程西西起来敬酒。

她拿起酒杯起身，笑吟吟地挨个碰杯过去。

轮到熊一诺，对方不等她碰，吓得连手里的虾都不要了，赶紧双手举起酒杯："您坐您坐，我敬您，我敬您。"

程西西："……"

06

饭局结束，程西西和其他人一起下楼。

她当晚要进组，剧组的车已经停在门外，还没推开酒店门，就见外面立着一个高大的人影。

程西西的呼吸一窒，心"扑通扑通"地跳起来。

她努力矜持，小声地叫："大……"

"哥！"

"熊"字还未出口，熊一诺眼睛一亮，扑了上去："哥，你是在这儿等我吗？你等多久了？你冷不冷？"

程西西："……"又抢她的台词。

熊恪身形微顿，转了过来。

众目睽睽之下，他面无表情地拨开熊一诺死死攥着他手臂的手，朝程西西走过来。

他大概刚刚从外面回来，就守在这儿等她，靠近她的时候，身上带着一股寒气。

"你的饭局也结束了吗？"程西西莫名地感到欣喜，下意识地伸手去拉他的手，“你是在等我吗？”

熊恪点头：“嗯。”

导演想让程西西快点走，熊一诺看出来了，掐着时间捂住他的嘴。

这一幕落进程西西的眼里，她对双方都感到抱歉极了：“对不起啊大熊，我可能得先走……你晚上一个人回去吗？有没有喝酒？要不要找个代驾？”

“没喝酒。”熊恪沉默一会儿，不太自然地掏出手机，“你那天，在飞机上……”

“什么？”她没听清。

“你那天，在飞机上跟我说，要改微信备注。”

“嗯。”

“我改成了这个，是这样改吗？”

说着，他将手机递过来。

程西西赶紧探头去看，目光一扫，看到屏幕上三个大字：“程嘻嘻。”

程西西：“……”

算了，他愿意学，就……已经很好啦。

她的表情僵了两秒，决定暂时把这个话题跳过：“备注等我回来再教你改，现在趁着我还没走，我们赶紧把今天的事解决一下。”

“嗯？”

她低着头搓搓手，像只小动物，小声地问：“你今天有没有想我？”

熊恪没有犹豫：“想了。”

程西西想不到他答得这么干脆，脑子里顿时犹如炸开一串烟花。

啊啊啊——

她心里好像住了一只疯狂的土拨鼠，不停地尖叫。

“那……”程西西强行压抑亢奋，拽着他的袖子，“今天另外的那两件……”

程西西的话音未落，温暖的灯光下，他毫无征兆地抬起她的下巴，在她的侧脸上亲了一下。

程西西猛地睁大眼。

熊一诺蜘蛛似的扒在大门的玻璃上偷窥，见到这一幕，难以置信地抱住导演，发出不可思议的尖叫：“啊啊啊——啊啊啊——”

导演感到窒息："你放、放开我……"

熊一诺激动得面红耳赤，语无伦次："我哥！我哥竟然真的喜欢女生！他竟、竟然不是个弯的！"

酒店大堂内，程西西的心跳都快停了。

他的气息近在咫尺，亲完之后也没有立刻放开她，她红着耳根结结巴巴地说："你、你……你在干什么？"

"宠你。"

熊恪在其他人震惊的目光里，又在她的右脸上亲了一下："补昨天的。"

07

去剧组的路上，程西西收到熊恪的消息，说自己到家了。

她秒回："我也快到拍摄地啦。"

大熊熊："嗯。"

程西西紧张地搓着手，等他说晚安。

然而等了半天，那头一片沉寂。

程西西："……"

她舔舔唇，小心翼翼地问："大熊，你睡了吗？"

大熊熊秒回："没有。"

程西西："你躺在床上了吗？你是不是睡不着？要不要我给你讲睡前故事？"

大熊熊："你早点睡。"

程西西脑子里"叮"的一声，聊这么多，就等这句话呢，她舔舔唇，可怜巴巴地回："早不了呀，我晚上要工作。"

熊恪眉头微蹙。

不等他回复，她马上又笑："可能要通宵了，所以如果你失眠，可以给我发消息呀，我会睡得很晚很晚的。"

熊恪微微皱眉，问："你今晚吃饱了吗？"

程西西不知道他怎么突然扯到这个，有些意外："什么？"

大熊熊："熬通宵还不吃饭？"

他还记着之前飞机上，她拒绝吃晚餐的事。

程西西："我吃饱了，我超级乖，也没有空腹喝酒。"

大熊熊："嗯。"

程西西像只小动物，仰着脖子乖巧等待对方夸她。今日的恋爱三连击还剩一条，不知道他能不能想起来……

这么想着，手机又振动了一下。

她赶紧抓起来，视线刚刚聚焦，就看到熊恪连着转发了三篇文章。

"这三十六种食物最养胃，有孝心就转给爸妈看看！朋友圈都传疯了！"

"十种方法自查你的内脏器官健康情况，快转给爸妈查一查！"

"她喝酒熬夜之后疯狂爆痘，第二天脸颊却光洁如新！原来是吃了这种水果！"

程西西："……"

她现在相信了，熊先生的确三十岁，身份证没造假。

08

结束拍摄，杀青宴上，程西西喝酒把胃病喝犯了。

熊恪赶到酒店时饭局已经结束，时间接近凌晨，暴雨席卷全城，狂风摧枯拉朽，街景的红绿灯模糊成一片。

程西西的电话打不通，他有些着急，带着雨气大跨步上楼，在一堆马上打烊的店里，一眼看到坐在店门前的女朋友。

程西西穿着明黄色的外套，帽子和拉链都严严实实的，垂着脑袋昏昏欲睡，露出白净的侧脸。

"西西。"他赶紧走过去，蹲下身，轻声叫她，"西西？"

程西西的睫毛抖了抖，她慢慢睁开眼，借着昏暗的光线，他在她脸上捕捉到了不健康的红晕。

熊恪感觉不太妙，下意识地抬手想摸她的额头，还没碰到，就被她捉住了手腕。

"熊恪。"程西西用力吸吸鼻子，鼻尖凉凉的红红的，"不要搞这些虚的了。"

熊恪沉默一下，抱歉地说："对不起，我应该早点出门。"

那就不会在路上堵车堵这么久了。

“我不是说这个……”她努力打起精神，嗓子里热气翻滚，声音仍然很小，撒娇似的，“我不想工作了。”

“什么？”熊恪不太明白，她怎么突然这么说。

程西西慢悠悠地伸出一只手，摆出希望他来牵她的姿态，抬眼问：“熊先生，我有点累了，你可以养我吗？”

四目相对，风呼呼吹过，熊恪微怔，一颗心慢慢平静下来。

“好啊。”

下一秒，程西西感觉自己被人抱了起来。

他低头抵住她的额头，轻声说：“我来养你。”

09

程西西胃出血，住院的那几天，熊恪每天都跑到医院来照顾她。

有一天他带的东西有些多，除了给她的食物，还有一个笼子。

“我给你带了件礼物。”他把笼子放到床头，“但病房不给养，你可以提前摸摸。”

“礼物？”程西西觉得新奇，小心翼翼地爬起来凑过去，看到一个巴掌大小、蜷成一团、带尾巴的白色毛团。

她只觉呼吸一窒，小心地伸出手指，试探着摸它。

大概她的手指太凉，毛球被她摸得吓了一跳，一下子转过来，黑眼睛与她面面相觑。

是一只活兔子。

跟她印象里的兔子不太一样，这只兔子的身体很小，耳朵也很小，眼睛黑漆漆、圆溜溜的，眼周的毛色很深，眼尾微微上挑，好像画了厚厚的眼线，像一位民国剧里的雍容大小姐。

“哇，你哪儿弄来的？”程西西的少女心都要炸了，“这是什么神仙生物？”

熊恪笑笑没说话，她的目光一扫，注意到他还提着另一个袋子，上面印着饭店名，像个外卖盒：“另外那个袋子里装的是什么？”

“招牌麻辣兔头。”熊恪顺手递给助理许斐，礼貌地说，“谢谢你照顾西西，辛苦了。”

许斐的两眼笑成月牙状，她双手接过来：“不谢不谢，应该的。”

程西西难以置信，结结巴巴地指着那个毛团：“这是你、你在饭店里买的？”

“嗯。”熊恪见她一副见鬼的表情，有些疑惑，“怎么了吗？”

“那……”也太惨了，程西西语无伦次地说，“那它长大之后，你也会吃掉它吗？”

熊恪一脸认真地摸摸下巴，佯装思考：“也许。”

程西西露出揪心的表情。

许斐捏着麻辣兔头，笑出声来：“你见哪家饭店卖海棠兔？他说什么你都信？”

程西西微怔，迅速明白过来。但她第一反应，仍然是气鼓鼓地护犊子：“他是我男朋友，我当然什么都信。”

熊恪居高临下地拍拍她的脑袋。

他声音温和，声线很低很低，带着点笑意：“傻不傻。”

程西西愣愣的，觉得脑袋上被他摸过的地方……好像长出了一朵七色花。

10

结束连水都不能碰的阶段之后，程西西终于可以开始吃流食了。

熊恪不敢给她喂难消化的东西，熬粥时连南瓜块都不敢加，每天盯着家里的阿姨把白粥熬得烂到没牙的老太太也能咽下去，才带来。

“小心一点。”熊恪在病床上撑起小桌，慢慢扶她起来，“别碰到手。”

程西西的神情虚弱得不得了，整个人恨不得贴在他身上。

熊先生毫无脾气地帮她把饭盒打开，坐在床边当人形支架，任由她靠着。等她挑好姿势，舒服得已经开始微微眯眼，才把勺子递过去：“来。”

程西西抬起没有挂水的那只手，准备接。

“算了。”熊恪看到她白皙柔软、有气无力的小爪子，眉头微蹙，突然反悔，又把勺子收了回去，“我喂。”

程西西的奸计得逞，心内欢欣鼓舞而她脸上的苍白表情未变，她只感激地看着他，虚弱地道："谢谢你。"

熊恪微抿薄唇，将她搂在怀里，小心翼翼地喂粥。

她慢吞吞地用舌尖一点一点地舔着吃，这玩意儿真的一点味道都没有，哪怕他偶尔偷偷帮她放一点糖，味道仍然淡得要命。

只吃两口，程西西就受不了了。

她可怜巴巴地看着熊恪，眼里慢慢蓄起水汽："我也想吃兔兔。"

"吃什么兔兔？"熊恪皱眉，声音微沉，"听话。"

程西西不动弹。

熊恪微微垂眼，她下巴瘦瘦的，眼睛被衬得很大，连病号服都空荡荡的，真是可怜极了。

"你先趁热把这个吃了。"他再一次溃不成军，硬邦邦地哄她，"等病好了再吃兔兔。"

程西西不情愿地低头去捡勺子，鼻尖蹭过熊恪的手腕。他眼神微沉，没忍住，低头亲了亲她的嘴角。

一触即离，轻若羽毛的一个吻。

"我、我要是把这些都吃了……"程西西被他吻得愣住，忍不住咽咽口水，眼巴巴地问，"你能多亲亲我吗？"

她这一眼看过来，熊恪的心都要被炸飞了。

他不假思索道："能。"

程西西的眼睛一亮，她赶紧把勺子里的粥舔完，然后邀功似的抬起脑袋。

他毫不犹豫地亲在她的脸颊上。

许斐原本正快乐地吃兔头，吃着吃着，她的面前出现一幅奇景。

高大的男人把娇小的女孩子放在怀里，一勺一勺地给她喂粥，她喝得很慢，他不厌其烦。

但这不是重点，重点是，每喂完一勺粥，他就会低头，在她的脸颊或嘴边不轻不重地啄一下。

喝到后面，程西西面红耳赤，像一只心花怒放的小番茄精，傻乐傻乐的。

许斐简直没眼看："公共场合，你们注意点行不行？"

程西西捧着发烫的脸，把脑袋埋进兔子玩偶的海洋，那是熊恪之前去游戏厅时给她带回来的，怕她无聊，干脆搬到了病房里。一堆毛茸茸的小兔子，大小各异，摆满窗台和床头柜。

许斐：“你见哪个病人的病房，布置得这么少女？”

程西西抬起头：“因为我是一个小女孩呀。”

说完，她转过去，小声地问房间里的另一个男人：“你说是不是？”

熊恪板着脸，面无表情地将她搂进怀里，然后亲在她的额头上：“是小公主。”

11

程西西出院之前，许斐给她看之后的日程表：“下周有个庆典，你别忘了参加。”

熊恪眉头微动，正想开口，程西西已经欢快地说：“不会忘的！”

她今年接了个新的代言，是一个口碑很好的老牌国货化妆品。夏季上新，邀请她去参加庆典。

许斐心满意足地扬长而去，熊恪把程西西抱起来放到自己的腿上，按着她揉揉她的脑袋：“这次出院之后，要好好照顾自己的胃。”

程西西用力地点头。

“不准再吃辛辣刺激的东西。”

“嗯！”明明她以前也很少吃。

“平时不准碰酒，饭局也不准没有节制地喝，能推就推掉。”

“嗯！”明明她以前也不是没有节制。

“不准看别的男人。”

程西西奇怪了：“我都没有不准你看别的女人。”

熊恪一本正经地说：“我不会看的。”

她心花怒放，在他怀里蹭来蹭去，小声地嘟囔：“你这样子，会让我不想出院……以前都很少有这么开心的时候，也很少这么亲近。”

住院的这段时间，他每天定时跑来找她，陪她吃饭散步玩游戏，偶尔还给她讲睡前故事。

“当宝宝的感觉实在太好了。”她非常认真，一脸憧憬，“我以前都不知道，做废人这么开心。”

“这是什么话？”熊恪哭笑不得，拍拍她的后背，“别胡说，出院那天我来接你，你乖一点，嗯？”

程西西疯狂地点头，顿了顿，又忍不住小声地控诉：“我明明一直很乖，你天天还让我乖一点、乖一点，我觉得我明明已经不能更……嗯……”

她正喋喋不休，他已经封住了她的唇。

这个吻很轻，熊恪捧着她的脸，离开时有些意犹未尽，她的下巴没什么肉，但手感很好，软软的。

“对，你已经很乖了。”他的声音很低很低，还带一丝笑意，“这是奖励。”

12

出院那天，熊恪如约而至，开车来接程西西。

他替她扣好安全带：“现在还不到晚饭时间，想去哪里玩吗？”

程西西想了想，比较憧憬吃饭：“先谈谈我们晚饭吃什么，好不好？”

“找家吃早茶的店——”

程西西捕捉到关键词，眼睛顿时冒起绿光，脑子里已经浮现出奶黄包、鸡爪子和酱猪蹄。

下一秒，熊恪冷酷无情地说：“喝粥。”

程西西：“……”

她沉默三秒，迅速调动情绪，眼眶一秒变红，吸吸鼻子，正打算憋眼泪，然后原地爆哭。

他的手掌温和地落到她的额头上：“乖。”

程西西一瞬间偃旗息鼓。

他似笑非笑，转动方向盘，将车驶出医院。

车开出去一段路，程西西不甘心道：“真的不可以吗？”

“现在当然不行。”熊恪给出的答案不容反抗，“我问过医生，你现在这个阶段，暂时没办法碰难以消化的东西，所以先乖乖把胃养好，嗯？”

程西西眨眨眼，轻声问：“你经常去找医生吗？”

“也没有很经常。”

就……一天五六七八次吧。

她舔舔唇："但我出院的时候，医生跟我说，你天天跑去找他，问他这个、问他那个，恨不得把全世界的食物都列一张清单，划出我以后能碰的、应该少碰的、绝对不能碰的食物等级，严格按照它来执行。"

"……"

"我的医生说，你是他这些年见过的，最唠叨、最古板，但也对女朋友最上心的男朋友。"程西西微顿，老老实实地说，"所以临走前，他让我转达一句话。"

熊恪困惑地看过来。

"别问了，再问就烦了。"

"……"

13

吃完晚饭，两个人沿着江边散步。

城市的灯火落在江水上，灯影随着波光摆动，像坠落在江中的星星。

大熊叔叔铁石心肠，程西西到最后也没能说动他，晚饭仍然是没什么味道的粥，她惆怅极了。

偏偏叔叔还很温柔："饱了吗？"

程西西哼："要吃肉才能吃饱。"

熊恪摸摸她的头，她顿时又萎了。

她觉得自己好像一团傲娇的小动物，每天都在求亲亲抱抱举高高，他一摸她就立刻偃旗息鼓。

"我没记错的话，你以前也很少吃肉。"熊恪微顿后说，"等身体恢复，今后可以多吃。"

"因为粉丝们不喜欢太胖的女明星啊。"程西西牵着他的手，解释道，"虽然听起来有点病态，但大家都这样，如果我比她们胖，就会失去竞争力。"

"为什么要学她们？你跟她们又不一样。"熊恪轻声道，"毕竟你……"

"毕竟我有你这样的男朋友。"程西西笑嘻嘻地接话，不忘骄傲地摸摸他的手，"她们都没有。"

路灯昏黄，耳畔江水潺潺，她的脸庞白皙，眼睛明亮。

熊恪实在没忍住，即使旁边还有路人，可他情难自禁，按住她的下巴亲了下去。

这个吻浅尝辄止，程西西还没回过神来，就听他低声道："西西。"

"嗯？"

"我们把婚结了吧。"

程西西惊了："为什么这么突然？"

"你不是想要一个孩子？"

"我什么时候说过？"

他低咳："我那天在病房里听到了，你说想准备奶粉。"

程西西回忆了一下，突然反应过来："那是准备给朋友的呀，我闺密有宝宝了。"

然而熊恪一本正经道："不要自欺欺人了，明明就是你想要。"

"走吧。"不等程西西回神，他拉住她的手腕，迫不及待地将她拖向停车场。

程西西蒙了："去？去哪里？"

"去把你欠我的三天三夜过完。"

"哈？"

夜色已深，路灯明亮。

天边明月高挂，微风拂过树梢，空气中温热涌动，带来新鲜的气息。

两个人渐行渐远，嬉戏声逐渐消散在风里。

最后的最后，大熊先生在心里默念完了他被截断的台词："你跟她们都不一样。"

——毕竟万千人海中，独独你，最让我心动。

后记

交完全稿，筱筱说：“交番外吧。”

我：“呜呜呜，马上就好。”

然后两个月过去了。

筱筱说：“我们来写个后记吧。”

我：“呜呜呜，马上就好。”

然后又两个月过去了。

时不我待，岁月如梭……老实说，我一直觉得写番外和写后记都特别难，后记尤甚。明明平时特能叨叨，“写作者有话说”时恨不得搞出五百字小作文，但要我认真地写一段，又格外词穷。

感觉好像已经过去很久了。

这本书从 2018 年秋天开始连载，到冬天完结，再到之后几经波折，换了好几个公司，最后终于得以出版，已经过去了一年半的时间，等你们拿到书可能就两年了。

到现在我还会时不时地收到读者私信，跟我说喜欢小白、有过跟竹沥类似的经历，心疼谢勉、自己同样不想做“别人家的孩子”。我的微博像一个神秘的领地，也像一个深夜树洞。

我写完一个故事，又听到了无数个故事。

从一开始，我就没打算写一对“正常”的男女主角。

姜竹沥这个人，如果给她贴标签，她大概犹豫温暾、自卑内向、纠结踌躇，因为不擅长处理学习之外的事，所以一遇到事就想逃跑。可另一个方面，她同样温柔、明亮，一直在努力地生活，努力地爱别人。

所以就算从连载起就被大家赐名“段狗”的小段同学，拥有着比她还要低下的恋爱技能，她仍然尽她所能地理解他。在外界都夸赞段白焰是鬼才的时候，她清楚他所有才华都来自那个“不安全的玻璃罐子”，他受到保护的同时，也受到限制。

她因此产生动摇，担心自己一旦改变他、消解了他的保护罩、让他变成广义上的“正常人”，他的灵感也会随之消弭。当她开始犹豫不决时，她的人格促使她选择逃跑。

她是无论如何都不会伤害别人的人，和小白不一样，不会像他一样热烈地表达喜欢和占有欲。可我从来都不觉得，她的喜欢比小白少。

这是我爱她的原因。

2017 年国庆，我去过一趟景德镇。

途经陶溪川，我遇到大学生卖陶瓷手作，买家与卖家讨价还价：“只是一个陶瓷小人，为什么卖得这么贵？”

卖家答：“因为我的每一件作品都独一无二。”

买家停顿了一下，说：“可这世界上只有瑕疵品才能独一无二。”

这句话我记了很久很久。

竹沥和小白都不是广义上“正常”的男女主角，他们各有瑕疵，但他们独一无二。

我将这件独一无二的礼物，挑给一位很久没有见过面的朋友。她见到我发的图片，起初很兴奋，聊过几句之后，又突然感慨：“我们是不是很长时间没有联系过了？”

我说：“是的，你觉得我们有变化吗？”

她想了想，说：“有，但现在也很好，我们有一个最佳状态。”

“改变之后的你，仍然像过去一样，被我热烈、认真地喜欢着。”

这是久别重逢的意义。

时隔一年半再回头看这本书，我回忆得最多的，除了中学时和毕同学有关的岁月，就是连载这个故事时，每天写通宵，出去玩在赶稿子，出去开会也在赶稿子，在火车站和高铁上赶稿子，在井冈山和巴丹吉林沙漠赶稿子的日子。

鉴于我高考都没这么努力过，所以当我发现这本书也有缺点时，我非常顺遂地原谅了自己。

没关系，做个瑕疵品挺好的……

事实上，正经一点地讨论，站在一个作者的角度，我能宽宥我的每一个角色。但脱离这个身份，我写这个故事的初衷，其实是希望大家都能好好经营亲密关系，遇到问题的时候两个人一起解决问题，而不是推诿谴责，互相解决对方。

因为人与人不同，所以总是存在如鱼饮水冷暖自知的情况，如果不站在对方的角度替彼此着想，人与人就永远无法共情。

连载期间曾收到一条评论，很贴合我最初的想法："心理学上说，每个人都受家庭的影响，如果是伤害导致心理疾病，就要去治疗。而我们要做的就是切断家庭对我们的坏影响，不要影响以后自己的家庭，切断这个轮回，这个可能影响自己家庭的轮回。"

希望所有受原生家庭困扰的读者，都能逃离这个轮回。

也希望岁月的尽头，有人等你，有人爱你。

最后，谢谢每一个陪伴我度过漫长连载期的小天使，谢谢出版过程里不厌其烦地满足我的各种无理要求的"大可爱"编辑，也谢谢每一位看到这句话的读者。

春天快乐，祝诸位好呀。

我们下个故事见。

南书百城

2019.11.04